엉뚱생뚱 엄 변호사의
너무나 인간적인
변호 일기

엉뚱생뚱 엄 변호사의

너무나 인간적인 변호 일기

지은이 | 엄상익
펴낸이 | 一庚 장소임
펴낸곳 | 답게

초판 인쇄 | 2024년 5월 15일
초판 발행 | 2024년 5월 20일

등록 | 1990년 2월 2일, 제 21-140호
주소 | 04975 서울특별시 광진구 천호대로 698 진달래빌딩 502호
전화 | (편집) 02)469-0464, 02)462-0464
       (영업) 02)463-0464, 02)498-0464
팩스 | 02)498-0463

e-mail | dapgae@gmail.com, dapgae@korea.com
ISBN | 978-89-7574-366-5   03810

* 책값은 뒤표지에 있습니다.
* 잘못 만들어진 책은 구입하신 서점에서 교환해 드립니다.

엉뚱생뚱 엄 변호사의

너무나 인간적인
변호 일기

엄상익 지음

도서
출판 **답게**

나는 오늘도 마음의 문을 열고
세상에 말을 건다

변호사로 40년 가까이 일을 해 왔다. 법정은 탐욕이 들끓는 진흙탕이었다. 사람들이 흙투성이가 된 채 끝없이 싸우는 아수라장이라고 할까. 그 속에서 일을 하면서 나도 모르는 사이에 영혼이 오염되고 세상의 악취가 몸에 배었다. 어느 날 나는 문득 나의 일그러진 영혼을 발견했다. 악하고 부정적인 것만 보다 보니 눈이 광어같이 한쪽으로만 쏠려 있는 느낌이었다. 무엇이 옳은가를 보지 않고 어떤 것이 내게 이익이 되는가를 따지는 흉악한 인간이 된 것 같았다.

나는 기형이 된 영혼을 바로잡아야 했다. 선한 것만을 보는 사람은 선한 사람이다. 악한 것만을 보는 사람은 악한 사람이다. 좋은 사람에게는 좋다는 평가를 들어야 한다. 나쁜 사람에게는 나쁘다는 욕을 먹어야 했다. 그런데 나는 나쁜 사람에게도 좋게 보이려 하고 있었다. 그게 법정이라는 반면교사를 통해 배운 깨우침이기도 했다.

눈에서 비늘을 벗겨 내기 위해 나는 시선을 돌렸다. 진흙탕을 보지 말고 거기서 피어나는 연꽃을 찾기로 했다. 법정에서 그리고

4

삶의 현장에서 맑고 향기로운 얘기들 쪽으로 귀를 기울이기 시작했다. 그리고 글을 썼다. 매일매일 경건한 마음으로 일정량의 글을 썼다. 글을 쓰는 것은 나의 기도이기도 했다. 글을 통해 나는 조금씩 영혼의 병을 고쳐 나가려고 애썼다. 글을 쓰는 과정에서 어떤 존재를 만나게 해달라고 기원했다. 글을 쓰는 건 나의 수행이기도 했다.

어느새 나이 70 고개를 넘고 나니 자유로워지는 것을 느낀다. 더 이상 누구의 눈치를 볼 필요도 없고 세상을 의식할 필요가 없는 세월이 됐다. 나는 마음을 열고 세상에 말을 건다. 누구를 가르치려는 게 아니고 나의 체험을 고백하고 세상과 나누고 싶은 마음에서다. 그러면서도 조심은 한다. 글을 쓴 후 정직했는지를 살핀다. 내가 살고 있는 이 시대를 제대로 이해하고 있는지도 생각한다. 침묵의 체로 여과한 진실인지 아니면 남에게 폐를 끼치는 배설은 아닌지 나름 점검한다. 내가 죽어 한줌의 흙이 되어 있을 때 이런 글이 나의 존재로 남아 있을지도 모른다고 생각하니 조심스럽다. 그렇지만 내 인식과 능력이 거기까지니 어쩔 수 없다.

훌륭한 문인들이 많다. 보잘 것 없는 넋두리들과 서툰 문장들이 가득찬 내 글을 책으로 만들어 준 답게 출판사의 장소임 사장에게 감사한다. 그리고 글을 읽는 분의 귀한 시간을 도둑질하는 사람이 아니었으면 좋겠다.

2024년 초봄에
밤배들의 불빛이 보이는 동해 바닷가에서
엄상익

차 례

4장 | 다양한 품질의 인간

1장

인간적인,
너무나 인간적인
변호 일기

나는 인사동에 가서 조선시대의 서책처럼 한지로 묶여져 있는 작은 공책을 하나 샀다.
그리고 표지에 검고 굵은 사인펜으로 "수모 백 번 감당"이라고 제목을 썼다.
끓어오르는 분노가 있을 때 나는 일단 참고, 그 내용을 「수모 일기」에 쓰기로 했다.

수모 일기

변호사를 시작하면서 「변호사 수첩」과 「수모 일기」를 만들었다. 「변호사 수첩」은 내가 만난 사람이 한 말의 내용을 듣고 자세히 메모한 것이다. 사건 내용과 함께 그의 삶과 생각, 재판정 풍경 등을 메모했다. 판사의 표정과 태도, 말들도 적었다. 따로 만든 「수모 일기」는 참을성이 없는 내가 인내하기 위해 고안한 방법이었다.

어느 분야나 속칭 '진상'이라는 존재가 있다. 백화점 같은 곳에서 물건을 사면서 갑질을 하거나 생트집을 잡는 고객이 있다. 멀쩡하게 택시를 타고 나서 운전기사를 때리는 사람도 있다. 변호사에게도 진상은 있었다. 오히려 더 독했다. 범죄인들 대부분은 상식과 양심의 저쪽에 있었다. '너한테 돈을 줬는데 왜 내가 징역을 사니?' 하고 분노하는 게 그들의 계산법이었다. 잘난 척하는 변호사를 돈으로 샀으니까 이 기회에 갑질을 하고 싶은 은근한 마음들을 보기도 했다. 범죄인의 반대쪽에 있는 경찰이나 검찰, 법원 쪽도 진상이 많았다. 경찰서에서 수사에 입회를 하려고 할 때 사건 담당 형사가 내게 이런 말을 내뱉은 적도 있다.

"너는 공부 잘해서 변호사가 되었고, 나는 공부 못해서 형사가 됐다. 네가 피의자 옆에서 지켜보면 나는 조서를 나쁘게 만들 거고, 네가 피의자 옆에 없으면 잘 봐줄 거야."

그의 내면이 열등감으로 찌그러진 깡통처럼 구겨져 있는 것 같았다. 고시 공부를 하다가 끝내 성공하지 못한 검찰, 법원 서기들의 진상 노릇도 만만치 않았다. 판사들 중에는 자기들 때문에 변호사들이 먹고 산다는 의식을 가지고 갑질하는 속물들도 있었다. 그런 진상들을 만나 분노가 끓어오를 때마다 나는 참아야 했다.

피뢰침이 번개를 받아들여 땅으로 흘려보내 벼락을 막아 주는 역할을 하듯, 내가 만든 「수모 일기」가 그 역할을 담당하게 할 생각이었다. 나는 인사동에 가서 조선시대의 서책처럼 한지로 묶여져 있는 작은 공책을 하나 샀다. 그리고 표지에 검고 굵은 사인펜으로 "수모 백 번 감당"이라고 제목을 썼다. 끓어오르는 분노가 있을 때 나는 일단 참고, 그 내용을 「수모 일기」에 쓰기로 했다. 그리고 제목처럼 일단 백 번까지는 참겠다고 결심했다.

나는 다혈질이었다. 누구의 공격을 받으면 참지 못하고 본능적으로 튀는 성격이었다. '나는 나다, 너는 뭐냐?' 하는 식으로 덤벼 수많은 적과 오해를 만들었다. 교회에서 알게 된 한 권사가 세월이 흐르자 이런 말을 해 준 적이 있다.

"처음 봤을 때 혼자 주먹을 쥐고 '누구든 덤비기만 해봐' 하는 모습이었어요."

그게 나였다. 나는 주먹을 쥐거나 손톱을 세우는 공격 자세 대신 「수모 일기」에 내가 겪은 사실들을 쓰면서 분을 삭이곤 했다.

10년쯤 세월이 흘렀을 때였다. 나는 과거의 분노를 확인해 보기 위해 「수모 일기」를 펼쳐 보았다. 이상했다. 내 속에서 들끓었던 모멸감들이 모두 증발해 버리고 없었다. 페이지마다 텅 비고 메마른 공간이 나타났다. 왜 그때는 그렇게 속이 부글부글 끓고 뒤집혔을까? 이해할 수가 없었다. 감정이 나를 속이고 가지고 논 것 같았다. 범죄인들 중에는 분노가 폭발하는 순간 아무것도 눈에 보이지 않다가 정신을 차려 보니 앞에 죽은 사람이 놓여 있더라는 말을 하는 경우도 있었다.

20년쯤 지나서 그 「수모 일기」를 다시 펼쳐 보았다. 그 내용들이 전혀 다르게 눈에 들어왔다. 이제는 상대방이 보였다. 내가 그 입장이 되면 그보다 더하면 더했지 못하지 않을 것 같았다. 갑질만 해도 그렇다. 인간의 속성은 몽둥이나 칼을 손에 들면 사람이 달라질 수 있었다. 완장을 차면 걸음걸이가 변한다. 왕관을 쓰면 영혼까지 변한다고 한다. 타인이 성인이고 군자이길 바란 내 자신이 우스웠다. 처음 「수모 일기」를 쓸 때는 모든 것이 상대방의 잘못이고 나는 피해자였다. 나중에 다시 보니까 나의 잘못이었다. 나의 가벼움과 잘못이 그런 수모를 자초한 것 같았다. 나는 마음속으로 혼자 얼굴을 붉혔다.

인간의 생각은 그렇게 180도 바뀔 수 있다는 걸 실감했다. 나는 「수모 일기」를 쓰는 걸 그만두었다. 분노나 원한은 강물에 실어 보내야 하는 것이다. 아니면 모래 위에 적었다가 바람에 흩어지게 하는 게 마땅했다. 40년 가까이 변호사 생활을 하면서 감옥에 있는 흉악범의 특성을 발견한 적이 있다. 그들 중 상당수는 원한과 분노를 가슴속 바위에 깊이 새겨 두고 복수의 칼을 갈고 있었다. 바위에 칼이 갈리는 소리가 날카로웠다. 그 살기가 상대방에게 닿기 전에 자신들의 영혼을 해치는 것 같았다.

　오래 써 왔던 「변호사 수첩」도 다시 들춰 볼 때마다 매 페이지에서 심한 악취가 풍겨 나온다. 거기 적었던 말들은 지옥에서 들끓고 부딪치는 절규들이었다. 달이 차면 기울기 마련이고, 시계추가 한쪽 끝으로 가면 반대쪽으로 되돌아오기 마련이다. 이 글을 쓰는 시각, 바다 쪽으로 흘러내리는 산자락에서 수줍게 해가 떠오른다. 앞으로는 노년의 「감사 일기」를 써 보면 어떨까 하는 생각이 든다.

공짜는 없다

어떤 부부가 사는 집에 공연 티켓이 선물로 보내져 왔다. 최고급 호텔에서 스테이크와 와인을 즐기면서 국민 가수의 공연을 즐기는 화려한 디너쇼였다. 부부는 머리를 맞대고 누가 보냈을까 생각해 봤지만 떠오르는 사람이 없었다. 날짜가 임박하자 티켓을 그냥 버리기 아까워 부부는 공연을 보러 가기로 했다. 디너쇼를 재미있게 즐긴 부부가 흐뭇한 마음으로 집에 돌아왔다. 하지만 안방으로 들어온 부부는 소스라치게 놀라고 말았다. 분명히 열쇠로 잠가 둔 방구석의 금고가 열려 있던 것이다. 그곳에 보관해 두었던 패물과 돈이 없어졌다. 도둑이 들어왔던 것 같았다. 안방 화장대 위에 메모지가 한 장 놓여 있었다. 그 메모지에는 이렇게 인쇄된 글이 적혀 있었다.

'이제 디너쇼 초대장을 누가 보냈는지 아시겠습니까?'

어떤 분이 카톡을 통해 내게 보내 준 글이었다. 세상에 공짜는

17

없다.

　판사를 하다 나온 변호사가 자기가 당한 일을 털어놓은 적이 있다. 대충의 내용은 이랬다. 그가 변호사를 개업한 후 한 달쯤 됐을 때 한 사람이 찾아왔다. 판사를 할 때 도움을 준 적이 있었다. 찾아온 사람은 그때 은혜에 보답하겠다고 하면서 특정 주식을 사두면 일주일 내에 두 배로 가격이 오를 것이라고 했다. 믿지 않았다. 그런데 며칠 후에 보니까 정말 주식 가격이 올라 있었다. 얼마 후 그 사람이 다시 찾아왔다. 그리고 어떤 주식을 사면 보름 이내로 세 배는 먹을 수 있을 것이라고 했다. 그는 이번에도 믿지 않았다. 그런데 열흘이 되자 그 주식 가격이 폭등을 했다. 세 번째로 그 사람이 찾아와 정보를 주었다. 이번에는 시험 삼아 그의 말대로 주식을 사봤다. 며칠 만에 수억 원의 시세 차익이 들어 왔다. 더 이상 그의 말을 믿지 않을 수 없었다. 그는 정말 판사 시절 봐줬던 데 대해 보상을 하려는 것 같았다.

　다시 그가 찾아왔다. 특정 회사의 주식을 상장하기 전에 은밀히 투자하면 '대박'이 터지는 케이스라고 했다. 그 변호사는 그동안 번 돈과 대출까지 얻어 수십억 원을 그 사람에게 건넸다. 그는 변호사 생활을 하지 않고 평생을 즐기면서 사는 꿈을 꾸었다. 그러던 어느 날, 돈을 가져간 사람이 갑자기 연락을 끊었다. 불길한 예감이 들었다. 그가 거액을 챙겨 필리핀으로 튀었다는 소식이 들려왔다. 그는 직접 필리핀으로 날아가 수소문해서 사기범의 거처로 찾아갔다. 사기범은 챙긴 돈을 다시 누군가에게 다 털리고 노숙자같이 비참하게 살고 있었다. 그 변호사는 그냥 발길을 돌릴 수밖에 없었다, 세상에 공짜는 없다고 생각하면서.

내가 이따금씩 가는, 50대의 여성이 혼자 하는 작은 미용실이 있다. 그 미용사가 이런 말을 했다.

"손님 중에 다단계를 하는 사람들이 참 많아요. 그 분들은 나를 한심한 눈으로 보면서 왜 이렇게 사느냐고 딱하다고 해요. 자기들처럼 사람들만 조직하면 가만히 있어도 저절로 돈이 떨어지고 공짜 물품들도 넘친다는 거죠. 저는 대학에 갈 실력이 안 되는 걸 알고, 여고 때 미용 기술을 배웠어요. 그때부터 평생 이렇게 미용사로 살아왔지만 세상에 공짜는 없다고 생각해요."

그 얼마 후 다단계 사건이 터지고, 수많은 사람들이 울고불고 하는 걸 뉴스로 접했다.

한 재벌가의 회장이 변호사인 내게 사건을 맡기고 나서 그 보수에 대해 의견을 교환할 때였다.

"나는 엄 변호사가 진짜 친구라고 생각해."

고마운 말이었다. 그 한마디로 나는 그를 위해 일할 기운이 났다. 그가 덧붙였다.

"보수 문제는 따지지 말고 내 호의에 맡겨 주면 어떨까?"

그의 눈빛이 '스케일 작은 너의 상상을 뛰어넘는 돈을 줄게.'라고 말하고 있었다. 그 순간 나는 생각했다. 세상의 모든 것에는 값이 정해져 있다. 무언가를 얻기 위해서는 그 값에 해당하는 땀을 지불해야 한다. 재벌의 호의를 기대하는 순간 나는 비굴해질 수 있었다.

권력 앞에서도 마찬가지였다. 자리를 바라면 존재가 없어질 수 있다. 개에게 고깃덩이를 주며 조련하듯 돈이나 권력을 가진 사람들은 상대방이 무엇을 원하는지 본능적으로 알아챘다.

"나는 더도 덜도 받기 싫습니다. 땀 흘린 시간만큼의 대가만 받고 싶어요."

나는 자제하며 그렇게 말했다, 당당한 인간으로 실존하기 위해서.

둔황으로 간 판사

갑자기 중국 간쑤성에 있는 둔황의 막고굴(莫高窟)에 가보고 싶었다. 당나라 현장법사와 신라의 고승 혜초가 수행의 길에서 묵었다는 곳이었다. 그들이 수도했던 석굴 속에는 어떤 신비한 기운이 남아 있을 것 같았다. 그들을 괴롭히던 메마른 사막도 보고 싶었다. 현장법사는 기행문에서 이렇게 쓰고 있었다.

'아무리 주위를 둘러봐도 인적은 물론이고 날짐승도 보이지 않는 망망한 천지구나. 밤에는 요괴의 불이 별처럼 휘황하고, 낮에는 바람이 모래를 휘몰아 와 소나기처럼 퍼붓는구나. 갈증 때문에 걸을 수조차 없다. 5일 동안 물 한 방울 먹지 못해 배가 말라붙고 당장 숨이 끊어질 것 같다. 모래 위에 엎드려 자꾸 관음을 염하였다.'

그런 내용들이 모티브가 되어 『서유기』라는 중국 소설이 탄생했다. 인도로 갔던 신라의 젊은 승려 혜초가 그곳 둔황에서 머물면서 정양을 하기도 했다. 나는 둔황을 향하는 몇 명의 여행객 틈에 끼어 비행기를 탔다. 그중에는 남편을 먼저 보내고 혼자 여행을 즐긴다는 할머니도 있었다. 그 할머니는 여행을 하기 위해 돈을 번다고 했다. 월급을 모아 여행을 온 교사도 있었고, 성형외과 의사도 있었다. 성형외과 의사는 방학철에 여행을 떠나면 1억 원 정도의 손해가 난다고 했다. 그 무렵은 학생들의 쌍꺼풀 수술 등 성형외과의 성수기라는 것이다. 그래도 그는 떠난다고 했다. 인생에 무엇을 중점으로 두느냐는 선택의 문제라는 것이다.

여행길에서 우연히 법원장을 지낸 아는 판사를 만났다. 군대 시절 같은 내무반에서 지낸 인연이 있었다. 군 시절 그는 활달하고 누구에게나 자신을 개방하는 성격이었다. 그러나 법원이라는 거푸집 속에 들어가면서 직업의식 때문인지 말과 행동이 변했다. 사람들과도 거리를 두었다. 나도 더 이상 가까이 하지 않았다. 그러다 우연히 여행길에서 다시 만난 것이다.

우리는 중국의 유원이라는 지역에서 둔황으로 가는 기차를 탔다. 차창 밖으로 자갈과 황토의 낮은 구릉들이 파도처럼 출렁이는 풍경이 흘러갔다. 드문드문 가시가 돋은 관목이 바닥을 기고 있었다. 낙타는 그 가시가 있는 잎을 뜯어 먹느라 입에 피를 흘리면서 사막을 건넌다고 했다. 기차에 사람을 이동시키는 임무를 넘겨 준 서너 마리의 낙타가 적막 속에서 저녁을 맞이하고 있는 게 보였다. 고개를 숙인 낙타들이 고요히 어스름 속으로 지워지고 있었다.

기차에서 내린 우리 앞에 낙타를 타고 넘어야 할 모래산이 나타났다. 우리는 낙타를 타고 물결치는 모래언덕을 오르기 시작했다.

뜨거운 태양 아래 낙타들은 반갑지 않은 손님들을 싣고 힘겹게 한 발 한 발 내딛고 있었다. 나와 동행하고 있는 그의 얼굴에 어딘지 모르게 우수의 그림자가 깔려 있었다. 군 내무반에서 같이 지내던 시절, 제대하면 판사가 된다면서 그는 장밋빛 꿈에 젖어 있었다. 축복받는 결혼을 하고 대법관이 되고 싶다고 했다. 그는 궤도 위에 놓인 열차처럼 예정된 인생길을 가는 것처럼 보였다. 세월이 지난 후에 바라본 그의 얼굴에는 성취감보다는 쓸쓸함이 감돌았다. 왠지 모르지만 그는 법원을 나왔다.

그가 낙타 위에서 내게 이런 말을 했다.

"모든 게 결단이 중요하더라고. 법대에서 폼을 잡던 재판장 자리를 사직하고 나올 때 사실 속마음은 제왕에서 서민으로 떨어지는 느낌이었어. 절벽으로 떨어지는 것 같았지. 그런데 이제는 아니야."

그는 이번 여행에서 어떤 의미를 찾으려고 애쓰는 것 같았다. 우리는 낙타에서 내려 바람이 만든 가파른 모래산을 걸어 올라갔다. 모래 위로 바람이 불고 있었다. 그 바람이 모래 위에 시간의 물결들을 새기고 있었다. 니체는 무거운 짐을 지고 인생의 사막을 한 발 한 발 걸어가는 '낙타의 삶'에 대해 얘기했다. 사막에 불시착한 생텍쥐페리는 결국 인간은 '걸어가면서 말라가는 물주머니'라고 했다.

같이 사막 길을 걷던 그가 갑자기 털썩 주저앉았다. 그는 배낭에서 급히 오렌지 주스를 꺼내 마셨다. 그는 당뇨가 있어 인슐린 주사기를 배낭에 넣고 여행길을 떠났다고 했다. 그는 스스로 인슐린 주사를 놓으면서 홀로 여행을 하고 있었다. 인슐린 주사를 맞은 그의 혈당 수치가 너무 떨어져 갑자기 힘이 빠지면서 쓰러졌다는 것이다.

그와 나는 그동안 보지 못했던 전혀 다른 세상을 함께 구경했다. 위구르인, 회족, 한족 등 여러 민족이 사막의 좁은 오아시스 둔황에 모여 살고 있었다. 우리는 가로등이 없는 어두운 거리를 걸어 야시장에 갔다. 말린 과일, 고기, 빵들을 좌판 위에 놓고 팔고 있었다. 위구르인 부부가 호두와 건포도를 박은 과자를 무쇠 칼로 한 조각 잘라 건네주었다. 입에 넣으니 고소하고 달콤한 향기가 퍼져 나갔다. 흰 캡을 쓴 위구르인은 석탄불 위에서 양고기 꼬치를 굽고 있었다. 위구르인 가족 다섯 명이 볶음밥 한 그릇을 시켜 놓고 나누어 먹는 모습도 보였다. 그 모습을 본 그의 얼굴에 잠시 기쁨과 슬픔이 동시에 스치듯 지나가는 걸 보았다. 그에게서 어떤 애잔함이 느껴졌다. 혹시 목숨을 건 마지막 여행은 아닐까 하는 안타까운 마음이 들었다.

우리의 목적지는 막고굴이었다. 오래 전 구도자들이 속세를 떠나 사막의 한가운데에 자기의 무덤 같은 동굴을 팠다. 그들은 오아시스 강바닥의 점토와 갈대를 구해, 거친 사암으로 이루어진 동굴 내부의 벽에 그것들을 이겨서 발랐다. 그리고 그 위에 촘촘히 불화를 그렸다. 굴속에서의 수도는 사회와의 결별이자 죽음이었는지도 모른다. 염불하면서 불화를 그리는 행위 자체가 구도였을 것이다. 그 굴 구석에서 혜초의 기행문이 오랜 잠을 자다가 발견되었다고 했다. 나는 켜켜이 먼지가 쌓이고 어둠침침한 '제17호굴'이라는 장경동(藏經洞)에서 한참을 머물렀다. 동굴 입구의 벽 가장자리에 혜초 스님의 생각들이 담긴 단아한 글씨가 벽에 새겨져 있었다. 나는 혜초 스님의 말 없는 말을 듣고 싶었다.

그 여행에서 돌아온 얼마 후 그가 세상을 떠났다는 소식을 전해 들었다. 그는 황토 바람이 휘날리고, 뿌연 초승달이 걸려 있던 사막 한가운데서 무엇을 얻었을까. 혹시 자아를 버리고, 마음을 버리고, 모든 것을 다 벗어던지라는 혜초 스님의 말을 듣지는 않았을까.

브랜드 거품이 낀 세상

"부끄러워하지 않기로 했다"라는 제목의 짧은 글을 인터넷 신문에서 봤다. 글 쓴 사람은 지방에 있는 전문대 출신이라고 자신을 소개했다. 그는 신문사에서 글을 청탁 받았는데 그 순간 학력 때문에 자신이 써도 되는 것인지, 독자들이 필자로 받아들여 줄지 두려웠다고 했다. 그는 세상이 수도권의 4년제 대학 졸업자를 보편적 모델로 삼기 때문에 마음이 위축됐고 마땅히 해야 할 말도 망설였다고 했다. '남들은 다 저 정도는 하는데 왜 난 못할까'라는 굴욕감을 느꼈다고 했다. 그는 자기 자신에게 냉소적이었고, 스스로 광대같이 행동했다고 고백하고 있었다. 그러면서 그는 수도권의 4년제 대학이라는 보편적인 모델에 거품이 너무 끼어 있다고 했다. 자신은 더 이상 부끄러워하지 않겠다고 결론을 맺고 있었다.

그 청년의 글을 읽으면서 한 가지 우화가 떠올랐다. 벽에 하나의 선을 그어 놓고, 그 선에 손을 대지 않고 그 선을 줄이거나 늘여 보라고 했다. 한 사람이 그 위에 그 선보다 긴 선을 그었다. 그 순간 그 선이 상대적으로 줄어들었다. 그리고 그 사람은 반대로 그 아래에 짧은 선을 또 하나 그었다. 그 순간 본래의 선이 상대적으로 늘어났다. 그 우화는 깊은 의미를 담고 있었다.

나는 그 청년이 말하는 수도권의 4년제 대학을 졸업했다. 대학 졸업 무렵 어떤 독지가의 장학생 선발에서 서울대 출신이 아니라는 이유로 떨어질 뻔했다. 이른바 '스카이' 대학인데도 그랬다. 군 법무관 시험에 합격하고 법무장교로 근무할 때였다. 서울법대를 졸업하고 사법고시에 합격한 옆의 법무장교가, 나보고 자신과 같다고 생각하지 말라고 주의를 주었다. 나는 순간 위축되기도 했다. 그들에게는 일반 법원의 판사나 검찰청의 검사만이 성골이고, 나 같은 존재는 육두품쯤으로 취급하는 것 같았다.

군 판사를 하면서 나는 내 자신에게 '나는 판사인가?' 라고 자문한 적도 있다. 나는 군사법원의 판사로서 군인 뿐만 아니라 일반 국민도 재판을 한 적이 있다. 대한민국 국민은 법관에 의한 재판을 받도록 헌법에 규정되어 있다. 헌법과 법률이 나의 자격을 인정했다.

나는 군 검사도 했었다. 일반 검사들은 군 검사를 한 단계 아래인 것처럼 취급하며 선민의식을 가지고 있었다. 군 검사도 범죄에 대해 똑같은 형법을 적용해 수사를 하고 기소를 했다. 수사 대상인 군인은 동물이 아니었다. 대한민국의 국민이고 사람이었다.

헌법재판소는 검사의 종류에는 공수처법에 의해 임명되는 검사, 특별검사법에 의한 검사, 군사법원법상의 검사, 검찰청법에 의한 검사가 있다고 했다. 모두가 같은 효력을 가진 법률에 의해 자격이 부여된 것이라고 했다. 선민의식을 가지고 공수처의 검사는 검사가 아니라고 하다가 망신을 당한 것이다. 인간 사회가 만들어 내는 차별은 끝이 없는 것 같다. 정규직과 비정규직, 사무직과 기술직, 기술직과 단순노무직 등 차별은 한없이 계속된다.

세상이 씌우려는 정신적 전족을 거부해야 하지 않을까? 어떤 브랜드 안에 들어가지 않았다고 열등한 것도 아니다. 나의 경우는 그런 치졸한 차별이 싫어서 다시 사법고시에 도전했었다. 그해 새로 만들어진 전두환 정권의 '국민윤리'라는 과목만 없었더라면 거의 수석합격 수준이었다. 그 이후에도 살아오면서 수많은 세상의 차별과 굴레를 경험했다.

한번은 김진홍 목사의 설교를 듣다가 웃었던 적이 있다. 그는 지방도시에 있는 한 대학의 철학과를 졸업한 것으로 알고 있다. 그런데 설교 도중 그가 이런 말을 했다.

"저는 서울상대를 졸업했습니다."

그의 학력을 아는 신도들이 갑자기 의아해 했다. 그가 말을 계속했다.

"서울에서 상당히 거리가 떨어진 대학을 나왔죠."

그도 웃고 신도들도 웃었다. 그는 『갈매기의 꿈』에 나오는 갈매기 조나단같이 이 세상을 벗어나 높은 곳에 올라 멀리까지 내다보는 큰 인물 같았다.

나와 친한 대형 가구점의 주인이 있다. 그가 어느 날, 내게 이런 말을 했다.

"나는 어려서 시골에서 지게를 지고 나무를 하러 다녔어. 학력도
별 볼 일 없고 군대에서도 졸병이었지. 그래서 배웠다고 하고, 잘났
다고 하는 사람들을 보면 은근히 기가 죽어 살았어. 그런데 어느 날
길을 걷다가 횡단보도 앞에 서 있을 때였어. 갑자기 하나님이 '내
가 너를 사랑하는데 너보다 더 귀한 사람이 어디 있니?'라고 하시
는 거야. 그 말을 듣는 순간 마음 깊은 곳에서 나를 짓누르고 있던
바윗돌 같은 열등감이 없어져 버린 것 같더라고. 내가 허공에 대고
소리쳤지. 판검사 놈들 너희들 하나도 부럽지 않다고. 하나님이 나
를 인정하는데 네깟 놈들이 뭐냐고 말이야. 그때부터 평생 위축됐
던 마음이 사라져 버렸어."

물건이나 인간이나 브랜드 거품이 가득 낀 세상이다. 당당한 자
기 자신이 되어 자기의 길을 가야 하지 않을까.

노인과 강아지

오래전 종로의 길거리에서 본 광경 하나가 기억 속에 깊이 새겨져 있다. 인도의 한복판에서 강아지가 온몸을 무섭게 떨면서 어쩔 줄 모르고 있었다. 당황과 두려움이 온몸에서 쏟아져 나오고, 눈물이 그렁그렁 맺혀 있었다. 그 강아지를 둘러싼 사람들이 안타까운 표정으로 걱정을 하는 모습이었다. 주인을 잃은 강아지 같았다.

얼마 전이다. 내가 묵고 있는 실버타운에서 운전을 하고 나오는데 도로 한가운데 강아지 한 마리가 앉아 있었다. 그 강아지는 내차를 유심히 살피고 있었다. 자기가 타고 온 익숙한 차인지를 살피는 것 같았다. 둥그렇고 까만 눈에 흰 털이 몸을 덮고 있었다. 누군가가 키우던 고급 종 같아 보였다. 내가 그 강아지를 피해 옆으로 서행을 하자 그 강아지는 간절한 눈빛으로 내차를 몇 걸음 따라왔다. 주인의 차로 착각을 한 것인지 자기를 데려가 달라는 것인지 불

분명했다. 그런 강아지를 쉽게 데리고 올 수도 없다. 살아 있는 존재를 키우려면 애정과 희생이 따라야 하기 때문이다. 그 강아지를 보니까 엉뚱하게 25년 전쯤 감옥에서 만난 늙고 추레했던 외로운 노인이 떠올랐다.

노인은 6.25전쟁 때 길가에 버려졌다고 했다. 그는 깡통을 든 거지가 되어 거리를 떠돌며 자랐다. 성년이 된 그는 공사판을 돌며 막노동을 했다. 그러던 어느 날 고압 전류에 감전되는 사고를 당했다. 그는 이틀 후에야 깨어났다. 의사는 그에게 생식 불능을 선언했다. 평생 가족을 가질 수 없다는 의미였다. 더 이상의 노동도 힘들었다. 그는 고무장갑이나 수세미 같은 잡화를 들고 변두리 시장을 돌아다니며 팔았다. 무허가 합숙소에서 잠을 자고 싸구려 밥집에서 끼니를 때우는 삶의 연속이었다.

가난에는 익숙했다. 정말 힘든 건 외로움이었다. 노인은 큰맘을 먹고 강아지 한 마리를 샀다. 처음으로 맞이하는 가족이었다. 노인은 합숙소에서 강아지를 품에 안고 잤다. 강아지의 온기에 마음까지 따뜻해지는 것 같았다. 그는 자기는 먹지 못해도 강아지에게는 우유를 사 먹이고, 시장의 식당에서 살고기가 붙은 뼈다귀를 얻어다 먹였다. 비가 내리고 스산한 날도 강아지와 함께 있으면 고독하지 않았다. 노인과 강아지의 모습은 귀여운 손자와 함께 있는 할아버지와 흡사했다. 하지만 노인은 장사를 나갈 때 강아지를 데리고 갈 수가 없었다. 그래서 밥집 구석에서 기르는 강아지 옆에 자신의 강아지를 놓아두었다. 강아지끼리 친구가 되면 괜찮을 것 같았다.

그러던 어느 날이었다. 저녁에 돌아와 보니 노인의 강아지가 보이지 않았다. 밥집의 강아지는 그대로 구석에서 놀고 있었다. 노인은 근처 골목길을 구석구석 헤집고 다니며 목이 터져라 강아지를 부르고 다녔다. 애가 타는 노인에게 강아지는 나타나지 않았다. 강아지도 어디선가 눈물을 흘리며 할아버지를 찾고 있을 게 분명했다. 화가 난 노인은 돌아가서 밥집 여자에게 따졌다. 뚱뚱하고 거친 성격을 가진 여자였다.

"아따, 그까짓 개새끼 한 마리 가지고 왜 그리 촐싹거린대?"

밥집 여자가 손에 든 주걱으로 삿대질을 하며 노인에게 소리쳤다. 분노가 폭발한 노인은 밥집 여자의 손가락을 깨물어 버렸다. 그리고 구석에 있던 밥집 강아지를 들고 나왔다. 노인은 절도와 폭력죄로 구속이 됐다. 나는 국선 변호인 자격으로 그 노인을 만나러 구치소에 갔다.

"왜 손가락을 깨물었어요?"

나는 연민의 정을 느끼면서 노인에게 물었다.

"내가 늙고 병들어서 그런지 그 뚱뚱하고 힘센 젊은 밥집 여자를 당해 낼 수가 없더라고요. 나만 일방적으로 그런 게 아니라 같이 싸웠어요."

"그 밥집 강아지는 왜 가지고 나오신 거예요?"

"그 여편네도 사랑하는 강아지를 잃은 심정이 어떤 건지 당해 봐야 하니까요."

이 사회의 바닥 층에 있는 한 노인의 애잔한 광경이었다. 변호사라는 직업은 어둠 속의 그런 애환을 들여다보는 직업이었다.

여유 있는 사람들 중에는 키우던 강아지를 어느 날 귀찮다고 길가에 내던져 버리는 야만적 심성을 가진 이들이 있다. 그리고 이렇게 강아지를 위해서 싸우다가 감옥에 들어간 가난한 노인도 있다. 잠시 일을 보고 돌아오는 길에 그 강아지가 아직도 있는지 살펴보았다. 자리를 굳게 지키던 흰 강아지는 보이지 않았다. 그 강아지가 누군가로부터 구원을 받아 행복했으면 좋겠다.

황당한 살인

썰렁한 감옥 안에서 그를 만났다. 그는 듣지도 말하지도 못했다. 그는 수화도 못 배우고 한글도 몰랐다. 변호사는 죄인의 말을 듣고 법정에서 그의 입이 되어 주는 건데 소통 자체가 불가능했다. 그는 살인범이었다. 그리고 나는 그의 국선 변호인이었다. 그는 같은 마을에 사는 청년을 죽였다. 경찰은 정신박약자인 그가 혼자 비디오로 영화를 보다가 그 영화 속 살인을 흉내 내어 범행을 저질렀다고 살인의 동기를 추정했다. 피해자인 죽은 사람은 말을 할 수 없었다. 산 사람인 그도 입이 막혀서 말을 할 수 없었다.

형사는 목석처럼 앉아 있는 그를 보면서 주변 환경에 맞추어 추리 소설을 쓸 수밖에 없었던 건 아니었을까. 한 달에 여러 사건을 처리하는 검사는 소통이 불가능한 장애인의 살인 사건을 붙들고 앉아 있을 시간이 없었을 것이다. 시간을 낸다고 해도 그의 내면에 들어가는 것이 힘들 게 분명했다. 변호사인 나도 막연했다. 어쩔 수 없이 사건을 맡았다. 재판정에서 소품 같은 국선 변호인으로 자리를 지켜야 할지도 몰랐다. 자기를 표현하지 못하는 죄수들은 대부분 그렇게 법의 빗자루에 휩쓸려 까마득한 인생의 절벽 아래로 떨어져 내렸다.

내 마음의 반은 그냥 적당히 넘기라고 내 귀에 속삭였다. 하지만 또 다른 마음의 반은 그래서는 안 된다고 속삭였다. 나는 '모방 살인'이라는 형사의 가설을 한번쯤 다른 각도에서 검토해 볼 필요가 있다는 생각이 들었다. 살인범인 그의 환경을 알아보았다. 그는 가평의 작은 마을에서 동생과 살고 있었다. 동생도 한쪽 팔이 없는 불구였다. 형제는 둘 다 신체적 장애가 있어 제대로 된 보수를 받는 노동은 할 수 없었다. 형제는 남의 밭을 빌려 부추를 키워 팔면서 생계를 유지하고 있었다.

같은 마을에 살았다는 죽은 사람에 대해서도 알아보았다. 듣지 못하고 말하지 못하는 사람에게는 관계가 설정되기 힘들었다. 원한도 있을 리가 없었다. 살인의 시간과 장소를 살펴보았다. 대낮에 사람들이 오가는 버스 정류장에서 사고가 났다. 그가 갑자기 정류장 옆 농가에 가서 툇마루에 있던 망치를 들고 나와 휘두른 것이다. 그 행동이 모방 살인이었을까? 석연치 않은 구석이 있었다.

나는 그의 동생을 만났다. 살인과 직접 관련이 되지 않아서 그런지 사건 기록에 그의 진술은 없었다. 그의 형과 죽은 사람이 전에도 마주친 적이 있는지 물어보았다. 죽은 사람이 이따금씩 논길에서 형을 보면 뒤따라왔다고 했다. 그가 따라오면 형은 손짓으로 돌아가라고 했다는 것이다. 어떤 때는 형이 화가 난 표정이었다고도 했다. 그는 왜 죽은 사람이 따라오면 화를 냈을까? 어쩌면 거기에 사건의 열쇠가 있을지도 모른다는 생각이 들었다.

시간이 흐르면서 아주 오래전의 기억 하나가 꿈틀거리며 내게 다가왔다. 중학교 2학년 때 자주 가던 제과점 풍경이었다. 여러 중고등학교의 남녀 학생이 자주 드나드는 빵집이었다. 나와 좀 떨어진 탁자에 농아학교에 다니는 학생 서너 명이 수화를 하면서 앉아 있었다. 나보다 한두 살쯤 위의 학생들 같았다. 모두 운동으로 단련이 된 듯 근육질의 몸이 교복 안에 숨겨져 있었다.

나는 그들의 수화를 보면서 나도 모르는 사이에 몇 동작을 무심히 따라 했다. 그 순간 농아 한 명과 눈이 마주쳤다. 그의 눈에서 불꽃이 튀었다. 내가 그들의 흉내를 내면서 놀린 것으로 오해하는 것 같았다. 잠시 후 나는 그들에게 붙들려 빵집 뒷골목 으슥한 곳으로 끌려갔다. 그들은 주먹을 불끈 쥐고 분노로 부르르 떨고 있었다. 그들의 주먹과 발길질이 곧 날아올 것 같았다. 그중 한 명이 손짓으로 내게 따졌다.

'너 왜 우리들을 놀리니?'

수화를 몰라도 나는 단번에 그 뜻을 알았다.

'정말 미안해, 잘못했어.'

나는 표정과 눈빛으로 그렇게 말하면서 두 손을 비비며 미안하다는 표시를 했다. 진심이었다. 나의 사과가 순간 그들의 마음을 움직인 것 같았다. 이번에는 그들의 눈에 눈물이 그렁해지면서 그중 한 명이 내가 입은 교복의 배지를 가리키며 손짓으로 말했다.

'너는 좋은 학교에 다니면서 우리한테 왜 그랬니?'

그의 얼굴이 그렇게 말하고 있었다. 경솔했던 걸 반성하면서 나는 할 말이 없었다. 그때 그들의 억눌린 분노가 대단하다는 걸 알았다. 그들은 평생 마음속에 불을 품고 사는지도 모른다는 생각이 들었다.

"형이 왜 그 사람에게 화를 냈을까요?"

나는 동생에게 물어보았다. 어떤 원인이 분명 있을 것이다.

"죽은 사람이 평소에 형만 보면 히죽히죽 웃으면서 팔다리를 휘적거리며 따라갔어요. 그걸 보고 형이 화를 낸 것 같아요."

나의 머릿속에서 어떤 퍼즐이 맞추어져 가는 것 같았다.

"그 사람이 왜 히죽히죽 웃으면서 팔다리를 휘적거리고 형에게 갔죠?"

"그 사람 뇌성마비예요. 그 병에 걸린 사람들이 대개 그렇잖아요?"

그의 형은 따라오는 뇌성마비 장애인이 바보 흉내를 내며 자기를 놀린다고 오해한 것이 틀림없었다. 더구나 사람들이 있는 버스 정류장에서까지 자기를 놀린다고 생각하고 분노가 폭발했던 것 같았다. 나는 법정에서 그렇게 변론했다. 법은 나의 주장에 손을 들어주었다. 어처구니없는 오해와 분노가 빚어낸 살인 사건이었다. 세상에는 그런 일이 더러 벌어지고 있다. 그 섭리를 알 수가 없다.

영혼의 눈

하늘에 구멍이 뚫린 듯 폭우가 쏟아지고 있다. 야트막한 산자락에 빼곡하게 들어선 다가구주택들이 물 폭탄을 맞고 있다. 미로 같은 산비탈 골목의 좁은 계단 아래쪽으로 누런 흙탕물이 콸콸 쏟아져 내리고 있다. 모든 게 흥건하게 젖어 있다. 집도 도로도 차도, 공중에 전깃줄이 무질서하게 엉겨 있는 비스듬한 전봇대도 젖어 있다. 산자락 아래에 있는 다가구주택의 지하 방으로 흙탕물이 침입하고 있다. 하수구의 물이 역류하면서 화장실의 변기가 입을 열고 구정물을 토해내고 있다.

내가 보았던 영화의 한 장면이었다. 실제로 그런 일이 벌어졌다. 다가구주택 반지하 방에서 함께 살던 몇 명의 시각장애인들이 나의 법률사무소로 찾아왔었다. 그중 50대쯤의 시각장애 여성이 내게 호소했다.

"저와 같이 안마를 하는 시각장애인 몇 명이 그동안 저축한 돈을 모으고 은행융자를 얻어 다가구주택 지하층을 분양받았어요. 그런데 비가 올 때마다 집안이 물바다가 되고, 그 위로 살림살이들이 둥둥 떠다녔어요. 열심히 흙탕물을 퍼내고 청소를 했지만 당해 낼 수가 없어요. 여러 번 연락해서 사정해도 건축업자는 꿈쩍도 하지를 않아요. 그래서 법에 호소를 하기 위해서 왔습니다."

부실 공사가 틀림없었다. 건축업자는 시각장애인들을 무시하는 것인지도 모른다. 겉으로는 우리 사회가 그들에게 평등을 말하는 것 같지만 실제로는 잔인한 이면들이 존재한다. 얼마 전에 시각장애인들한테서 가슴 아픈 얘기를 들은 적이 있었다. 그들이 모여서 시위를 할 때였다. 경찰이 못이 박힌 각목들을 시각장애인 시위대가 가는 길목에 몰래 놓는 바람에 그들이 다쳤다고 했다. 공권력도 인권의 사각지대에서는 잔인했다.

"사는 게 이렇게 힘이 드셔서 어떻게 하죠?"

내가 위로를 담아 그녀에게 말했다. 그녀의 초점을 잃은 눈동자가 허공을 맴돌고 있었다. 그녀는 갸름한 얼굴에 단정하게 머리를 빗어 넘겼다. 깔끔한 성격 같았다. 그녀가 잠시 침묵하더니 이렇게 대답했다.

"젊었을 때 고생에 비하면 이건 별 거 아니에요."

그녀의 말에는 모진 풍파를 이겨낸 여유가 느껴졌다. 독한 고통은 작은 고통을 기억에서 지우는 것 같았다. 비장애인인 나는 그녀의 삶을 이해하기 어려웠다. 그래서 그녀의 삶이 어떤 것인지 궁금해 물었다.

"그런 고생이 어떤 것이었나요?"

"세 살 때 엄마가 죽었어요. 엄마가 죽은 후 나는 열병을 앓고 눈이 안 보이게 됐죠. 저는 처음부터 사람이 아니었어요. 그래도 죽어지지 않고 살았어요. 커서 안마사가 되어 먹고 살았어요. 손님이 불러 놓고 그냥 가 버리면 택시비만 날아갔어요. 술 취한 분을 안마해 주고 돈 한 푼 받지 못하기도 했어요. 어떤 때는 계단에서 굴러 떨어지기도 했어요. 안마 손님 중에는 문을 닫아걸고 강간하는 사람도 있었어요. 피를 흘리며 만신창이가 된 몸으로 길바닥을 더듬어서 집으로 돌아오기도 했어요."

나는 그 말을 들으면서 가슴이 먹먹해졌다. 그녀에게 세상은 지옥일 것 같았다. 그녀가 말을 계속했다.

"그래도 저를 사랑해 주는 남편을 만나 가정을 꾸렸어요. 남편의 얼굴은 보지 못했지만 그래도 산다는 게 좋았어요. 남편과 달동네에 셋방을 얻었어요. 방이라고는 해도 창호지로 바람만 막게 되어 있어서 겨울이면 방 안이나 밖이나 춥기는 마찬가지였어요. 거기서 손으로 더듬어 가며 아기 기저귀도 빨고 바느질도 했죠. 안마를 하겠다는 손님이 있으면 오토바이 뒷자리에 타고 안마를 하러 갔어요. 겨울에 오토바이 뒤에 타고 가면 뼛속까지 얼어붙는 것 같았어요. 그래도 안마를 하고 돌아와 연탄불로 데워진 따뜻한 온돌방에 누우면 행복했어요. 하나님 이렇게 따뜻한 방을 주셔서 감사하다고 기도했죠."

그녀가 살아온 비결을 알 것 같았다. 그분이 그녀의 마음을 어루

만지고 보호해 왔다는 생각이 들었다. 그녀는 어떤 행복을 추구할까 궁금해서 물었다.

"앞으로의 소망이 있다면 어떤 걸까요?"

"제게 남은 소망이 있다면요, 몇 푼 안 되지만 그동안 저축한 돈으로 저보다 더 어려운 사람을 돕고 싶어요."

"더 어려운 사람이라뇨?"

나는 속으로 깜짝 놀랐다. 그녀보다 더 힘든 사람은 없을 것 같았기 때문이다.

"가난해서 밥을 못 먹는 사람들과 등록금이 없어 공부를 못하는 아이들에게 제가 모은 돈을 주고 싶어요."

나는 속으로 머리를 절레절레 흔들었다. 그녀 앞에서 감히 누가 자신의 절망을 말할 수 있을까. 그녀는 그분과 함께 있으면 보이지 않아도 괜찮다고 했다. 개미도 파리도 다 가지고 있는 눈이 뭐가 중요하냐는 것이다. 자신은 영혼의 눈이 있다고 했다. 그분과 함께 있으면 가난해도 어떤 고통이 다가와도 고통이 아니라고 했다. 하늘에서 내려오는 신비한 빛이 그녀 주위에 감도는 느낌이었다.

강도범과의 대화

70대 말쯤의 여인이 나의 법률사무소에 찾아온 적이 있었다. 깡마른 몸에 얼굴에는 병색이 돌고 있었다.

"이제 나도 언제 죽을지 모르는데 아들 한번 보고 싶어요. 우리 아들이 스물세 살에 감옥에 갔는데 벌써 마흔 살이에요. 앞으로도 10년 세월을 징역 살아야 한대요. 우리 아들한테 좀 가 봐 주세요. 강도로 검사님 댁에 들어간 탓에 그때 사건을 맡아 주려는 변호사가 한 명도 없었어요."

그 말을 들으면서 나는 신문 1면에 톱기사로 나왔던 강도 사건이 떠올랐다. 본때를 보이기 위해 최고형이 선고된 사건이었다. 나는 그 늙은 어머니의 간절한 부탁을 들어주고 싶었다. 뚜껑이 덮인 깊은 우물 같은 암흑 속에 있을 때 누군가 그 뚜껑을 열고 들여다보는 것 자체만으로도 빛이 되기 때문이다.

거대한 바위산의 협곡 아래에 상자곽 같은 건물들이 웅크리고 있었다. 우중충한 회색빛에 세월의 얼룩들이 묻어 있었다. 그 건물들은 세상을 거부하듯 사방이 두꺼운 벽으로 둘러쳐져 있었다. 높은 담 아래 붙은 작은 철문을 통해 어둠의 세계로 들어갔다. 철컹 소리를 내며 둔중한 금속음을 내는 철창을 몇 개 통과해 교도소 깊숙이 있는 한 방으로 갔다. 천장에서 푸르스름한 빛을 뿜어내는 형광등이 있을 뿐 한낮인데도 어둠침침했다.

30분 정도 기다리는데 묘한 느낌이 들었다. 깊은 우물 속에 혼자 앉아 있는 적막감이라고 할까. 그가 나타났다. 쌍꺼풀이 진 커다란 눈이 선량해 보였다. 내가 그동안 봐 온 범죄인들의 인상은 세상의 인식과는 동떨어진 경우가 많았다. 살인범들의 경우도 하얀 얼굴에 짙고 검은 눈썹을 가진 미남들이 많았다. 그들의 손은 예술가처럼 길고 가늘었다.

"얼굴을 보니까 강도할 사람으로 보이지 않네요?"

내가 그렇게 첫마디를 꺼냈다. 편견을 없애고 거리를 줄이기 위한 말이었다.

"아닙니다. 그렇지 않습니다. 저는 악랄한 강도입니다. 검사님 댁을 털기 전에도 전과가 있었죠. 그 시절에는 솔직히 죄의식조차 느껴지지 않았어요. 그저 동물적 본능이 이끄는 대로 살았습니다. 제가 이렇게 사는 건 그 당연한 결과죠."

그는 인생의 페이지를 되돌려 반추하면서 정확하게 자신의 지난 삶을 재해석했다. 쉽지 않은 말이었다. 강도가 자기를 강도라고 하면 그건 내면이 변했다는 증거였다.

"긴 세월을 감옥 안에서 어떻게 살아왔어요?"

그 안에서도 여러 가지의 삶이 존재하고 있었다.

"이 안에서 평생을 살 거면 차라리 죽는 게 낫다고 생각했었습니다. 처음에는 그저 날뛰었죠. 자살을 하려고도 했고 교도관들에게 시비도 걸고 난동을 부렸어요. 나 자신을 어떻게 주체할 수 없었죠. 그렇게 세월을 보내다가 이상한 강도범을 보게 됐어요. 나와 비슷하게 중형을 선고받은 사람이었어요. 그런데 그는 나와는 다르게 살아가는 거예요."

"어떻게요?"

"나는 악마가 되어 있는데 그 사람은 천사인 거예요. 항상 밝고 명랑한 겁니다. 게다가 책을 밤늦게까지 읽고 새벽에도 일찍 일어나는 거예요. 그 친구에게 묘하게 끌리더라고요. 한번은 운동 시간에 그가 나를 보고 긴 시간을 견뎌 내려면 책을 읽어 보라고 했어요. 그래서 그를 흉내 내서 세계문학 전집을 읽기 시작했어요. 솔직히 태어나서 처음 하는 독서였는데 그게 머리에 들어왔겠습니까? 뭔가 뭔지 혼란스러웠죠. 성경을 읽어도 마찬가지였어요. 그 남자는 나보고 무턱대고 계속 읽어 보라고 했어요. 독한 마음을 먹고 시키는 대로 해 봤죠. 시베리아 유형 생활을 하는 사람들 얘기, 감옥에 있는 사람들의 얘기들을 책으로 읽다 보니 차츰 마음이 안정되는 것 같았어요. 그때 그 사람이 내게 또 한마디 하더라고요."

"무슨 말을?"

"오랜 시간이 흘렀으니 이제는 내가 강도짓을 한 피해자들의 입장을 한번쯤 생각해 보라는 거였어요. 그리고 할 수 있다면 그들을 위해 기도해 보는 건 어떠냐는 거였어요. 같은 강도범에 같이 중형을 선고받은 비슷한 처지니까 반발하는 감정은 일어나지 않더라고요. 그래서 그 친구 말대로 내가 강도를 한 사람들을 떠올려 봤죠. 제일 먼저 떠오르는 게 해장국집 아주머니였어요. 해장국을 팔아서 대학에 합격한 딸의 등록금을 장롱 속에 뒀는데 내가 그 돈을 털었죠. 그 딸이 대학에 못 갔을 생각을 하니까 정말 나는 나쁜 놈이라는 걸 깨달았어요. 검사 집 옆에 있는 전봇대를 타고 안으로 들어갈 때도 마음이 착잡했죠. 걸리면 죽겠구나 하는 생각은 들었어요. 같이 들어간 친구가 그 검사에게 칼을 들이대고 우리가 강도가 될 수밖에 없었던 이유를 대면서 그걸 아느냐고 소리쳤죠. 우리가 법정의 검사가 되고, 그 검사가 죄인 역을 맡은 셈이었죠. 그 검사는 젊은 사람들이 오죽하면 이런 일을 하겠느냐며 우리를 달랬어요. 그리고 조용히 나가 주면 없던 일로 하겠다고 했어요. 그 말을 들었더라면 하고 나중에야 후회를 했죠. 지금 와서 생각해 보면 그냥 오기와 반항으로 살았어요. 나의 불행을 세상 탓으로 돌렸죠. 얼마 전에 세계사 열다섯 권짜리를 다 읽었어요. 그런데 역사책을 보니까 예전에는 나 같은 놈들은 재판도 없이 목을 잘라 대롱대롱 공중에 매달아 놓았더라고요. 그나마 이렇게 살아 있는 것도 문명화된 세상 덕인 것 같아요."

그의 말을 들으면서 나는 십자가 옆에서 같이 처형된 두 명의 강도범이 떠올랐다. 한 명은 저주를 했고, 다른 한 명은 참회를 했다.

참회를 한 강도는 그날로 낙원으로 갔다. 그가 싱긋 웃으면서 덧붙였다.

"어려서부터 공부는 안하고 일만 저질렀죠. 그렇지만 뒤늦게라도 이 안에서 중고등학교 검정고시, 대학 검정고시까지 해냈어요. 게다가 미장, 양재 같은 자격증도 땄어요. 너는 안될 놈이라고 욕을 많이 먹었는데 이제는 인정받고 싶어요."

아쉬운 마음을 품고 감옥 문을 나왔다. 그리고 25년가량의 세월이 흘렀다. 그도 석방이 되어 같은 하늘 아래서 살아가고 있을 것이다.

기타리스트의 '내 사랑 내 곁에'

그는 베이스 기타를 연주하는 뮤지션이었다. 보기 드문 미남이었다. 촉촉하게 젖은 듯한 검은 눈동자에서는 애잔한 호소력이 흘러나왔다. 동시에 묘하게 강한 의지가 느껴졌다. 그는 어려서부터 음악을 좋아했고, 그래서 음대에 진학했다. 그의 록그룹은 인기가 높았다. 그가 만든 곡들은 스피커에서 타는 냄새가 날 정도였다.

그가 스물다섯 살 무렵이었다. 손가락 끝에 염증이 생기더니 곪기 시작했다. 기타를 치다 보면 손가락마다 상처가 생겨 피가 흐르고 굳은살이 박히는 게 보통이었다. 그는 대수롭지 않게 생각하고 소독을 한 뒤 고약을 붙였다. 칼같이 가느다란 기타 쇠줄로 생긴 상처에 세균이 침입할 수도 있었다. 그런데 손가락의 상처가 낫지를 않았다. 염증 부위는 손바닥 쪽으로 올라가면서 커지고 있었다. 기타리스트에게 예민한 손가락은 생명이었다.

병원에 간 그는 무서운 소리를 들었다. 피가 모세혈관까지 순환이 되지 못해 손과 발이 서서히 썩어 들어가는 '버거씨병'에 걸렸다는 것이다. 그 병은 아주 서서히 인간의 몸을 잠식해 들어가는 병이라고 했다. 마비된 손가락으로는 기타를 칠 수 없었다. 그는 키보드로 연주 악기를 바꾸었다. 썩은 손가락을 잘라 내게 되자 그 연주마저 힘들어졌다. 그는 병원의 침대에서 작곡을 했다. 그는 자기가 만든 노래 〈늦지 않았습니다〉와 〈다시 시작해〉를 병실에 찾아 온 가수에게 주었다. 발가락도 검게 썩기 시작했다. 그리고 몸을 잠식해 오는 그놈은 담쟁이덩굴처럼 서서히 몸의 중심을 향해 공격해 왔다.

그가 서른한 살일 때 두 다리를 잘라 냈다. 심한 고통이 파도처럼 쉬지 않고 밀려왔다. 그 병에 걸린 사람 열 명 중 여덟 명 이상이 고통 때문에 자살을 한다고 했다. 그는 모든 걸 정리할 때가 됐다고 생각했다. 그는 독한 마음을 먹고 간병을 하는 아내를 쫓아 보냈다. 죽음 같은 고통이 그의 영혼을 흔들었다. 보다 못한 친구가 그에게 필로폰을 가져다주었다. 필로폰은 효과가 있었다. 병원에서 맞는 모르핀 주사는 한 시간이면 효력이 사라졌다. 필로폰은 열다섯 시간이나 고통에서 그를 구해 주었다. 값도 쌌다. 그런 그가 필로폰 투약 혐의로 구속됐다.

그 바람에 변호사인 나는 구치소에서 그를 만났다. 그는 휠체어를 타고 어깨 위로 인공 혈관을 주렁주렁 매단 채 나에게 왔다. 주기적으로 피를 걸러 주어야 생명이 유지된다고 했다. 주위의 얘기로는 그에게 남은 시간이 얼마 되지 않는다고 했다. 그는 혼자 구속된 게 아니었다. 그 무렵 최고의 인기 가수와 함께 필로폰 투약 혐의로 기소되어 법정에 섰다. 그가 필로폰을 섞은 음료수를 친구인 가수에게 주었던 것이다. 열 시간 이상 목이 터져라 노래를 부르는 라이브 공연에서 그걸 먹으면 힘이 생생하게 살아나기 때문이었다. 인기 가수의 필로폰 복용이 연예 기사의 톱으로 떠오르면서 그 두 사람의 사건은 사회적 관심 대상이 되었다. 그들이 법정에 서게 된 배경은 간단했다. 필로폰 판매책이 마약 수사반의 그물에 걸렸다. 마약 수사반은 언론에 대서특필이 될 거물급 연예인이 필요했다. 그 정보를 주면 봐주겠다고 흥정을 한 것이다. 거기에 인기 가수와 필로폰이 섞인 드링크제를 준 그가 걸려든 것이다.

내가 솔직한 사정을 얘기하면서 변론을 하는데도 담당 재판장은 몸을 사리는 것 같았다. 언론의 도마 위에 오른 인기 가수를 풀어 줬다가는 오해를 받을지도 모른다고 생각한 것 같았다. 몸이 썩어 가는 그가 통증 때문에 필로폰을 투약한 사정도 외면했다. 그는 유명 가수의 조역쯤으로 한 세트로 묶여 취급되고 있었다. 그들에게 실형이 선고됐다.

감옥 안에서 마지막으로 그를 만났을 때였다. 아픈 그는 감옥 안에서 모로 누워 새우잠을 자며 견디고 있다고 했다.

"인생에 아쉬운 것도 후회도 많지요?"

내가 위로하는 마음으로 입을 열었다. 변호사인 내가 죄인이 된 기분이었다. 정말 미안했다.

"저는 아무런 후회도 없어요. 좋아하는 음악을 했고, 돈도 가져

봤어요. 그리고 예쁜 아내도 가져 봤죠. 참 내 아내가 누군지 아세요?"

순간 그의 얼굴에 자랑스러워하는 빛이 떠올랐다. 그는 시청률이 높았던 한 드라마의 여주인공이 아내라고 말하면서 내게 덧붙였다.

"참 좋은 여자였어요. 다리가 없어진 저를 화장실로 데리고 가서 손으로 뒤를 다 닦아 줬어요."

그 말을 들으면서 인간은 무엇으로 사는지를 알 것 같았다.

"따뜻한 위로를 받으면서 남은 시간을 보내야 하는데 이렇게 돼서 어떻게 하죠?"

나는 안타까웠다. 그가 쓸쓸한 웃음을 지으며 말했다.

"처음엔 힘들었죠. 그렇지만 모든 걸 받아들이니까 편해요. 발버둥쳐야 무슨 소용입니까? 어차피 죽는 건데."

그는 허허로운 웃음을 지으며 철창 안으로 되돌아갔다. 그가 지금은 천국에서 좋은 음악을 들으며 잘 지내고 있을지 궁금하다.

인격을 드러내는 비난

참 많은 비난을 받았다. 그중에는 기억의 자락에 더러 남아 있는 것들도 있다. 어느 날 우연히 인터넷 신문을 뒤지다가 나를 실명으로 거론하면서 "보기만 해도 역겹다"라는 제목의 글을 발견했다. 비판 논객으로 알려져 있는 사람이 쓴 글이었다. 말 한마디도 나누지 않은 전혀 모르는 사람이었다. 내가 왜 그에게 역겨운 사람이 됐는지 이해할 수 없었다.

또 다른 비난도 있었다. 신문에 이름이 났던 도둑을 변호할 때였다. 그 도둑이 사회의 관심을 끌 때여서인지 방송국에서 한 프로그램에 나를 불렀다. 그런데 토크쇼의 사회자가 대뜸 "별 볼 일 없는 변호사가 한번 떠 보려고 그 사건을 맡았다는 말이 있는데 그에 대해 의견이 어떠십니까?"라고 물었다. 내가 유명해지고 싶어서 마냥 들떠 있는 경박한 인간이 되어 있었다. 사실 그 도둑이 돈이 없고 변호사도 없어서, 거절하다가 마지못해 맡은 사건이었다.

그 비난을 받고 나는 오물을 공개적으로 뒤집어쓴 기분이었다. 내 의견이 있었지만 나는 세상을 설득하는 것이 현명하지 못하다고 생각했다. 세상은 설득당하는 것을 싫어했다. 그리고 이유 없는 대중의 증오와 미움도 어쩔 수 없는 현실이었다. 주위에 열 명이 있다고 가정하면, 그중 두 명은 나를 극도로 역겨워하고, 두 명은 나를 좋아하고, 여섯 명은 나에게 무관심한 게 세상의 법칙이라고 한다. 예수님도 악마라는 비난을 받았다. 나를 역겹다고 한 분이 다른 사람을 공격하다가 감옥에 간다는 보도를 보았다. 방송에서 내게 질문을 했던 그 사회자는 민주화 투쟁 경력과 방송의 유명세를 타고 대통령 비서실장이 됐다. 나에게 했던 질문은 바로 그 자신의 생각과 인격 수준인 것 같았다.

돌이켜보면 어쩌면 그들보다 내가 더 파렴치한 죄인인지 모른다. 변호사로 살아오면서 남을 비판하거나 비난했던 적이 너무 많았다. 지금도 참회하고 미안해하는 과거의 일이 있다. 한 미모의 여성이 이혼 소송을 내게 맡기면서 자기의 애환을 털어놓았다. 그녀는 명문 여고와 대학을 나왔다. 아버지가 일찍 돌아가시고 집안이 기우는 바람에 부잣집 못난이 아들과 결혼하게 됐다고 했다. 사랑하는 남자가 따로 있었다고도 했다.

결혼 후 그녀는 열등감이 심한 남편에게 학대를 당했다고 했다. 잔인한 폭행이 있었고, 심지어 그녀를 죽이려고 한 적도 있었다고 했다. 남편이 주차장의 두꺼운 나무문의 나사를 몰래 빼놓아 그 문이 주차하려는 그녀에게 떨어질 뻔했다는 것이다. 감정이입이 되어 분노한 나는 법정에서 그녀의 남편에게 저주와 비난을 퍼붓고 승소 판결을 받았다. 뒤늦게야 나는 그녀의 모든 말이 새빨간 거짓이었음을 알았다. 그 모든 게 그녀가 드라마를 보고 상상한 거짓이었다. 나는 그녀의 남편에게 무릎을 꿇고 사죄를 하고 싶었다. 서류에 기록된 나의 비난들을 보면서 내 인격의 수준이 그 정도인 걸 확실히 알았다.

생각과 인격의 수준이 사람마다 다르다는 걸 실감한 또 다른 사건이 있었다. 그 대충의 내용은 이렇다. 한 여성에게 두 남자가 있었다. 한 남자는 사랑이 식어 버린 법적 남편이었고, 다른 남자는 우연한 기회에 만나 가슴속에 사랑의 불을 피운 사람이었다. 법적 남편의 학대에 시달리던 여성은 자살을 결심하고 한강으로 나갔다. 그 시간 법적 남편은 불륜의 증거를 찾기 위해 아내의 이메일을 해킹하고 있었다. 그녀의 다른 남성은 한강다리들을 헤집고 다니다 마침내 물에 빠진 그 여성을 구해 냈다. 법적 남편은 아내의 다른 남자에게 손해배상 소송을 제기했다. 나는 변호사로 소송을 진행하면서 결혼의 본질이 무엇일까 하는 의문이 들었다.

『벙어리 삼룡이』라는 대학 시절 국어 교재의 소설이 떠올랐다. 주인아씨를 사랑하는 벙어리 삼룡이는 불이 나자 주인아씨를 구하기 위해 목숨을 걸고 불 속으로 뛰어들었다. 한강을 오르내리며 그녀를 구하려고 헤매던 남성에게서 벙어리 삼룡이가 겹쳐 보였다. 내가 맡은 사건의 법적 남편은 자신의 아내와 벙어리 삼룡이 같은 상대방 남자를 무자비하게 비난했다. 나는 사건의 본질은 사랑이라고 생각했다. 호적에 있는 남자가 남편이 아니고, 사랑하는 남자가 진짜 남편이 아닐까 하는 생각까지 들었다. 나는 판사에게 사건의 본질을 한번 살펴봐 주었으면 좋겠다고 변론했다. 내 말을 들은 판사는 호적이 있고, 주고받은 이메일이 부정한 행위의 증거인데 무슨 뚱딴지 같은 소리를 하느냐고 나를 비난했다.

세월이 흐른 후 나는 그 사건을 모티브로 단편 소설을 써서 문예지에 보냈다. 작품이라기보다는 물 위에 풀어놓은 기름 물감을 종이에 그대로 뜨듯 사실대로 서술한 것이었다. 작품이 되려면 작위적인 변용이 필요한데 그렇게 하지 않았다. 다만 관계되는 분의 명예를 보호하기 위해 배경과 인물의 직업 등은 바꾸었다. 그 소설이 심사를 통과해 문예지에 실리고 평론이 함께 실렸다. 문학계의 거두로 알려진 그 평론가는 내 작품이 너무 작위적이라고 비판했다.

그 사건을 보는 나의 시각과 법관의 생각 그리고 문학평론가의 기준이 전혀 달랐다. 결국 비난은 그 사람의 생각 수준이고, 또한 인격 수준이 아닐까. 대통령과 야당대표를 타깃으로 비판과 비난이 폭포같이 쏟아진다. 그런 비판과 비난의 말에서 우리 국민들의 생각과 인격이 짐작된다. 각자 다르다는 걸 인정하고 겸손해야 마음이 편해지지 않을까. 부드러운 혀를 가져야 다툴 일이 줄어들고, 온유한 귀를 가져야 화를 참을 수 있는 게 아닐까.

기도하는 엄마

한파가 세상을 꽁꽁 얼어붙게 한 1월 중순경이었다. 아직 재판이 열리지 않은 적막한 법정 앞은 칼날 같은 냉기가 서려 있었다. 그 바닥에서 자그마한 노파가 잠시도 쉬지 않고 두 손을 합장한 채 절을 하며 기도하고 있었다. 장작개비같이 비쩍 마른 몸에 홑바지를 입은 노파는 금방이라도 쓰러질 듯 위태롭게 보였다. 곧 재판을 받게 될 자식을 위해 기도하는 것 같았다. 재난을 만난 자식을 위한 '엄마의 기도'는 어떤 것일까?

노파의 모습에 내 어머니의 기도가 겹쳐서 떠올랐다. 아들을 위해서라면 아무리 추운 겨울이라도 얼음장 같은 차가운 물에 들어가 기도하는 독한 어머니였다. 아이들 입시를 앞두고 아내에게 어머니처럼 기도할 수 있느냐고 물어본 적이 있었다. 아내는 못하겠다고 했다. 어머니는 꽁꽁 얼어붙은 법당에서도 찬물에 감은 머리카락에 고드름을 단 채 아들을 위해 기도했다. 40대 중반쯤 내가 수술을 받았을 때는 여섯 시간의 수술 동안 피 같은 땀을 흘리며 쉬지 않고 기도했다.

내가 모함에 빠져 위험한 상황에 처했던 적이 있었다. 어느 날 퇴근해서 어머니께 인사하러 들어가려다가 우연히 방문 틈으로 어머니의 기도하는 모습을 보게 되었다. 촛불 앞에서 어머니는 아들을 구해 달라고 간절히 하나님께 간구하고 있었다. 아들의 고민을 알면서도 모른 척하던 어머니였다. 가슴이 울컥했다. 그리고 고마웠다. 어머니는 별세 직전까지 아들을 위해 기도하고 아들을 축복해 주었다. 그 어머니의 기도를 먹고 나는 지금 여기까지 온 것이다.

기도하는 노파를 보면서 그 누군가 좋은 어머니를 둔 것 같은 생각이 들었다. 다른 법정에서 재판을 마치고 한 시간쯤 후에 다시 그 법정 앞 복도를 지날 때였다. 절을 하던 노파가 망부석처럼 그 자리에 얼어붙어 있었다. 측은해 보였다. 내가 가만히 다가가 물었다.

"무슨 일이신데 이렇게 추운데서 기도하세요?"

"저는 자식을 감옥에 집어넣은 못된 어미예요."

불안한 표정의 노파는 당장이라도 눈물을 쏟을 듯했다. 이런 때는 진지하게 들어만 줘도 위안이 된다. 나는 조용히 노파의 말을 기다렸다.

"아들 내외가 모두 약대를 나왔는데, 며느리만 약사 시험에 합격하고 아들은 떨어졌어요. 며느리 이름으로 변두리에 조그만 약국을 차리고 아들은 공부를 계속했어요. 그런데 젊은 여자 혼자서는 약국을 하기가 힘들어요. 동네 불량배들한테 봉변을 당할 뻔하기도

하고, 술 취한 사람에게 희롱을 당하기도 했어요. 그래서 집에서 공부만 하는 아들을 다그쳐서 며느리를 도와 약을 팔라고 했어요. 얼마 안 있어 아들이 약사 시험에 합격했어요. 이제 면허증만 받으면 흰 가운을 입고 당당하게 약사 노릇을 할 수 있게 됐죠. 그런데 갑자기 무면허 약사를 적발하는 집중 단속반에 걸려서 아직 면허증이 나오지 않은 아들이 감옥에 갔어요. 다 내 탓이에요. 맨날 아들을 구박만 했어요. 며느리는 약사가 됐는데 아들은 못 됐으니까요. 그것만 해도 마음고생이 심했을 텐데……."

노파는 오열했다. 노파는 입이 아닌 온몸으로 울고 있었다. 약사법은 면허증 없이 약국 개설은 물론 약도 팔지 못하게 되어 있었다. 게다가 전과가 생겼으니 면허증이 나오지 않을 수도 있었다. 판사가 노파의 기도하는 모습과 함께 애타는 사연을 직접 들으면 좋을 텐데 하는 생각이 들었다.

변호사란 바로 이런 모습과 모자의 내면을 변론 서류에 생생하고 밀도 있게 묘사해 재판장에게 전달하는 역할이 아닐까. 관념적이고 추상적인 단어는 판사의 마음을 움직이지 못한다. 검사가 법대 위에 올린 공소장에는 자격 없이 약을 팔았다는 몇 줄의 사무적인 문장만 들어 있을 것이다. 그리고 그걸 본 판사는 양형 기준에 따라 기계적으로 형을 선고하는 게 현실이었다.

"아드님은 잘될 겁니다. 만약 1심 재판이 끝났는데도 아들이 세상으로 나오지 못하면 저를 찾아오십시오."

나는 주머니에서 명함을 꺼내 노파에게 공손히 건네면서 말했다.

그 어머니의 간절한 기도가 판사의 피를 따뜻하게 데워 주고, 그의 마음을 움직일 것 같은 느낌이 들었다. 노파의 얼어붙었던 얼굴이 조금은 풀린 듯했다. 노파는 내가 자리를 뜨고 난 뒤에도 계속 차가운 바닥에 엎드려 기도를 계속했다. 작고 왜소한 어깨가 떨리는 게 멀리서도 느껴졌다.

나는 그런 사람들이 혹시 '변장한 천사'가 아닐까 하고 생각할 때가 있다. 톨스토이의 소설에 나오는 내용처럼, 내가 도움이 필요한 곳을 그냥 지나쳐 가지는 않는지 천사가 나를 살피는 것 같아 조심할 때가 있다. 또 어떤 때는 마음속의 어떤 존재가 나의 손발과 허리를 띠로 묶어, 도움이 필요한 사람들 곁으로 끌고 가는 것 같기도 하다. 내가 살던 시대의 한 귀퉁이를 풍속화같이 담아 보았다.

열네 살

열네 살 먹은 그 아이는 중학교 1학년 때, 같은 반 친구에게 운전을 해 보고 싶다고 했다. 둘은 주차장으로 들어가서 주차되어 있는 차들을 살폈다. 그리고 차문이 잠겨 있지 않는 차 안으로 들어가 보았다. 핸들 아래 열쇠가 꽂혀 있었다. 열쇠를 비틀어 보니 차가 몸을 부르르 떨면서 시동이 걸렸다. 신기했다. 차가 미끄러지기 시작했다. 두 아이는 잠시 후 차를 큰길가에 세웠다. 차에서 빠져나올 때 호기심에 콘솔 박스를 열어 보았다. 동전이 가득했다. 아이들은 그 동전을 가지고 나와 게임을 했다. 한번 재미를 붙이자 아이들은 그 장난을 몇 번인가 계속했다. 마침내 아이들이 경찰에 체포됐다. 만 열세 살까지는 범죄 행위를 해도 처벌받지 않는다. 그러나 아이들은 그보다 한 살이 많은 열네 살이었다. 담당 검사는 아이들을 구속시키고, 무면허 운전과 특수 절도죄로 기소했다. 법원은 아이들에게 국선 변호사를 지정해 줬다.

며칠 전 내가 했던 법률 상담의 내용이었다. 열네 살은 어떤 나이일까? 탈주범 신창원이 한때 여론을 떠들썩하게 했던 적이 있었다. 나는 그의 변호인이었다. 그가 감옥 안에서 했던 말이 기억에 남아 있다.

"열네 살 때였어요. 동네 아이들과 과수원에 들어가 복숭아를 몰래 따먹었어요. 나오는 길에 다른 아이가 그 집 카세트 플레이어를 가지고 나온 거예요. 우리들 모두 지서에 잡혀갔죠. 그런데 나보다 한 살 어린 아이들은 형사 미성년자라고 다 내보내더라고요. 또 아버지나 어머니가 와서 지서 순경한테 손을 쓰면 그 아이도 나갔죠. 나만 구속이 된 거예요. 교도관이 어린 나에게 수갑을 채우고 철창에 대롱대롱 매달리게 했어요. 팔목이 끊어져 나가는 것 같았어요. 한여름인데 재래식 똥통에 머리를 박고 있게 하는 거예요. 너무 힘들었어요. 엄마는 하늘나라에 있고 아버지는 나를 찾아오지 않았어요. 나는 그때부터 악질로 만들어졌어요. 그때 누군가 내게 애정을 조금만 줬으면 이런 괴물이 되지는 않았을 겁니다."

오래된 인기 드라마 《모래시계》의 모델이 된 조폭 두목의 변호를 맡았던 적이 있다. 그가 이런 말을 했다.

"중학교 2학년인 열네 살 때부터 싸움만 하고 다녔어요. 패싸움도 했고 연장질도 했죠. 그러다가 잡혀갔어요. 검사실에서 조사를 받는데 아버지가 온 거예요. 우리 아버지가 거의 아들뻘 되는 검사 앞에서 무릎을 꿇고 아들을 살려 달라고 한없이 비는 거예요. 나한테는 한없이 잘나고 훌륭한 아버지인데 검사한테 비는 걸 보니까 마음이 이상하더라고요. 그래서 그때 다시는 아버지가 검사한테 무릎 꿇고 빌지 않게 하겠다고 결심을 했었죠."

열네 살의 아이에게서는 인생의 가치관이 형성되지 않은 날것의 냄새가 난다. 그 나이 때의 나도 불량 학생에 속했었다. 나는 태권도장에 다니면서 그곳에 같이 다니던 구두닦이나 당구장 종업원 아이들과 사귀었고, 20대 초쯤의 건달들을 형이라 부르며 따랐다. 그들 사이에서는 싸움을 얼마나 잘하느냐가 중요했다. 남의 물건을 슬쩍하는 것도 그들에게는 절도가 아니라 그냥 장난에 불과했다. 청교도적인 도덕관념을 심어주지 않는 한 대부분이 죄의식이 없었다. 평소 무섭던 어머니가 불량해져 가는 나를 보더니 갑자기 태도가 180도로 달라졌다. 어머니는 울면서 내게 빌고 또 빌었다. 애정의 끈을 놓지 않았던 어머니로 인해 나는 서서히 키를 돌려서 궤도를 수정하게 되었다.

내가 그런 시절을 겪어서인지 남의 자동차를 운전해 본 그 아이들의 열네 살을 이해할 수 있다. 열네 살, 중학교 2학년 아이들을 우스갯소리로 북한의 핵보다 무섭다고 한다. 언제 폭발할지 모르는 사춘기다. 그 나이에는 누구나 잠시 넘어질 수 있다. 아이들은 애정의 끈으로 일으켜야 한다.

나는 국선 변호사의 애정을 확인하고 싶어 아이 부모에게 변론문을 받아서 보내 달라고 했다. 냉랭한 답이 왔다. 그 국선 변호사가 자기가 변론문을 줄 법적 의무가 있느냐고 되묻더라는 것이다. 그는 아무것도 하지 않은 듯했다. 국선 변호사 제도가 자칫하면 껍데기만 있고 알맹이는 없는 제도가 되어 버릴 것 같다.

아이의 부모에게 자동차의 소유자를 찾아가 자식을 대신해서 빌어 보았느냐고 물었다. 그게 아들에 대한 또 다른 사랑의 모습이기 때문이다. 아빠와 엄마가 구치소로 면회를 가서 아이와 함께 울어 보았느냐고도 물었다. 애정의 끈을 놓지 않으면 아이는 살아난다.

나는 많이 넘어져 봤다. 덕분에 좀 더 깊어졌다. 실수와 실패도 반복했다. 덕분에 조금은 따뜻한 눈을 갖게 됐다. 여러 번 궁지에 몰리기도 했다. 덕분에 나의 연약함을 알았다. 열네 살의 넘어짐은 그 바닥을 딛고 다시 일어서면 괜찮다.

괜찮은 남자

뜨거운 태양이 쏟아지던 날, 그가 나를 찾아왔다. 거의 노숙자에 가까운 피폐한 모습이었다. 한 모임에서 알게 된 사람이었다. 재벌그룹 기획실에 근무한다고 했다. 빈틈이 없고 똑똑했다. 예의도 바르고 부드러운 편이었다. 물건으로 치면 최상급으로 평가할 인간이라는 생각이 들었다. 그를 보면 유리같이 투명한 정직과 결백성이 느껴졌다. 그가 나의 법률사무소에 온 것이다. 그가 바로 솔직히 털어놓았다.

"회사에서 쫓겨났습니다. 집에서도 쫓겨났고요. 그리고 아파트도 퇴직금도 전부 압류를 당했습니다."

"왜요?"

"바람을 피워서 그랬습니다."

"바람이요?"

"그렇습니다. 나이 먹고 엉뚱한 로맨스를 하는 바람에 모든 걸

잃게 됐습니다. 바람을 피운 상대편 여자가 임신한 사실을 뒤늦게 알았습니다. 솔직히 제가 바람둥이라면 그런 문제가 없었을 겁니다. 처음 도둑질한 놈이 밤이 새는 걸 모르듯 제가 그랬습니다. 바람 한 번 피우고 인생의 모든 걸 잃었습니다."

그는 임원 승진을 앞두고 홍콩 지사장으로 발령이 났다. 중국계 회사와 거래를 트고 실적을 올려야 했다. 접대로 중국 회사 간부의 뼈까지 녹여야 했다. 정보를 수집하기 위해 그 회사 회장의 여비서를 포섭해 둘 필요가 있었다. 그가 중국 회사 회장의 여비서에게 선물도 하고 친절하게 하니까 상대방도 마음의 문을 금세 열었다. 둘은 어느새 호텔에서 만나는 가까운 사이가 되어 버렸다. 한편으로 달콤하고 회사를 위한다는 명분도 있었지만 그는 마음 깊은 곳에서 죄의식을 느끼고 있었다.

그는 청교도적인 품성을 가지고 있었다. 근무하는 회사에서 추파를 던지는 미녀들을 보면서도 눈길 한 번 안 줄 정도로 자기 관리에 철저한 사람이었다. 주변에서 여자 문제로 고민하는 동료가 있으면 선비 같은 태도로 질타를 하던 그였다. 그가 거래 회사 간부를 접대한 다음날 아침이었다. 아내가 와이셔츠에 묻은 립스틱 자국을 발견하고 따졌다. 아버지가 교회 장로인 아내는 결벽증에 가까운 성격이었다.

"접대 업무를 하다 보면 그런 거 아무것도 아니야. 술집에 간 거 가지고 그러냐?"

그는 속에 비밀을 담아 두는 성격이 아니었다.

"수단과 방법을 가리지 않고 회사에서 실적을 올려야 해. 그렇게 이해하고 넘어 가자고. 내가 당신한테 한 번이라도 여자 문제로 속을 썩인 적 있어? 그 정도는 아무것도 아니야, 나는 필요하면 정식으로 젊은 여자와 사귈 수도 있어. 솔직히 말해서 지금 그런 상황이라고."

그는 말하지 말아야 할 것을 뱉고 말았다. 그 말은 타는 불에 휘발유를 붓는 꼴이 되어 버렸다. 그의 아내는 그걸 참아 내지 못했다. 아내의 감시가 뒤따랐다. 아내는 30분 간격으로 사무실에 전화했다. 집에 들어오면 침실 문이 잠겨 있었다. 아내는 전 재산을 넘겨준다는 각서를 쓰라고 했다. 그는 아내를 달래기 위해 시키는 대로 했다. 그 얼마 후 그는 서울의 본사로 소환됐다. 인사 담당 이사가 그에게 사표를 쓰라고 했다. 아내가 그의 불륜을 회사에 통보하고 귀국시켜 달라고 했다는 것이다. 회사에서는 그의 입장을 이해하지만 이 문제가 공론화가 되면, 회사 규정상 어쩔 수 없다는 것이었다. 그는 사표를 썼다.

아내의 분노는 그래도 가라앉지 않았다. 아내는 아이들 앞에서 눈을 부라리며 그에게 험한 욕설을 했다. 직장을 잃은 그에게 아내는 매일 3천 원을 주었다. 그 돈으로는 지하철을 타기도 힘들었다. 아내는 빨래는 물론이고 밥도 해주지 않았다. 그가 퇴직금을 타기 위해 회사 경리부로 갔을 때는 이미 아내에 의해 퇴직금이 가압류가 된 상태였다. 그뿐이 아니었다. 그의 이름으로 되어 있는 아파트도 가압류가 되어 있었다. 그 아내의 배신감은 극에 달해 있는 것 같았다. 그래도 그는 이렇게 말했다.

"모든 걸 예전으로만 환원시킬 수 있다면 평생 공처가 노릇도 각오하겠습니다. 집사람은 성격이 너무 강합니다. 폭발하는 성격이라 자기도 순간 자신을 주체하지 못할 때가 많아요. 나는 그저 죽은 듯이 살고 있습니다. 그 사람도 냉철히 생각하면 아이도 있고 이제 여자로서 나이도 있으니까 그냥 한번 눈감아 주고 살겠다는 계산을 왜 못하겠습니까? 그렇지만 자신의 성질을 제어하지 못하는 겁니다."

그런 그의 아내가 소송을 제기했다. 재판장이 기록을 들추면서 원고인 그의 아내에게 물었다.

"이혼은 하지 않고 재산은 전부 빼앗겠다는 취지입니까?"

"그렇습니다. 이혼은 절대로 하지 않을 겁니다."

재판장이 나와 같이 온 그에게 물었다.

"남편인 피고가 가지고 있는 재산이 어떻게 됩니까?"

"회사 다닐 때는 이것저것 혜택도 주고 괜찮은 것 같았습니다. 그런데 사표를 내고 그 조직의 자리를 떠나는 마당이 되니까 새삼 인색하다는 게 느껴졌습니다. 30평짜리 작은 아파트 한 채와 5천만 원가량 되는 퇴직금이 저의 20년 청춘의 모든 겁니다. 그나마 저 같은 엘리트 코스를 밟고 잘 나간다는 사람의 경우입니다."

재판장은 부부를 화해시키기 위해 노력했다. 그도 아내에게 빌고 또 빌었다. 그러나 그는 용서받지 못했다. 모든 재산을 주고 집을 나왔다. 그 후 그의 아내가 보험설계사를 하는 걸 알고, 중소기업체에 다시 취직한 그가 생활비와 아이들 교육비를 다달이 보내는 걸 보고 그가 괜찮은 사람이 맞는 걸 확인했었다.

불륜은 드라마의 달콤새콤한 단골 소재다. 불륜은 로맨스로 보이기도 한다. 그러나 변호사로 그 현장에 있다 보면 어처구니없이 씁쓸한 결과가 되는 현실을 보기도 했다.

나는 위선자다

⚖️ 　어느 날, 나이가 지긋한 사무장이 변호사실로 들어와 내게 말했다.

"권투 선수 출신이 나를 찾아와 두들겨 패려고 하더라고요. 그리고 분노하면서 변호사님도 위선자라고 욕을 해요."

나는 그가 왜 화를 내는지 일부는 이해할 것 같았다. 직장에서 해고된 그가 내게 와서 복직하게 해 달라고 소송을 의뢰했었다. 나는 그의 억울함에 공감하고 법정 투쟁을 해서 이겼다. 그런데 돌이켜보니 동정이 지나쳤던 것 같다. 그는 나를 변호사가 아니라 사회운동가나 정이 든 형쯤으로 착각한 것 같았다. 사무장이 그에게 변호사 비용을 청구하니까 그가 배신감을 느끼고 나를 위선자로 단정한 듯했다.

사이비 종교 단체의 교주로부터 피해를 받은 여성들이 나를 찾아왔었다. 그녀들의 뒤에는 이단과 싸우는 단체가 있었다. 그 단체의 사람들 중에는 교주를 없애고 대한민국을 기독교 국가로 만들어야 한다는 광신도도 있었다. 그들의 증오와 적개심이 대단했다. 나는 단체와 차츰 거리를 두었다. 증오와 적개심으로 싸우면 그들도 악마가 될 수 있을 것 같았다. 처벌은 검사의 몫이고, 변호사의 업무는 소송으로 손해배상금을 받아 주는 일이었다. 승소를 하고 돈을 받아 피해자들에게 주었다. 변호사로서 땀을 흘린 품값도 받았다.

얼마 후에 협박장이 날아들었다. 내가 '돈만 아는 죽일 놈'이라는 심한 욕설이 담겨 있었다. 그중 어떤 사람은 공개적으로 나를 비난하는 글을 보냈다. 무료로 해주는 척 위선을 떨더니 왜 뒤로 돈을 받느냐는 것이다. 나는 처음부터 일한 시간만큼 돈을 받겠다는 각서를 받아두었다. 품값을 뒤로 받은 게 아니라 정식으로 받았다. 그들은 나를 같이 투쟁하는 동지로 착각했던 것 같다. 어쨌든 나는 위선자가 됐다.

변호사를 시작할 때 나는 열 건의 사건을 맡으면 그중 한 건은 무료로 변론하겠다고 마음을 먹었다. 일종의 십일조를 바치는 것이라고나 할까. 노숙자 단체를 운영하는 목사에게 내가 무료로 변호해 줄 사건이 있으면 맡겨 달라고도 했다. 그곳에서 20여 년 동안 수많은 사건이 보내져 왔다. 그중에 언론에 알려진 유명한 도둑이 있었다. 감옥으로 찾아가 그와 오랜 시간 대화를 나누고 정이 들었다. 그의 석방을 위해 혼신의 힘을 쏟았다.

주변에서 비난이 쏟아졌다. 별 볼 일 없는 변호사가 스타 범죄자를 만나 뜨려고 한다는 공개적인 비난도 받았다. 그 때문에 유명해졌으니 돈을 내놓으라는 도둑 친구들의 협박도 받았다. 그 일의 끝은 위선자라는 평가와 욕설이었다. 어떤 사람은 '양의 탈을 쓴 늑대 같은 사회운동가'라고 욕을 써 보내기도 했다. 나는 사회운동을 한 적이 없다. 변호사를 천직으로 알고 그 업에 충실했을 뿐이다. 형사와 검사에게 능멸을 당하고 피고가 되어 법정에 서기도 했다. 어느 순간 나를 보는 판사의 눈길에서 위선자를 대하는 듯한 비웃음이 느껴지기도 했다. 그들이 내게 혐의를 두는 것은 위선인 것 같았다.

한 유력 일간지의 논설실장과 지면상에서 심한 언쟁을 하기도 했다. 그의 펜에 걸리면 누구든지 갈가리 찢어지고 상처를 입었다. 친구가 다치는 것을 보고 나는 그의 메마름을 지적하는 글을 썼다. 그는 유력지의 전통 있는 칼럼을 통해 나를 비난했다. 군의 장교 출신이고, 정보기관에 근무한 경력이 있는 자가 어떻게 인권변호사가 될 수 있느냐는 것이었다. 나를 위선자라고 했다.

조금은 억울했다. 나는 인권변호사라고 한 적이 없었다. 국방의 의무를 수행하기 위해 가기 싫은 군대에 갔을 뿐이다. 청춘의 시간을 남들보다 몇 배는 더 바쳤다. 영국의 소설가이자 정치 평론가인 프레더릭 포사이드의 첩보 소설을 읽고 호기심에 정보기관에 들어가 몇 년간 있었다. 양심에 가책을 받을 만한 일을 한 기억은 없다. 물론 해적선의 화부(火夫)도 책임을 지라면 할 말은 없다.

나는 위선자라는 욕을 참 많이 먹은 것 같다. 그런데 생각해 보면 그 말이 맞는 것 같기도 하다. 어려서부터 인정받고 싶은 욕구가 강했다. 어머니나 선생님한테 칭찬을 받고 싶어서 공부를 열심히 했다. 일류 학교의 배지를 달고 자랑하고 싶었다. 인정받고 싶은 욕구는 재물욕이나 권력욕 못지않았다. 글을 쓰는 것도 그 행간에는 공명심이 숨어 있다. 그 욕심은 늙을수록 점점 커지는 것 같다. 이제는 보잘 것 없는 인간보다는 하나님에게 인정받고 싶은 욕구가 더크다. 나는 위선자다.

강도에게서 배운 철학

변호사인 나는 남들이 혐오하는 파충류 같은 존재들을 검은 지하 감방에서 종종 만난다. 의사가 참혹하게 일그러진 환자를 보듯. 오래전 청송교도소에서 만났던 한 강도범의 얘기를 쓰려고 한다. 180센티미터의 큰 키에 근육질의 그는 교도소의 죄수 천팔백 명의 대장이었다. 한밤중에 흉기를 들고 그가 내 방에 찾아왔다면 아마 기절했을지도 모른다. 그런데 낮에 감방 안에서 만나면 아무렇지도 않다. 그가 나를 만나자마자 이렇게 말했다.

"스물다섯 살 혈기가 왕성한 때 감옥에 들어와서 지금 나이 마흔입니다. 앞으로 7년쯤 더 살아야 합니다. 건달 친구가 한탕만 잘하면 평생 걱정 없이 살 수 있다고 해서 그 유혹에 빠졌죠."

"어떤 강도였는지 내용을 알고 싶은데요."

나는 그가 사람을 해쳤는지 확인하고 싶었다. 강도도 여러 종류가 있기 때문이다. 용서를 받을 수 있는 강도도 있지만 짐승 수준의 강도도 있었다.

"원래는 배달 일을 했어요. 그러다가 건달 친구와 함께 신흥 주택가에 강도질을 하러 들어갔죠. 그 집 부엌의 빨래 건조대에 널려 있던 블라우스로 복면을 하고, 도마 위에 놓여 있던 칼을 들었죠. 처음이라 그런지 강도인 내가 오히려 덜덜 떨리더라고요. 같이 간 건달 친구가 나 보고 방으로 들어가라고 하더라고요. 자기는 망을 보겠다면서요. 저는 방에 들어갔죠. 아이를 데리고 부부가 자고 있었어요. 저는 그 부부를 깨워 돈을 내놓으라고 했죠. 여자가 돈이 없다고 하는데 진짜 같더라고요. 그때 탁자 위에 돼지저금통이 눈에 들어왔어요. 그거라도 뜯었죠. 동전들이 쏟아져 나오더라고요. 그걸 주머니에 쑤셔 넣는데 여자가 내일 아침 우리 애들 차비도 없는데 그걸 다 가져가면 어떻게 하느냐고 사정해요. 마음이 약해졌죠. 그때 망을 보던 그 친구가 방으로 들어오면서 그 말을 들었어요. 그 친구는 여자에게 '지금 우리를 놀려? 애가 다쳐도 괜찮다는 거지?'라고 겁을 줬어요. 그 말에 여자가 펄쩍 놀라면서 장롱 뒤에 숨겨 두었던 돈 보따리를 얼른 꺼내 주는 거예요. 그 집의 잔금을 치를 돈이래요. 첫 번째 범행에서 큰돈이 들어왔어요. 배달을 하던 내가 룸살롱에 가서 2백만 원을 쓰면서 술 먹고 춤을 춰 봤죠. 며칠 안 가 잡혀서 중형을 선고받고 지금까지 사는 거죠."

나는 그의 다음 말을 조용히 기다렸다.

"처음 3년 동안은 좁은 감방에서 닥치는 대로 부수고 반항했어요. 같이 징역 사는 다른 놈들도 다 미웠어요. 시간이 정지된 것 같은 감옥 안에서 버티려니 막연했어요. 그러다가 책을 읽기 시작했어요. 하루에 서너 권씩 독파했어요. 밤을 새우는 날도 많았죠. 저로서는 책을 읽는 행위가 그 많은 허무한 세월과의 싸움이었죠. 책에 미쳤어요. 워낙 많이 읽으니까 언제인가부터는 의식이 달라지더라고요. 나 같은 놈이 사회에 더 있었더라면 분명히 사형 당했을 것 같았어요. 그런 마음이 드니까 감옥에 있는 게 차라리 나를 살린 거구나 라고 위안이 되는 거예요."

독서가 한 인간을 변화시킨 현실을 보고 있었다. 사서삼경이 동양의 선비의식을 만들어 냈다. 불경이 몇 억이 되는 동양인의 마음을 바꾸었다. 서양에도 볼테르, 루소 등 계몽사상가의 책을 읽고 변화한 존재들이 많았다.

나는 마음을 열고 귀를 세운 채 그의 말을 계속 듣고 있었다.

"어머니가 일흔두 살인데 길가에서 김밥을 팔아요. 그 노인네가 머나 먼 여기 청송교도소로 면회를 와서, 저를 위해 매달 적금을 붓는다는 거예요. 제가 석방이 되면 걱정하지 않고 살 수 있는 생활비래요."

그렇게 말하는 그의 눈동자가 잠시 붉어지는 듯했다. 아들을 놓지 않으려는 늙은 엄마의 사랑이었다.

"저 말이죠. 그동안 일급 모범수가 됐고, 교도소 안에서 돈도 제일 많이 벌었어요. 이 안에서 하루 일당이 8백 원이에요. 15년 동안 노동을 해서 2백만 원을 벌었어요. 강도짓을 한 날 빼앗은 돈으로 하룻밤 룸살롱에서 썼던 돈의 액수와 똑같아요. 같은 2백만 원이라도 강도와 노동을 해서 번 돈은 차원이 달라요. 그 돈을 가지고 눈이 하얗게 내리는 날 우리 어머니를 찾아가고 싶어요."

그는 나의 살아 있는 철학 선생이었다. 그는 내게 강취한 돈과 노동으로 당당하게 번 돈의 차이를 알려주었다. 사람이 책을 만들지만 책이 사람을 만든 실제의 예를 그가 보여주었다. 감옥 안에는 독서인들이 많다. 지방 신문사의 간부를 하던 어떤 사람은 징역형을 선고받고 수감될 때 1백 권의 책을 읽겠다고 계획했다. 매일 하루 종일 열심히 책을 읽었다. 70권째 책을 독파하는 날이었다. 교도관이 철문을 열고 그를 나가라고 했다. 그는 독서 목표를 달성하지 못하고 나온 걸 아쉬워했다.

이 글을 쓰면서 소리 없이 눈이 내리는 날, 감옥 앞에서 늙은 엄마를 만나 길을 떠나는 모자의 뒷모습이 눈에 선하게 보이는 듯했다.

2장 /

세상을
바꾸고 싶은
변호사들

김이조 변호사는 법조계 내부의 CCTV 역할을 수행했다. 수많은 법조인의 삶과 사건을 들여다보기도 하고, 의문이 있으면 직접 찾아가 인터뷰도 했다. 그리고 그 내용들을 수십 권의 책으로도 냈다. 그 자체가 살아 있는 법조의 역사였다.

법을 지키는 괴짜들

어느 날 오후 3시경 나의 사무실로 김이조 변호사가 들어섰다. 아버지뻘 되는 나이의 선배 변호사였다. 김이조 변호사는 법조계 내부의 CCTV 역할을 수행했다. 수많은 법조인의 삶과 사건을 들여다보기도 하고, 의문이 있으면 직접 찾아가 인터뷰도 했다. 그리고 그 내용들을 수십 권의 책으로도 냈다. 그 자체가 살아 있는 법조의 역사였다. 그와 이런저런 얘기를 하다가 물어보았다.

"선배님이 보시기에 특이한 변호사가 있으면 얘기해 주시죠."

그가 잠시 생각하다가 누군가를 떠올리는 표정을 지었다.

"장단점이 있지만 용태영 변호사를 말해야겠네요. 용 변호사는 학력이 공업중학교 중퇴죠. 그 분 말이 공업중학교 시절 자기가 작문에는 꼭 일등을 했다고 그래요. 그런 글재주 때문에 그런지 본인이 낸 수필집만 열 권이 넘을 거예요. 그 양반은 정말 배짱이 두둑했어요. 서슬이 퍼런 박정희 대통령 시절 청와대 근처에 살았는데 청와대를 넓힌다고 하면서 계고처분장이 날아왔대요. 그 동네 사람들 모두 이사를 가라는 거죠. 용 변호사는 박정희 씨가 단순히 자기 집을 넓히려는데 왜 자기가 이사를 가야 하느냐면서 그 계고처분에 대해 행정소송을 걸었죠. 공공사업도 아니고 법적 근거가 없었던 것 같아요. 법원이 어쩔 수 없이 용 변호사의 손을 들어줬어요. 독재 시절이지만 형식은 법치주의니까요. 용 변호사 혼자 서울 시내가 내려다보이는 청와대 옆에 2층집을 짓고 아들과 살았죠. 삼엄한 경비 때문에 도둑이 들지 않아서 좋다고 그러더라고요. 내가 한 번은 가보니까 그 집 정원에 금칠을 한 불상이 앉아 있어요. 연유를 물으니 조계종단에서 선물로 받은 거라고 하더라고요."

"조계종단에서 선물로 받다니요?"

내가 되물었다.

"어느 해인가 크리스마스를 보내면서 용 변호사가 의문을 가졌대요. 예수가 난 날은 공휴일인데 부처가 난 날은 공휴일이 아니었다는 거죠. 불공정하다는 생각이었죠. 용 변호사가 또 행정소송을 걸었어요. 그래서 석탄일이 공휴일이 된 거예요. 용 변호사는 그런 특이한 일을 많이 했어요. 서초동에 법원청사를 처음 지었을 때 판사가 사용하는 엘리베이터만 있었고, 일반인은 법정까지 걸어 올라가야 했죠. 용 변호사가 문제를 제기한 거예요. 판사가 일반 국민의 위에 있냐고 말이죠. 그래서 법원이 일반인용 엘리베이터를 놓게 된 거예요."

"박정희 대통령이 통치하던 시절이라 중앙정보부에서 용 변호사를 가만 두지 않았을 것 같은데요?"

그런 시절이었다.

"몇 번 끌려간 모양인데 그래도 기가 죽지 않았어요. 대단해요."

그런 소수의 변호사에 의해 법치가 지켜지는 것 같다. 판사는 변호사가 문제를 제기해야만 판단할 수 있다. 검사는 형사상의 범죄로 그 업무 영역이 한정되어 있다. 법조계의 CCTV였던 김이조 변호사나 배짱이 두둑했던 용태영 변호사는 모두 저 세상으로 옮겨갔다. 그리고 이제는 내 또래가 원로 변호사가 되었다.

내 주변에서 배짱 좋은 변호사로는 이석연 변호사가 있다. 대통령이 세종시로 수도를 옮기려고 하다가 주저앉은 적이 있었다. 이석연 변호사의 헌법소송으로 옮기지 못했던 것이다. 어느 날 이석연 변호사를 만났는데, 그가 이런 말을 했다.

"관습 헌법상 대한민국의 수도는 서울이에요. 수도를 옮기려면 헌법부터 바꿔야지 대통령이라고 마음대로 하면 안 되죠. 수도를 옮기는 것보다 더 중요한 게 헌법을 지키는 거예요. 예를 들면 헌법에 자유민주주의가 나와 있는데 대통령이나 의회 마음대로 인민민주주의로 가면 되겠어요? 그래서 헌법소송을 걸어 본 겁니다. 앞으로는 국민 세금을 마음대로 자기 지역구로 끌어 쓰고 그걸 낭비하는 정치인들을 상대로 소송을 제기하려고 합니다. 법대로 하라고 말이죠."

법을 지키기 위해 애쓰는 변호사들을 보면 조선의 유림이 떠오르기도 한다. 조선시대 유림은 궁궐 앞에 가서 도끼를 앞에 놓고, 머리를 풀어 헤치고 임금과 맞장을 떴다. 나는 그러면 어떤 변호사 생활을 해 왔을까? 30대 초반에 변호사 등록을 하고, 평생 독서하고 글을 쓰면서 변호사의 길을 가겠다고 기도했다.

그때 우연히 글 한 편을 읽은 적이 있다. 짜장면을 만들어 파는 사람이 자기는 그냥 최고의 짜장면 기술자가 되겠다고 하는 내용이었다. 보통 가게가 조금 잘되면 업장을 넓히고 여러 종류의 음식을 만들어 팔았다. 그러나 그는 짜장면 하나에 목숨을 걸겠다고 한 것이다. 내게 잔잔한 감동을 준 글이다. 40여 킬로미터를 달리는 마라톤에서 30킬로미터 지점을 넘기듯 나는 글쟁이 변호사 생활 36년을 넘겼다. 곳곳에 지뢰가 파묻혀 있었다. 돌이켜보면 죽지 않은 것이 하나님의 은혜인 것 같다.

법치의 형상화

교통위반에 대해서는 칼같이 법치주의가 실현되는 나라다. 한밤중에 자동차로 초등학교 앞에서 조금만 빨리 달려도 여지없다. 도로 곳곳에서 CCTV가 눈을 부라리고 있다. 대한민국이 도덕국가가 됐다. 지갑을 땅에 떨어뜨려도 주워 가는 사람이 없을 정도다. 모두 CCTV라는 법치의 파수꾼 덕이다. 이 기계가 완전범죄를 없애는 데도 한 몫 하는 걸 경험하기도 했다.

경찰 고위층이 지능적인 수법으로 뇌물을 받은 적이 있었다. 사복을 한 채로 인적 없는 길에서 스친 사람이 떨어뜨린 돈 봉투를 슬며시 주워 가는 방법이었다. 그 경찰 간부가 입건이 됐다. 그는 범죄를 부인했다. 아무런 증거도 없다고 생각했기 때문이다. 검사가 씩 웃으면서 증거를 내놓았다. 그들이 스친 인적 없는 길가의 전봇대 위에서 내려다보던 CCTV가 잡은 영상이었다.

기계가 법치주의를 만들고 있다. 그런데 법을 만드는 정치인들이 법대로 하자고 말로는 외치지만 현실은 그 반대다. 뇌물죄에 대한 체포동의안이 올라와도 깔아뭉갠다. 당대표의 개인적 위법 사실을 소속 정당이 보호하기 바쁘다. 서민의 법치도 겉만 화려하고 내부는 작동이 느려 터진 부실한 기계 같다. 경찰에 고소를 해도 한없이 처리가 늘어지는 것이 현실이다. 검찰은 어떨까? 형사재판장을 한 판사 출신 변호사가 이런 말을 하는 걸 들었다.

"내가 형사 사건에는 죄가 되는지 아닌지 누구보다 전문성이 있다고 생각합니다. 의뢰인이 오면 유죄 확신이 서는 사건에 대해서만 고소를 해 줍니다. 그런데 현실을 보면 고소한 다섯 건 중에 한 건만 기소가 돼요. 그걸 보면서 저는 법치주의의 실현은 20퍼센트만 된다고 생각하죠."

5년 전에 제기된 형사고소 사건이 있다. 그동안 전혀 진척이 없었다. 어느 날 담당 검사실에서 전화가 왔다. 새로 부임한 검사가 이렇게 말했다.

"제가 검사실 캐비닛을 뒤지다 그 사건을 발견했어요. 전임자가 잊어버리고 그냥 처박아 둔 것 같습니다."

검사는 단순한 실수를 한 것일 수도 있겠지만 관련 당사자는 법치주의의 밖에 있는 투명인간이 된 셈이다. 법원의 재판도 한없이 늘어진다. 언제 끝이 날지 가늠할 수가 없다. 왜 그럴까? 전에는 판사도 승진하기 위해 경쟁이 치열했다. 밤중에도 판사실의 불이 켜져 있었다. 어떤 판사들은 사건 기록을 집으로 가져가서 밤을 지새우며 판결문을 쓰기도 했다. 판사마다 밀린 사건이 없게 하려고 수고를 아끼지 않았다.

　얼마 전 판사 사이의 계급이 없어졌다. 승진 경쟁에 휘말리지 않고 공정한 재판을 하기 위해서라는 취지였다. 계급이 없어진 법원의 사건 처리는 한없이 늘어졌다. 4년 전에 시작한 간단한 민사 사건이 아직도 결론이 나지 않고 있다. 재판도 제대로 열리지 않고 있다. 그렇다고 특별히 공정해진 것도 아닌 듯하다. 국민들의 법의식은 진영논리에 따라 달라지는 것 같다. 민사 사건이 진행되던 한 법정에서였다. 토지 소유자가 그 땅을 무단 점유하고 있는 사람들에게 나가 달라고 소송을 건 사건이었다. 남의 땅을 불법 점유하고 있던 사람들이 재판장에게 이렇게 대들었다.

　"우리는 가진 자들만 보호하는 대한민국의 법을 따를 수 없어요. 땅을 못 내놓겠습니다."

　겁을 먹은 재판장은 플래카드를 들고 법정 밖에서 눈을 부라리는 그들에게 법치가 무엇인지 말하지 못했다. 공장을 점령하고 폭력을 휘두르는 노조원에 대한 고소에 경찰은 조금도 움직이지 않았다. 노조는 성역이었다.

　법치 일탈의 또 다른 근원지는 대법원일 수도 있다. 박근혜 대통령이 뇌물죄로 징역을 살았다. 나는 그와 관련된 재판에 변호사로 참여했었다. 국정원의 예산이 일부 청와대로 간 것에 대해 나는 뇌물은 아니라고 보았다. 나만 그런 게 아니었다. 1심, 2심의 판사들도 다 똑같이 그렇게 보았다. 그런데 유독 담당 대법관만 뇌물이라고 하면서 재판을 다시 하라고 했다.

나는 그걸 법치로 보지 않는다. 물론 내가 틀릴 수도 있다. 대법원의 내부심리에 CCTV를 설치할 수는 없다. 법치의 실현은 정의의 CCTV 역할을 하는 대법관을 필요로 한다. 윤 대통령 임기 내에 대법원장과 대법관의 대부분이 바뀐다. 출세욕에 자신의 정치 성향을 관철하려는 사람이나 편향된 사람이 그 자리에 앉아서는 안 된다. 올곧은 대법관의 임명이 법치의 실현이다. 그것이 사법 개혁일 수도 있다. 법치의 실현 정도는 곧 그 나라 민주화의 수준이다.

법을 가지고 노는 사람들

검찰과 법원을 손바닥 안에서 가지고 노는 희대의 남자를 본 적이 있다. 거물급 시행업자였다. 그는 뇌물로 지자체 단체장이나 정치인도 가지고 놀았다. 그는 자신감이 대단했다. 어떤 검찰 수사에서도 진 적이 없다고 자랑했다. 그는 뇌물죄에서 빠져나가는 방법에 대해 이렇게 말했다.

"뇌물죄의 핵심은 '직무의 대가성'이야. 판사가 그것만 헷갈리게 하면 돼. 부탁할 일이 닥쳤을 때 돈을 주는 건 바보짓이야. 나는 미리미리 땅을 적당히 비싸게 사주기도 했어. 여러 사람들의 이름을 빌려 합법적인 매매계약처럼 보이게 했지. 꽁생원 판사들의 눈은 현미경의 대물렌즈처럼 좁아. 직무와 상관없게 만들면 유죄 판결을 할 놈이 없어. 그 외에도 뇌물을 먹이는 방법은 다양해."

그의 말은 사실이었다. 해외 지사에서 제3국의 일과 관련이 된 특정인에게 일정 기간마다 송금하는 뇌물도 있었다. 그는 재판 절차도 가지고 노는 듯 이런 말을 했다.

"대개 뇌물죄는 한 명 정도의 내부자 고발로 시작되지. 그 진술에 물타기를 하면 돼. 그런 때면 나는 일곱 명이나 여덟 명쯤 증인들을 만들어 똑같이 입을 맞추게 하지. 예를 들면 돈을 받은 시간과 장소부터 흩뜨려서 고발한 사람 말의 신빙성을 없애는 거야. 일곱 명이 입을 맞추어 본 듯이 정황을 증언하면 판사는 처음의 한 명을 믿을까? 아니면 다수의 증언을 믿을까? 판사는 아무래도 다수 쪽으로 기울게 되어 있어. 자기가 신이 아닌 이상 그래야 나중에라도 책임이 돌아오지 않을 테니까 말이야. 결국 진실이 거짓이 되고 거짓이 진실이 되는 거지. 법쟁이들은 링 안에서 규칙에 매여 뛰는 선수들처럼 거기 묶여 있어. 반칙의 묘미를 모르는 바보들이지."

영악한 그는 법조(法條)를 철저히 깔보고 있었다. 얄밉게도 그는 기존의 현실 법조를 마음대로 유린하고 있었다. 그는 검찰을 움직이는 방법에 대해서도 말해 주었다.

"검찰을 움직이는 쉬운 방법이 있어. 검사장의 아들이나 동생을 내 비서로 만들면 큰소리치면서 사건을 부탁할 수 있어. 자식이나 동생들에게 전달하라고 큰돈을 주면 부탁이 아니라 사실상 명령을 하는 입장이 되는 거지. 민정수석이나 정치인들도 마찬가지야. 동생의 퇴직금이나 차용금으로 장부를 만들어 두면 판사들이 그걸 뇌물로 보기 힘들어. 왜냐? 의심은 되지만 법상으로는 별개의 인격이거든."

법은 거북이고 뇌물범들은 토끼다. 은밀히 오고가는 뇌물을 여간해서는 잡기도 처벌하기도 힘들다. 전두환, 노태우 대통령의 뇌물 사건 재판 때였다. 대통령이 재벌들을 만난 자리에서 직접 거액의 돈을 받은 것이 뇌물죄로 기소됐다. 법정에서 대통령들은 "국가와 민족을 위해 돈을 써 달라고 해서 받았다"고 했다. 그리고 "내가 재벌의 공장허가를 내주는 하급 공무원이냐?"며 화를 냈다. 뇌물죄에서 말하는 직무 대가성이 없다는 항변이었다. 뒤늦게 법은 '포괄적 뇌물죄'라는 이론을 만들어 대통령을 단죄했다. 직접적인 직무가 아니라도 영향을 미칠 수 있으면 뇌물죄가 된다는 것이다. 그렇지 않으면 무죄였을 것이다.

박근혜 대통령도 뇌물죄로 재판을 받았다. 잔심부름을 하던 최순실이 법인을 만들어 재벌로부터 돈을 받았다는 부분도 있었다. 대통령과 최순실은 별개의 인격인 남남이었다. 법인과 대통령, 최순실도 법적으로는 다른 존재였다. 법은 '경제적 공동체'라는 개념의 법그물을 만들어 대통령을 뇌물범으로 만들었다.

법의 해석도 그때그때 진화되고 있었다. 민정수석을 했던 의원의 아들이 취직을 했던 대장동 개발 관련 시행사에서 50억 원이라는 천문학적 퇴직금을 받았다. 세상의 여론과 검찰은 그걸 뇌물이라고 봤다. 법원은 아버지와 결혼한 아들은 별개의 인격이라는 논리로 뇌물죄에 대해 무죄를 선고했다. 여론이 한동안 들끓었다.

이재명 대통령 후보와 관련이 되어 있는 대장동 사건에서 '정치적 공동체'라는 말이 나오고 있다. 법 해석의 칼자루를 쥔 법관들이 앞으로 어떻게 판단할지 궁금하다. 포괄적 뇌물죄, 경제적 공동체,

정치적 공동체라는 법 용어의 행간에서 나는 그게 정의를 실현하기 위한 적극적 법 해석인지 아니면 정치 보복을 위한 숨겨진 칼날인지 구분하기가 어렵다. 어떤 게 법관의 양심인지 잘 모르겠다.

법조 귀족

 대법관과 헌법재판소장을 지낸 법조 원로가 이런 말을 했다.

"천국 마을과 지옥 마을 사이에 소송이 붙었어. 그런데 천국 마을이 졌어. 왜냐? 전관 경력과 법률의 잔재주로 흉악하고 나쁜 놈들을 도와주는 변호사들이 다 지옥 마을에 있으니까. 그놈들은 돈만 준다면 악도 거들고, 돈을 위해서라면 명예도 체면도 희생시킬 정도로 썩었지."

그 말을 들으면서 나는 대장동 사건 주변의 '50억 클럽'의 변호사들이 떠올랐다. 전직 검찰총장이나 민정수석의 이름이 오르내리고 있는 것은 왜일까? 모종의 수사를 저지시키는 역할은 아니었을까? 전직 대법관의 경험에서 우러난 그 원로의 말은 법원 쪽으로 방향을 돌려 계속됐다.

"대법원에서 의견이 5:5로 팽팽하게 갈릴 때가 많아. 그럴 때 정치나 돈에 오염된 재판관이 한쪽에 가담하면 정의는 죽어 버리지. 썩은 쌀 한 톨이 저울대를 기울게 할 수도 있어. 앞으로는 오판을 하는 판사를 상대로 소송을 해야 할 필요가 있어. 어떤 경우에도 판사는 무오류이고, 책임을 지지 않는 현 상태라면 법이 휠 수 있지. 그걸 타파해야 바른 법질서가 형성될 거야."

며칠 전 현직 부장검사가 방송에 나와 검찰 조직에 대해 쓴 소리를 하는 걸 들었다. 그는 이렇게 말했다.

"검찰은 사냥개 역할이에요. 범죄 사실을 수사하는 게 아니라 권력자가 특정인을 찍어서 주면 그때부터 쫓아가서 어떻게 해서든지 물어 상처를 내고 피 흘리면서 쓰러지게 하는 거죠. 정권이 바뀌면 또 다른 주인의 명령을 듣고 달려가서 물고 뜯어요. 어떤 선배 검사가 정권에 따라 시선이 달라진다고 말하는 것도 직접 들었죠."

나는 그런 정치검사를 직접 만나기도 했었다. 청와대의 허락 없이 출마한 경찰청장 출신이 검찰의 사냥감이 됐었다. 담당 검사는 변호인으로 입회한 내게 "저는 정무를 하는 거지 수사를 하는 게 아닙니다."라고 했다. 매일 청와대에 수사 상황을 보고하고 지침을 얻는다고 자랑했다. 그들은 국회의원을 수사해서 여야 의원의 숫자를 바꾸는 정계 개편도 할 수 있다는 오만함도 가지고 있는 것 같았다.

한 기업인이 유서에 자기가 거액의 돈을 준 정치인들의 이름을 적고 극단적 선택을 했다. 죽는 마당에 남을 모함하는 장난을 하기는 쉽지 않다. 그러나 관련자들이 처벌을 받았다는 소리를 듣지 못했다. 그 수사와 재판이 공정했을까? 겉으로 대단해 보이는 수사도 들여다보면 그 내면이 초라할 때가 있었다. 한 재벌 회장의 게이트 사건이 신문지면을 뒤덮은 적이 있었다. 검사가 증인에게 입을 조금만 열어 달라고 사정하는 게 수사의 본체였다. 그 재벌 회장의 입에 따라 정치인과 법조인이 낙엽같이 몰락하는 모습을 봤다. 특정인에 대해서만 입을 열어 달라는 그런 수사가 공정했던 것일까?

얼마 전 원로 법조인 모임에서 들은 얘기다. 박정희 대통령 시절 권력을 누렸던 최측근은 대권을 염두에 두고 거액을 끌어들였다. 그가 갑자기 죽자 그의 자금 관리자는 대박이 났다. 지금의 모기업의 모체가 그렇다고 했다. 대통령을 만드는 킹메이커로도 이름 난 또 다른 정치인이 있었다. 그는 거액의 정치자금 관리를 미국의 한 교포에게 맡겼다고 했다. 그 정치인이 죽자 자금을 관리해 주던 교포는 갑자기 돈방석에 앉았다는 것이다. 노태우 대통령은 재벌들로부터 직접 돈을 받아 특정인에게 관리시키다가 들통이 났다.

권력을 잡으면 자신은 면죄부를 받고 상대방을 죽일 수 있는 힘을 갖는다. 반대편이 권력을 잡았다면 대장동 사건이 아니라 도이치모터스 주가 조작 사건이 초미의 관심사가 되지 않았을까? 지금 잘려진 꼬리를 어떻게 몸통과 연결시키느냐를 놓고 법 기술자들이 고심하는 것 같다. 노태우 수사 때는 '포괄적 뇌물죄'라는 말이 나왔다. 박근혜 수사 때는 '경제 공동체'라는 법률 용어가 만들어졌다. 요즈음은 '정치 공동체'란 말이 나오는 것 같다.

형식적 법치에서는 그나마 겉으로 보이는 증거가 중요하다. 사건을 둘러싸고 여러 명이 스스로 목숨을 끊었다. 불법한 이익을 공유한 사람들의 단결력은 만만치 않다. 정치적 탄압으로 반전되는 상황이 올 수도 있다. 사냥개가 도망치는 여우를 잡을 수 있을까? 사냥개는 주인의 눈치를 보면서 쫓고, 여우는 결사적으로 도망가는 법이다.

다양한 색깔의 법조인

장기 직업장교로 있었던 바람에 나는 제대를 하고 나서야 뒤늦게 사법연수원으로 들어갈 수 있었다. 고시를 같이 붙은 사람 중에는 홍준표 지사나 추미애 전 법무장관도 있다. 나는 늦깎이 연수생이 된 것이다. 우리 반을 담당한 교수는 전형적인 잘나가는 법관이라고 할까, 그런 타입의 사람인 것 같았다. 사법고시에 일찍 합격을 하고, 동기 판사 중에서도 선두주자였다. 법원장 승진이 눈앞에 있다고 했다. 그가 첫날 교실에 들어오더니 나 같은 사람들 몇을 보고 이렇게 말했다.

"나이 드신 지금부터 지방의 적당한 도시를 찾아 법률사무소를 낼 자리를 마련하는 게 좋을 겁니다. 판사라는 게 제때에 합격을 하고, 알맞게 궤도에 올라야 종착역까지 갈 수 있는 겁니다."

그의 뇌리에는 대법관을 목표로 하는 판사의 길만 입력되어 있는 것 같았다. 일종의 판사 지상주의라고나 할까. 나는 그의 말이

일리가 있다는 생각이 들었다. 같은 반에는 젊고 머리가 비상하게 돌아가는 인재들이 많았다. 검사가 되고, 민정수석이 되고, 국회의원이 되고, 대장동 사건에서 '50억 클럽'의 멤버로 거론된 분도 같은 반이었다. 국민의힘 당대표 후보로 전당대회에서 1위를 달리던 분도 같은 반이었다. 나와 같은 반에는 특이한 인상을 주는 또 다른 사람도 있었다. 지방에 가서 변호사를 하라는 내 나이 또래임에도 공부에 아주 결사적이었다. 모두들 경주마처럼 경쟁적으로 달리고 있었다.

나는 재판실무를 공부하는 게 싫었다. 나는 이미 군사법원에서 판사를 해 보았다. 피고인의 얼굴을 마주보면서 그에게 형을 선고한다는 게 정말 싫었다. 총구 앞에서 벌벌 떠는 존재에게 방아쇠를 당기는 느낌이라고 할까? 검사직무대리로 몇 달 간 검찰청 일도 해 봤다. 기분 좋은 아침에 수갑을 차고 포승에 묶여 온 피의자와 싸움을 시작해야 하는 우중충한 생활이었다. 사건과 관계된 사람에게 달려 온 사건 기록을 보면 삼류 통속소설보다 못한 내용이 거친 형사의 문장으로 가득 차 있었다. 하고 싶은 일이 아닌 것 같았다.

연수원을 졸업하고 같은 반에 있던 사람들은 모두 바람에 날리는 민들레 홀씨처럼 세상으로 퍼져 나갔다. 10년쯤 지난 후 내 앞자리에서 열심히 공부하던 내 또래의 모범생을 우연히 만났다. 그는 대형 로펌에서 특허 분야를 담당한다고 했다. 그는 전혀 다른 사람이 되어 있었다. 뭔가 성스러운 느낌이라고 할까. 내가 그에 대해 가지고 있던 인상과는 정반대였다. 그가 싱긋이 웃으면서 내게 얘기를

2장 / 세상을
바꾸고 싶은 변호사들

하기 시작했다.

"로펌에서도 치열하게 일했지. 경쟁에서 뒤처지지 않으려고 항상 이어폰을 끼고 영어를 공부하고 살았으니까. 그러던 어느 날 저녁 퇴근할 때였어. 핸들을 잡은 손이 갑자기 뻐근해지는 거야. 집에 도착해서 저녁을 먹고 신문을 들었는데 평소보다 팔이 무거웠어. 집사람이 창문을 열어 달라고 해서 일어나 창문을 열려고 했는데, 팔이 올라가지 않는 거야, 다리도 뻣뻣해지고. 그러다 "어어!" 하고 외마디소리를 지르고 쓰러졌지. 구급차를 타고 대학병원 응급실로 갔어. 나는 입까지 온몸이 마비됐지."

여유 있는 가정의 외아들로 그는 순탄한 인생을 살아온 것 같았다. 그는 명문 중고등학교와 서울법대를 나왔다. 고시에 합격하고 어려움 없이 가정을 꾸린 사람이었다. 그는 갑자기 자기를 덮친 짙은 암흑에 당혹했을 것이다. 그가 말을 계속했다.

"의사들은 내가 식물인간이 되어 전혀 의식이 없는 걸로 알더라고. 정신이 물같이 맑은 상태에서 내가 다 듣고 있는데도 말이야. 의사들이 집사람한테 얘기하는 걸 들었는데 정말 진단을 내리기 힘든 희귀한 병이라고 하더라고. 전신의 말초신경이 파괴됐다고 그래. 신경세포가 설사 재생된다고 하더라도 몇 년이 걸릴지 모른다는 거야. 기관지에서 가래가 끓는데도 간호사들이 관심을 갖지 않았어."

갑자기 닥친 그런 고난 앞에서 인간은 어떤 마음일까. 나는 그의 다음 말을 조용히 기다렸다.

"기가 막혔지. 고통이나 불행도 다 남의 일이라고 생각했으니까.

실감이 나지 않았어. 그러면서도 산다는 게 별 게 아니었구나, 그렇게 열심히 살았는데 다 헛되고 부질없는 거였구나 하는 회의가 들었지. 어느 날 저녁, 내가 있는 중환자실 병상 옆에서 아내가 기도를 하고 있는 거야. 울컥 화가 치밀었지. 하나님에게 따졌어. 열심히 노력한 대가가 이거냐고. 남들은 멀쩡한데 나만 왜 이렇게 하시냐고."

죽음이나 절망 앞에서 인간은 먼저 그 사실을 부인하고 분노한다고 한다. 그의 말이 잠시 멈췄다가 옅은 미소와 함께 이어졌다.

"그 다음에는 내가 하나님을 달랬지. 절 죽게 하시면 손해라고. 이만한 경력을 가진 사람이 흔하지 않은 걸 아시지 않느냐고. 그러니 제발 살려 달라고 마음속으로 싹싹 빌었어. 그래도 아무 응답도 없더라고. 그래서 자세를 바꿨어. 나 같은 계산적이고 이기적인 사람이 한번 당신을 믿게 해 보시라고. 내가 믿는다면 다른 사람들에게 좋은 증거가 되지 않겠느냐고. 저런 사람도 믿는 걸 보니까 뭐가 있기는 있네 하고 말이지. 그렇게 하나님한테 간절히 매달리고 3주가 흘렀을 때였어. 갑자기 발가락이 간지러운 거야. 마비가 풀리기 시작한 거지. 일주일 후에는 양치질도 가능해졌어. 몸이 거뜬하게 정상으로 돌아왔지. 난 새로 태어난 거야. 이제는 순간순간의 행동까지도 하나님한테 물어봐. 일등을 해야 한다는 강박증도 없어졌어. 나 같은 이기주의자가 아픈 사람을 찾아가 기도해 주기도 한다니까. 이제야 삶에서 진짜 중요한 게 뭔지를 알게 됐어."

바람에 날려 가는 홀씨였던 우리는 각자 자기가 떨어져야 할 밭에 떨어져 싹을 틔우고 잎을 냈다. 세상에 뿌리를 내린 사람도 있고, 하늘과 연결된 사람도 있다. 나이 들어 동해 바닷가에서 살아보니까 사법연수원 시절 담당 교수님의 말대로 처음부터 이곳에 와서 뿌리를 내렸으면 더 행복하지 않았을까 하는 생각이 든다.

돈 받는 법원

축구경기의 룰을 전혀 모르는 사람을 선수로 그라운드에 세우면 어떨까. 재판정이 바로 그런 모습이다. 한 민사 법정에서였다. 40대 중반쯤의 남자가 원고석에 와서 섰다. 변호사 없이 직접 소송을 제기한 것 같았다.

"이 서류 누가 써 줬어요?"

"제가 직접 썼습니다."

"이렇게 쓰시면 안 되죠. 청구하는 취지가 뭔지, 원인이 뭔지, 법률적으로 써 오셔야 하는데 이걸 보면 도대체 뭐가 뭔지 모르겠습니다."

"법을 몰라서 그렇습니다."

"그러면 변호사에게 물어보세요."

"돈이 없어서요."

"그러면 집니다."

"판사가 정리해 주면 안 됩니까?"

"판사는 축구경기로 치면 심판입니다. 재판은 원고와 피고가 선수로 뛰는 거고, 판사는 그 심판입니다. 아무리 진실해도 주장하고 증거를 대는 방법으로 뛰지 않으면 재판에서 집니다. 심판은 어느 한쪽 편을 들 수 없습니다."

"재판하고 축구경기하고 똑같은 겁니까?"

"비슷합니다."

그가 이해하지 못하겠다는 표정으로 물러났다. 그 다음번에 기다리던 사람이 재판장 앞으로 나와 원 피고석에 양쪽으로 나란히 섰다. 재판장이 기록을 들추면서 피고석의 뿔테안경을 쓴 더벅머리 청년에게 말했다.

"이거 가지고는 안 돼요. 자료를 더 가지고 와요."

"다 갖다 줬잖아요? 뭘 더 줘요? 거기 들고 있는 파일 안에 다 있단 말이에요."

더벅머리 청년의 표정에는 불만이 가득했다.

"알았어요. 자료를 안 내면 날아오는 공을 방어 못한 자기 책임이지. 끝내죠."

그 말에 더벅머리 청년이 한 풀 기가 꺾여서 말했다.

"무슨 서류를 가져와야 할지 말을 해 줘요. 그래야 가지고 오지."

"축구경기에서 심판이 어떻게 막으라고 선수에게 코치하면 안 되지, 알아서 해요."

경기규칙을 모르면 자살골을 넣을 수 있듯이 현실의 재판도 마찬가지였다. 50대쯤의 뚱뚱한 여자가 그 다음 차례로 앞으로 나왔다. 재판장이 서류를 보면서 물었다.

"이거 어려운 소송인데 계속 혼자서 소송을 하겠습니까?"

"네? 법무사에게 돈 주고 하는 건데요?"

"이것 참! 예를 들면 중병에 걸렸는데 병원에 가지 않고 동네 약국에 갔네요. 하여튼 잘 알아서 하세요. 법원이 알아서 해 주는 게 아닙니다. 나중에 후회하지 마세요. 이제 우리 판사들도 예전같이 밤 11시까지 재판을 할 의사가 전혀 없습니다. 시간이 되면 정확히 퇴근하겠습니다. 나머지는 국민들 마음대로 하세요."

이렇게 재판 구조와 국민들의 인식 사이에 커다란 틈이 있어 왔다. 그 틈새 사이에서 변호사를 하면서 밥을 먹고 살아왔다. 나는 변호사가 밥상을 차리는 사람이 아닌가 하는 생각이 들 때가 있다. 의뢰인의 두서없는 말들은 다듬지 않은 거친 고깃덩어리였다. 그걸 칼로 적당한 크기로 잘라서 불 위에 놓고 노릇노릇 알맞게 구워 낸다. 그리고 그 위에 스테이크 소스를 뿌려 아스파라거스와 감자 같은 증거 자료와 함께 접시에 담아 재판장 앞에 내놓고, "이거 한번 맛을 봐 주세요." 하는 셰프가 된 심정이었다.

싸우는 상대방 변호사는 내 스테이크의 흠을 잡으면서 자기가 만든 음식을 법의 밥상 위에 올려놓았다. 판사는 양쪽에서 올라온 밥상의 음식들을 맛보고, 어느 쪽이 맛이 좋은지 선택해서 승부를 결정했다. 일단은 맛을 보게 하는 게 중요했다. 투정을 잘 부리는 도련님이라도 구미가 당길 수 있는 법의 밥상을 잘 차리는 게 변호사의 실력이었다. 판사를 하다가 법원에서 나와 변호사를 몇 년 한 친구가 이런 말을 했다.

"법률 서류를 판사가 읽게 하려고 형광펜으로 칠을 하기도 하고, 색연필로 밑줄을 긋기도 하고, 정말 별짓을 다해. 힘들어 죽겠어. 그렇지 않으면 아예 읽지를 않는 경우도 많아. 어떻게 하든 읽게 해야 하는 것 아니겠어."

그의 말이 맞았다. 그는 변호사를 하다가 다시 대법관이 되었다. 변호사들의 심정을 알기 때문에 열심히 기록을 읽는다고 했다.

형사 법정에서 재판을 받는 사람을 본 적이 있었다. 그는 대학의 무역학과를 졸업하고 미국에 살면서 한국 제품을 수입해 미국 전역에 판매했다. 그는 변호사보다 자기가 더 무역실무에 능통하고 판사를 잘 납득시킬 수 있다고 했다. 그는 감옥 안에서 열심히 자기의 변론서를 작성했다. 그는 자신이 직접 쓴 서류 사이사이에 증거 서류를 집어넣고, 색색의 견출지도 붙여 거의 작품 수준으로 만들었다. 재판이 열리는 날, 그는 자기의 작품을 재판장 앞에 올려놓았다. 재판장이 그 기록의 두께부터 살피고는 눈살을 찌푸렸다. 잠시 생각하고 나서 재판장이 입을 열었다.

"이거 읽지 않겠습니다."

맛이 없는 음식 앞에서 입을 꼭 다물고 "안 먹어" 하고 투정을 부리는 아이 같다는 생각이 들었다. 읽고 안 읽고는 그의 마음인지도 모른다. 그는 불만에 찬 피고인이 집 앞에서 기다렸다 쏜 화살에 맞은 판사였다. 왜 이런 일이 벌어지고 있을까? 법정의 경기규칙인

민사 소송법의 대가이고 감사원장을 지낸 분이 이런 말을 하는 걸 들었다.

"행정부에 민원을 제기하면 형식이 따로 없어요. 그저 불만인 내용을 적어 제출하면, 알아서 조사해 처리하고 그 결과를 통보해 줍니다. 민원을 제기하는 데 돈이 드는 것도 아니에요. 그런데 사법부인 법원을 보세요. 소송을 제기하려면 법적인 이론구성과 복잡한 서류의 형식을 요구하죠. 증거도 자기가 알아서 제출하라고 하고, 그걸 못하면 소송에서 억울하게 지죠. 게다가 수시로 법정에 불려 나가서 곤혹을 치르고, 심지어 소송비용을 법원에 내지 않으면 재판을 해 주지 않아요. 증인을 부르는 비용이나 판사가 현장에 가는 비용까지 대라고 하니 어느 국민이 좋다고 하겠습니까? 게다가 변호사 비용은 얼마나 비쌉니까?"

국민을 위한 복지국가가 되어 가고 있다. 사법부도 좀 더 국민의 입장에서 편하게 바뀌어야 한다. 돈을 내지 않으면 재판을 해 주지 않는 게 과연 타당한 것일까. 헤비급과 플라이급을 같은 링에 올려 놓고 알아서 싸우라고 하면 그게 공정한 것일까. 반칙하는 사람들에 대해 심판이 외면하면 정의가 이루어질까. 한없이 재판이 지체되는 법원을 보면서 그런 생각을 해 봤다.

2장 / 세상을
바꾸고 싶은 변호사들

두 판사의 재판 스타일

대기석에서 기다리던 변호사들이 순차로 변호인의 자리에 오르고 있었다. 40대쯤의 변호사가 재판장을 보고 말했다.

"증인을 신청하겠습니다."

"기각합니다. 증인이 필요 없을 것 같습니다."

재판장이 사무적인 목소리로 말했다. 다음번 변호사가 그 자리에서 다시 말했다.

"증인을 신청하겠습니다."

"기각합니다."

"입증을 하기 위해 증인을 신청하는 겁니다."

"그래도 기각합니다."

재판장은 바위 같은 느낌이었다. 더 이상의 말이 통하지 않을 것 같았다. 나는 왜 그럴까 하는 의문이 들었다. 수재형의 판사였다. 모범생이 예습을 하는 것같이 그는 미리 재판 기록을 꼼꼼히 읽어 본 것 같았다. 툭툭 던지는 말 속에서 그걸 알 수 있었다. 사건을 다 파악하고 있어서 그런지 변호사들의 증인 신청이 필요 없다고 생각하는 것 같았다. 공연히 재판만 지연된다는 생각인 것 같았다. 재판을 받는 피고인 한 명이 자기가 쓴 두툼한 자료들을 판사에게 내놓았다. 재판장이 그걸 힐끗 보면서 말했다.

"이거 읽지 않겠습니다."

그의 마음속에는 이미 결론이 나 있는 것 같았다. 그에게 재판은 요식 절차 정도일까? 상당수의 판사들이 재판하는 걸 보면서 우수한 학생이 수학 문제를 푸는 것 같다는 생각을 했다. 사건 기록은 시험 문제이고, 판결은 그 답안지인 것 같았다. 자기가 푸는 공식 이외에는 필요 없다고 생각하는 것 같았다. 한 인간의 애환과 고통이 그렇게 수학 문제 풀 듯 해결이 될 수 있는 것일까?

이윽고 내가 변호할 차례가 됐다. 나는 강한 어조로 증인을 신청하겠다고 했다.

"이미 자료가……, 증인이 필요할까요?"

"그건 검사의 유죄 입증의 자료이지 변호사의 무죄 주장 자료는 아니라고 생각합니다만."

판사는 검사와 변호사 양쪽에 공평하게 해야 한다.

"그러면 재판부가 바쁘니까 진술서로 대신하시죠."

"재판장님께 묻겠습니다. 진술서의 글 몇 줄 읽는 걸로 얼굴과 얼굴을 맞대듯 진실을 파악하실 수 있습니까? 상황에 따라서 증인의 눈빛이나 표정과 태도가 더 많은 걸 이야기할 수 있는 것 아닙니까?"

"정 그러시면 증인을 받아들이도록 하겠습니다."

그가 마지못해 증인 신청을 받아들이는 것 같았다. 나는 그 판사를 비난하는 게 아니다. 충분히 이해할 수 있다. 짧은 시간에 많은 사건을 처리하려면 그렇게 해야 한다. 의사가 한 환자에게 몇 분 이상을 쓸 수 없는 것처럼 말이다.

그런데 그 반대의 상황을 목격한 적도 있다. 누가 봐도 결론이 뻔한 절도 사건의 재판 현장이었다.

"저는 술에 만취되어 친구 집인 줄 알고 물을 먹으려고 그 집에 들어갔습니다. 도둑질하러 들어간 게 아닙니다."

절도죄 피고인의 항변이었다. 그 말을 들은 재판장이 말했다.

"기록을 보면 그 집주인이나 세 들어 사는 할머니가 모두 물건을 훔치는 현장을 목격했다고 진술하고 있습니다. 그분들이 경찰과 검찰에서 이미 진술을 했는데 법정에까지 불러 이중 삼중으로 힘들게 해야 할까요?"

내가 봐도 결론이 뻔한 사건이었다. 피해자와 목격자의 진술이 있고, 훔친 물건이 증거로 제출되어 있었다.

"재판장님, 저는 정말 억울합니다. 제가 도둑질하는 걸 봤다는 그 할머니와 집주인을 증인으로 불러 주세요. 저의 결백에 대해 말해 줄 겁니다."

재판장은 그가 원하는 대로 증인신문기일을 잡아 주었다. 그 다음 재판에서 재판장이 불려 나온 할머니에게 물었다.

"할머니, 저 사람이 도둑질하는 걸 봤어요?"

"봤죠. 밖에서 집으로 들어오다가 저 사람이 안방에서 도둑질하는 걸 봤어요. 너무 겁이 나서 못 들어갔어요. 험한 세상에 다칠까 봐요. 그때 주인아저씨가 들어오더라고요. 그래서 소리치고 같이 저 사람을 잡게 된 거예요."

다음에는 그를 잡았다는 피해자인 집주인이 증인석에 올랐다. 재판장이 피고인인 그를 보고 말했다.

"피고인, 저 증인한테 하고 싶은 말이 있어요?"

피고인인 그가 집주인을 보면서 말했다.

"아저씨 제가 집 앞에서 만났을 때 물건을 다 돌려드리고 제 주민등록증까지 맡겼잖아요? 안 그렇습니까? 제가 도둑놈이라면 그렇게 했겠습니까?"

"그게 맡긴 겁니까? 나한테 뺏긴 거죠. 그날 내가 댁을 경찰서에 신고하려고 할 때 하도 사정을 하니까 내가 일단 주민등록증을 맡아 두고 당신을 보내 줬는데 그 후 연락이 없어서 경찰서에 신고한 거 아니에요?"

"아저씨 그날 내가 무릎 꿇고 빌었잖아요? 그러면 된 거지, 왜 신고해서 나를 이렇게 고생시킵니까?"

도둑들의 심리가 그런 경우가 많았다. 그 말을 듣고 있던 재판장이 빙긋이 미소를 지으며 피고인에게 말했다.

"빌었다면서? 남의 물건을 훔치지 않은 사람이 왜 빌었지? 또 술에 취해서 그 집으로 들어가 정신없었다면서? 어떻게 그렇게 잘 기억을 하지? 이쯤해서 재판을 끝내도 되겠죠?"

재판장은 점심도 먹지 못하고 밤 10시까지 눈이 새빨갛게 충혈이 된 채 재판을 계속하는 경우가 많았다. 한번은 판사실에서 그와 만나 대화를 한 적이 있었다. 그가 이런 말을 했다.

"제가 변호사를 하다가 판사가 됐는데 변호사를 할 때 답답했던 건 재판장들이 내가 다 안다는 식으로 대하면서 말을 들어주지 않는 것이었죠. 하기야 다른 사람의 말을 들어주는 것보다 어려운 건 없지만 말이에요. 그래서 내가 재판장이 된 이후에는 아무리 하잘 것 없는 말이라도, 또 눈에 보이는 거짓말이 있더라도 가급적이면 다 들어주려고 합니다. 말을 끝까지 들어주는 게 판사의 역할 아닐까요? 판사라는 직업 이거 직업적 사명감이 없으면 못할 것 같아요."

성경 속의 명 재판관 솔로몬은 하나님에게 남의 말을 잘 듣게 해달라고 기도했다. 판사는 국민들이 필요로 하는 걸 잘 듣고, 현명하게 판단해 준다고 해서 '판사'가 아닐까.

잠자는 법원

아파트를 팔았다. 그 얼마 후 매수인이 소송을 제기했다. 인테리어에 하자가 있으니 배상하라는 소송이었다. 피고가 된 나는 흠이 있고, 증명이 된다면 당연히 책임을 지겠다고 했다. 재판을 빨리 끝내고 싶었다. 문제는 법원이었다. 소송이 제기된 지 4년이 지났는데도 결론이 나지 않았다. 재판도 열리지 않았다. 법원이 사건을 방치한 느낌이다. 며칠 전 판사 출신 변호사 한 분이 내게 하소연을 했다.

"작년에 법정에 갔더니 간단한 사건인데도 다음해 4월로 재판기일을 잡는 거야. 기가 막혀. 그건 재판을 안 하겠다는 거잖아? 그 사이에 판사들 인사이동이 있으니까 그 다음에 온 판사 앞에서 처음부터 다시 시작하는 셈이잖아? 내가 재판장을 할 때는 그렇게는 하지 않았어요."

지방 도시에서 일하는 변호사를 만난 적이 있다. 그 지역 법원에

골치 아픈 판사가 있는데 소송을 제기한 지 일 년이 되어도 재판을 하지 않는다고 했다. 격무에 시달려서 그런 것 같지는 않았다. 그러면 예전에는 어땠을까? 판사실은 밤에도 불이 밝혀져 있었다. 사건 기록을 집으로 가지고 가서 밤을 새워 판결문을 쓰는 판사도 많았다. 판사마다 경쟁하듯 사건을 빨리 처리했다. 사건이 누적되면 법원장의 지적이 있었다. 그런 배경에는 승진 경쟁이 작동하고 있었다. 판사들은 평생 경쟁에 이골이 난 사람들이었다. 그들은 지고는 못 살았다. 승리를 위해 경주마같이 트랙을 달리는 사람들이었다.

그런데 그 트랙이 없어졌다. 승진이라는 목표가 없어진 것이다. 유능하거나 무능하거나 나이 예순다섯 살까지는 신분이 보장된다. 사건을 빨리 처리하거나 느리게 하거나 뭐라고 할 사람도 없어졌다. 윗사람도 근무 평점이 없다. 오히려 일반 판사들이 법원장을 선택한다. 판사 투표를 통한 법원장 추천 제도이다. 그렇게 평등한 사회에서, 간섭받지 않는 사회에서 누가 열심히 일을 하고 싶을까. 그 결과가 오늘의 법원 풍토인지도 모른다. 판사는 법과 양심에 따라 재판을 하게 되어 있다. 그게 사법권의 독립이다. 그런데 이상한 게 있다. 법은 재판을 다섯 달 안에 선고하도록 훈시하고 있다. 그 법을 지키지 않는 판사가 많다. 훈시 규정은 무시해도 되는 것일까. 법관의 양심도 그게 어떤 건지 의문이다.

대장동 사건에서 '50억 클럽'에 속하는 국회의원이 아들을 통해 뇌물을 받았다고 기소됐다. 담당 판사는 결혼한 아들이 받았으니 뇌물이 아니라고 했다. 법의 밥을 40년가량 먹었지만 이해가 가지 않는다. 법관의 양심은 상식을 벗어나도 되나 보다. 불법 절차라도 목적이 정당하면 괜찮다는 판결도 나왔다. 앞으로 고문을 하더라도 범죄 수사라는 정당한 목적이면 괜찮은 건가. 선거법 위반으로 걸린 국회의원도 판사 마음먹은 대로 그 직을 박탈할 수도 살릴 수도 있는 세상이 되었다.

더 심한 판결문도 있었다. 유전자 검사 결과 99.9999퍼센트로 친자라는 판정이 난 사건이 있었다. 담당 판사는 그럼에도 '아들로 볼 수 없다'라는 판결을 내렸다. 과학도 뭉갠 판사의 판결이었다. 뭐든지 마음대로 해도 되는 게 법관의 양심일까? 사람을 죽인 오판도 책임지는 판사를 보지 못했다. 이래도 되는 것일까? 사법부는 이 사회에서 배출되는 쓰레기들을 분류해서 처리하는 곳이기도 하다. 그 쓰레기들의 분류를 잘못하면 악취 나는 오물도 다시 사회로 복귀한다. 법원이 게으름을 피우면 사회 전체에 오물이 쌓이고 악취가 퍼진다. 요즈음 사법부는 작동을 멈춘 기계 같다.

나는 사법시험의 면접관을 몇 년 한 적이 있다. 판사 지망자들에게 왜 법관이 되려고 하느냐고 물었다. 그들의 가치관과 철학을 알고 싶어서였다. 그들은 한결같이 약자를 위하고 정의를 실현하겠다고 했다. 판사는 단순한 관직이 아니라 국가가 부여하는 거룩한 소명을 수행해야 할 성직자 같은 의무가 있다고도 대답했다. 사람을 앞에 놓고 징역형을 선고하는 행위는 사회의 십자가를 지는 것이라고 말한 사람도 있었다. 모두 기가 막히게 명답을 말했다. 그러나 현실의 사법부는 그렇지 않은 것 같다. 판사가 그냥 법원 공무원처

럼 보이기도 한다. 판결문들에서 판사의 인격과 혼이 보이지 않는
경우가 대부분이다. 철학이 있고 건전한 가치관이 들어간 판결문이
작품으로 대접받는 풍토가 되어야 하지 않을까. 명품과 짝퉁을 걸
러 내는 시스템이 만들어져야 하지 않을까.

법에 무슨 영혼이 있어요?

넓은 초원에 깊은 구덩이가 있다. 그곳에 빠져 있는 사람이 있다. 외롭고 춥고 어둡지만 아무도 구해 주는 사람이 없다. 변호사란 직업은 우연히 그 옆을 지나가다 절망의 구덩이에 빠진 사람을 보게 되는 경우가 많다.

20년이 훨씬 넘은 그에 대한 메모를 보았다. 머릿속 깊은 곳에서 그에 대한 기억이 희미하게 피어올랐다. 그는 작은 가게를 얻어 전자 제품을 팔고 있었다. 어떤 상황이었는지는 몰라도 그는 돈에 쪼들리자 사채를 얻어 썼다. 사채업자는 그의 명의로 발행된 수표를 받아두었다. 사채 이자는 금세 눈덩이처럼 불어났다. 그는 도저히 이자를 감당할 수 없었다. 그는 도망을 다니며 막노동을 해서 번 돈을 가족에게 보냈다. 그가 없어지자 사채업자는 수표를 은행에 넣었다. 예금 잔고가 없을 때 은행은 기계적으로 검찰에 고발한다. 검찰과 법원은 부도난 수표에 대해 컨베이어 벨트에 실려 옮겨지는 제품의 처리처럼 기계적으로 법적인 처벌을 했다.

개인적인 사정이나 항변이 통하지 않았다. 사채업자들은 그걸 올가미로 사용하고 있었다. 법은 개인 사정보다는 경제의 핏줄 역할을 하는 수표의 신용 보장을 더 중시했다. 그는 수배자가 되고 체포됐다. 그리고 감옥에 들어가게 된 것이다. 사채를 갚아야만 수표를 회수하고 석방이 될 수 있었다. 돈이 없는 그는 변호사도 선임할 능력이 되지 않았다.

매서운 겨울바람이 성동구치소의 높은 콘크리트 담을 스치고 지나가던 날이었다. 그 담장 한 귀퉁이의 낡은 면회실 마당에 80대쯤의 노파가 몸을 웅크린 채 서서 누군가를 기다리고 있었다. 얇은 귀가 먹어 죄수 번호와 방 번호를 알려주는 방송을 놓치지 않으려고 긴장한 채 귀를 쫑긋 세우고 있었다. 찬바람을 타고 스피커에서 번호를 부르는 소리가 흘러나왔다. 하지만 노파는 듣지 못했다. 방송이 세 번이나 반복되고 있었다. 면회를 기다리던 옆의 여자가 우연히 노파의 손에 들려 있는 쪽지의 대기 번호를 보고는 노파에게 면회실로 가라고 급하게 손짓을 했다.

노파는 구석의 면회실 쪽으로 한 걸음 한 걸음 전력을 다해 걸었다. 숨이 턱까지 차오른 노파는 곧 넘어질 것처럼 위태로운 모습이다. 노파는 간신히 면회실 안으로 들어갔다. 잠시 후 두툼한 플라스틱판을 가운데 두고 노파와 50대 말쯤의 아들이 마주 앉았다.

"아, 아-무도 모르게 왔어."

노파의 말이 이 사이에서 샌다. 중풍기가 있는 것 같다.

"어머니, 여기가 어딘데 오세요? 제대로 동네 길도 다니지 못하시면서 돌아가다 길을 잃어버리면 어떻게 하시려고요? 앞으로 제발 오지 마세요. 저 여기서 잘 먹고 잘 있어요. 아무 걱정 마세요."

아들의 말투에 진한 걱정이 배어 있다. 딸네 집 구석방에 얹혀사는 노파는 치매기마저 있었다.

"네, 네가 보고 싶어 왔어. 어, 어쩐지 이게 마지막으로 보는 건지도 몰라."

"제발 이제는 오지 마세요."

아들은 말을 맺지 못하고 통곡한다. 노파의 눈가도 벌겋게 짓물러 있다. 평생 아들을 위해 흘린 눈물이 그렇게 만든 것 같기도 했다. 아들은 늙은 어머니에게도, 아이들에게도 자기가 입은 누런 죄수복을 보이고 싶지 않았다.

그런 모습을 지켜볼 때면 나는 법이 무엇인가 하는 생각이 들곤 했다. 한번은 라디오 프로그램에 나간 적이 있었다. 진행자는 자기가 아는 법을 줄줄이 말하면서 내 의견을 물었다.

"법에도 영혼이 있어야 합니다."

나는 이렇게 대답했다.

"법에 무슨 영혼이 있어요?"

진행자가 아니꼽다는 표정으로 되물었다. 내가 위선을 부리거나 건방을 떠는 것으로 생각하는 것 같았다. 법은 하나님을 대리하는 것이라 하여 신성하게 여겨져 왔다. 모세는 산에서 십계명을 받았다. 요즈음은 술집의 술상 위에서도 입법안이 만들어진다. 그걸 국가와 민족을 위하는 큰일이라고 여기는 것 같다. 그렇게 만든 법에는 영혼이 없는 경우가 많았다.

나는 내가 마주친 구체적 상황들을 짧은 글로 만들어 왔다. 거기에 변론서나 진정서, 탄원서라는 적당한 제목을 붙여 법원이나 검찰 등 공공기관에 제출해 왔다. 그게 세상에서 맡은 나의 작은 역할이었다. 나의 작은 그릇으로는 그것밖에 할 수 없었다. 하나가 더 있다. 이렇게 글로 써서 민들레 홀씨가 허공으로 날아가듯 인터넷의 하늘로 띄워 보낸다. 그 작은 씨앗이 사람들의 옥토 같은 마음에 떨어지기를 기대하면서.

교활한 법 진실

사법고시 3차 시험의 면접관을 할 때였다. 어떤 문제를 낼까 밤에 고민하다가 '진실'을 주제로 삼았다. 오랜 기간 변호사 생활을 해 오면서 '진실'이란 하나의 단어가 각자의 입장에 따라 전혀 다른 모습으로 바뀌는 걸 지켜봤기 때문이다. 상황에 따라서는 진실이 거짓이 되고, 거짓이 진실로 변하기도 했다. 나는 면접시험장에서 예비 법조인들에게 이런 유형의 문제를 제시했다.

"아무도 없는 골목에서 얻어맞았다고 가정합시다. 목격자도 CCTV도 없습니다. 멍이 들거나 하는 외형적인 상처의 흔적도 없습니다. 당신은 폭행을 당한 건가요? 아닌가요? 그런 경우 어떤 행동을 할 건가요?"

"이걸 뭐라고 대답해야 하나?"

예비 법조인들은 적잖이 당황해 했다.

"폭행이 아닙니다. 증거가 없으니까요."

이렇게 대답하는 사람도 있었다. 또 다른 사람은 이렇게 말했다.

"맞았다는 게 진실입니다. 그렇지만 증거가 없는데 어떻게 하겠습니까? 더러워도 참고 말아야지."

얼마 전 한 원로 시인과 성추행 문제로 법정 소송을 벌였던 여성 시인이 자신의 경험을 토대로 진실을 정의했다. 그녀는 '증명된 만큼만 진실'이더라고 했다. 성추행이 증명되지 않으면 고발된 진실은 허위가 되는 것일까. 증거가 부족하면 꽃뱀으로 몰리는 수도 있었다. 그 반대의 경우도 봤다.

원로 법관과 진실에 대해 얘기를 나눈 적이 있다. 그는 진실에는 두 가지가 있다고 했다. 그것은 바로 일반인들이 진실이라고 인식하는 것과 판사가 선고하는 진실 두 가지라는 것이다. 나는 그의 말에 동의할 수가 없었다. 특히 그가 젊은 시절에 내린 한 판결 하나를 나는 도저히 납득할 수 없었다.

그 내용은 대충 이랬다. 지방 도시의 총각 의사가 다방 여종업원과 사랑을 나누다가 아이가 생겨났다. 그 후 의사는 서울로 와서 다른 여성과 결혼을 했다. 세월이 지나고 그 아이가 성인이 되었다. 성인이 된 아이는 그 의사가 자신의 아버지임을 확인해 달라는 소송을 제기했다. 유전자 검사 결과도 있었다. 과학은 99.9999퍼센트라는 확률로 그 의사의 아들임을 인정했다. 판사는 유전자 검사는 그렇게 나왔을지 몰라도 법은 아들임을 인정할 수 없다고 했다. 과학은 아들이라고 하고, 판사는 아들이 아니라고 했다. 그래서 그 판사는 내게 진실은 두 가지가 있다고 했는지도 모른다. 나는 아직도 그 판결을 납득할 수 없다. 내가 만나 본 그 아들의 아버지는 종이 같이 메마른, 정이 없는 성격의 소유자였다. 정액 한 방울을 뿌렸다고 '아버지'라는 단어를 쓸 수 있는 건 아니라는 생각이 들기도 했다. 그래도 나는 그 원로 법관의 말에 아직도 동의할 수 없다. 과학을 뭉갤 정도의 판결은 진실이 왜곡될 어떤 배경이 있다고 의심한다.

또 다른 사건이 있다. 부도에 몰린 기업 회장이 자신이 뇌물을 준 정치인 몇 명의 이름을 유서에 써 놓고 극단적 선택을 했다. 내막은 모르지만 한 맺힌 죽음이었다. 나는 그와 낚시도 하고 한두 번 만난 인연이 있었다. 죽음을 걸고 쓴 유서 그 자체는 누구도 흔들 수 없는 신빙성이 있을 것 같았다. 거기에 확실한 증언이 뒤따랐다. 회장의 심부름으로 뇌물을 전달한 그 기업의 임원이 법정에서 진실을 얘기했다. 그러나 법은 대상이 된 정치인들에게 면죄부를 주었다.

우연히 증언을 했던 그 기업의 임원을 만났다. 그가 내게 이런 말을 했다.

"내가 직접 돈을 가져다 줬어요. 그러니까 나 자신이 증뢰범입니다. 내가 처벌받을 각오를 하고 진실을 얘기했는데도 내 말을 믿지 않는다는 거예요. 우리 회장님이 자살을 하면서 쓴 유서 내용도 거짓이라는 거죠. 법적인 진실은 그런 건가 봐요."

시간이 흘렀다. 유서 속에 등장하던 한 정치인이 방송 인터뷰에 나와서 이렇게 말하는 소리를 들었다.

"내가 조사를 받으러 검찰청에 가니까 기자들이 천 명쯤은 온 것 같았어. 내가 죽는 순간을 보러 온 거겠지. 그렇지만 그렇게 되지 않았지. 결국 내 결백이 증명됐잖아요?"

죽은 자의 주장과 산 자의 말 중 어떤 게 진실일까? 죽은 자는 살아 있는 개보다 못하다고 하는데 그래서일까? 내가 본 법정은 악마가 신나게 한판 놀면서 진실을 왜곡하기도 했다. 모략과 거짓말이 난무하고, 돈은 진실 같은 허위들을 만들어 내는 힘이 있었다.

진실은 단순하고 투명해야 한다. 상식이 통하고 보통사람이 이해할 수 있어야 한다고 믿는다. 증거 법칙이나 법리라는 프리즘을 통해 보면 전혀 다른 모습의 사실이 만들어지기도 한다. 정치나 혁명의 색안경이 진실 앞에 씌워지기도 한다. 있는 그대로의 진실을 담백하게 봐야 하는 게 아닐까. 그리고 현상 너머의 본질을 볼 수 있는 능력이 있어야 하는 것이 아닐까. 납득되지 않는 판결들을 떠올리며 장차 판사님이 될 예비 법조인들의 의견을 다시 들여다본다.

인간에게서 나오는 빛

감옥의 어둠침침한 지하통로를 통해 죄수들이 나오고 있었다. 검은 실루엣들이 소리 없이 움직이는 유령들처럼 보였다. 그들 사이에서 이상한 한 남자를 보았다. 안개 같은 하얀 빛이 그의 주변을 신비롭게 감싸고 있는 것 같았다. 이상했다. 왜 그의 주위에서 빛이 느껴지는 것일까? 그게 그의 진짜 모습인지 아니면 내면에 있는 영의 힘이 주위에 번지는 것인지 나는 알 수 없었다. 그리고 내 눈도 믿을 수 없었다. 육체의 눈인지 마음의 눈인지 분간할 수 없었다. 하여튼 그의 주변에 나타나는 희미한 후광을 보고, 나는 그의 영혼에 뭔가가 있다고 느낄 뿐이었다.

그는 사기범으로 징역 4년을 선고받고 항소했다. 검사나 판사는 그를 사기범으로 보았다. 변호사인 나는 그를 유심히 살폈다. 법의 밥을 40년 가까이 먹으면서 깨달은 것이 있다. 법의 세계란 참 묘하다는 것이었다. 똑같은 사람도 형사나 검사의 영역으로 들어와

버리면 다른 존재로 바뀌는 것 같았다. 형사나 검사의 눈에는 앞에
앉은 사람의 말과 행동이 모두 범죄인처럼 보인다. 본인이 아니라
고 부인을 해도, 그들은 '논리적으로 너는 범인이어야 해'라는 잠재
의식 속의 고정관념이 있는 것 같기도 했다. 판사도 크게 다르지 않
았다. 일단 기소되어 법정에 서면 의심의 눈길로 사람을 보는 것 같
았다.

　무죄를 추정하는 형사 소송법과 현실은 정반대였다. 변호사를 하
려면 일단 마음의 눈부터 바꾸어야 했다. 수사 기록을 읽으면 자신
도 모르는 사이에 세뇌가 된다. 그걸 부인하고 일단은 편견 없이 보
려고 해야 한다. 속더라도 한번 믿어 주는 것이다. 나는 절대 안 속
을 거라고 영리한 척하는 인간은 겉똑똑이일 뿐이다. 그들은 현상
뒤에 있는 본질을 보기 힘들다. 하루는 그가 감옥 안에서 지나가는
투로 이런 말을 했다.

　"1심 법정에서 검사가 나를 보고 '저런 나쁜 사기꾼'이라고 하면
서 손가락질을 하더라고요. 놀랐죠. 검사는 진실을 알아서 규명해
주는 사람으로 알았는데 아니더라고요."

　그는 현실에서는 놀랍도록 순진했다. 자기의 결백을 스스로 주장
하고 입증해야만 법의 덫에서 빠져나간다는 사실을 모르고 있었다.
그는 서울고와 서울공대를 나와 미국 유학을 가서 독특한 아이템으
로 박사학위를 받았다. 비닐 같은 유연한 막 위에 마치 그림을 그리
듯이 금속 잉크를 써서 전자회로를 찍는 기술이었다. 기존의 전자
기술은 딱딱한 반도체에 금속성 칩을 부착하는 것이었다. 그 과정

에서 유해물질이 나오기도 했다. 그의 기술은 그런 위험이 전혀 없었다. 그게 상용화되면 부드럽게 휘어지는 스마트폰이 나온다고 했다. 종이같이 돌돌 말아서 다니는 TV나 모니터가 생산될 것이라고 했다. 그 기술만 가지고 있으면 한국은 앞으로 10년 이상은 먹거리가 걱정 없다고 그가 말했다. 관련 자료들을 봤다. 유럽을 비롯해서 세계적으로 그 기술을 가지고 경쟁하는 과학자가 열 명가량 되는 것 같았다. 그는 공대 교수로 있으면서 벤처 회사를 운영하고 있었다.

한 기업인이 그에게 백억을 투자했다. 그리고 얼마 후 거대 로펌을 이용해 그를 사기범으로 몰아 무거운 징역형을 선고받게 하는 데 성공했다. 벤처 기업을 하는 사람들 중에는 사기범들도 많았다. 기술을 과장하면서 돈을 받아 잘 먹고 잘사는 경우였다. 그도 그런 부류로 취급된 것 같았다.

나는 그를 자세히 살폈다. 그는 투자받은 거액의 돈에 대해 바보같을 만큼 관심이 없었다. 사기범이라면 목적이었던 그 돈이 전부여야 했다. 그는 감방 안에서 열심히 기도하는 모습이었다. 수사기관이나 법원은 그런 순간들을 보지 못했다. 평생 과학자로 살아온 그는 자신을 표현할 줄 몰랐다. 그의 기술이 어떤 것인지 비전문가를 납득시킬 능력도 없는 것 같았다. 그에게 물어보면 수식만 말할 뿐이었다. 그와 대화하다 보면 우주인과 얘기하는 느낌이 들 때도 있었다. 나는 그가 무죄라는 확신이 섰다.

상대방이 고용한 로펌이 엮어 던진 사기죄의 그물을 어떻게 찢고 그를 탈출시키나 고민했다. 핵심은 그의 기술을 보통사람인 판사가 상식적으로 이해하게 만드는 것이었다. 검사도 판사도 그의 머릿속에 든 과학을 이해하지 못했다. 나는 표현력이 없는 그를 달래가면서 그의 과학이론을 배웠다. 모자란 지능 때문인지 머리가 터져 나갈 것 같았다. 고등학교 때 미적분을 배운 이래 처음으로 수학공식을 접했다. 나 혼자 이해한다고 되는 게 아니었다. 그것을 평범한 문장으로 변론서 속에 녹여 내야 했다. 하늘에 계시는 그분이 도운 것 같았다. 마침내 판사들에게 그가 이룬 첨단 과학 기술을 이해시키는 데 성공했다. 그리고 그는 무죄를 선고받았다.

자칫하면 한 귀중한 과학자가 사기범이 되어 모든 것을 잃을 뻔했다. 변호사 사무실을 처음 차렸을 때 나는 기도했었다. 그런 사람들을 다섯 명만 무죄가 되게 변론을 하면 천국고시 1차 정도는 합격한 것으로 쳐 달라고 말이다. 그는 그런 사람 중의 하나였다. 기쁘기도 하고 변호사로서 성취감을 느낀 사건이었다.

그 후로 10년 가까이 세월이 흘렀다. 어제는 그 부부가 기차를 타고 내가 사는 동해의 묵호역으로 찾아왔다. 우리는 파도가 넘실대는 망상해변의 모래 위를 맨발로 걸었다. 그리고 좋은 친구가 됐다. 나는 아직도 어두운 감옥 안에 있을 때 그의 주변으로 뿜어져 나오던 신비로운 하얀 빛이 무엇이었는지 궁금하다.

성인용품점을 외면하는 위선

　　선정적인 분홍빛 조명을 받으면서 대로변에 큰 빌딩이 당당하게 서 있었다. 도쿄의 중심가인 듯했다. 건물 전체가 성인용품을 파는 곳이었다. 연예인 신동엽 씨와 가수 성시경 씨가 약간은 멋쩍은 표정으로 그 빌딩에 들어섰다. 그곳에는 여성들의 각종 자위기구가 진열되어 있었다. 두 사람은 와서는 안 될 곳이라도 온 것처럼 부끄러워했다.

　　그들은 판매원에게 조심스럽게 인터뷰가 가능하냐고 물었다. 뿔테안경을 쓴, 아직 학생 같아 보이는 자그마한 몸집의 여점원이었다. 그 여성은 아무렇지도 않은 표정으로 그렇게 하겠다고 대답했다. 신동엽 씨가 여성 자위기구 중 어떤 게 좋은지 추천해 보라고 했다. 그 여성은 한 기구를 추천하면서 자기가 사용해 보니까 좋더라고 하면서 손으로 자신의 아래쪽을 가리켰다. 너무나 솔직한 태도였다. 완전히 우리와는 사고방식이 다른 느낌이었다.

신동엽 씨는 그 건물의 위층으로 올라가 남자용 자위기구를 파는 곳에서 이번에는 물건을 고르고 있는 남자와 인터뷰를 했다. 그 역시 당당하게 인터뷰에 응했다. 한편으로 고개가 끄덕여지면서도 다른 한편으로는 어떻게 저럴 수가 있을까 하고 놀랐다. 넷플릭스 프로그램의 한 장면이었다.

신동엽 씨가 포르노 여배우 세 명과 인터뷰를 하는 또 다른 장면을 보았다. 여배우들은 프로의식이 강하고 당당했다. 오히려 질문을 하는 쪽이 쑥스러워서 어쩔 줄 몰라 했다. 그녀들은 섹스를 밥을 먹고 화장실에 가는 것과 똑같은 풀어야 할 본능으로 여기고 있었다. 그들은 자신들이 남자들의 다양한 형태의 성적 욕구를 만족시켜 주는 보조 역할을 하고, 그게 성범죄를 줄이는 역할을 한다고 주장하기도 했다.

그들의 진정성과 당당함을 보면서 나는 얼마나 두꺼운 위선의 껍질 속에서 살아왔는지를 어렴풋이 깨달았다. 성에 관한 한 처음부터 잘못되었다. 어린 시절 어머니는 성은 더럽고 추한 것이라고 내게 아예 정신적 전족을 채웠다. 교회에서도 음란은 죄라며 내 의식에 이중으로 족쇄를 채웠다. 이 사회에서 속칭 성공하려면 겉은 성자 같은 모습을 연출해야 했다. 낮에 판사면 밤의 잠자리에서도 판사 같은 근엄한 검은색을 유지해야 했다. 조금만 흠이 있어도 하루 아침에 유리 파편같이 조각나 버렸다.

인간의 본능이란 인화성 짙은 화약처럼 어두운 곳에서 폭발할 수 있는 것이다. 제주도에서 혼자 지내던 근엄한 검사장이 한밤중에

성기를 노출하고 다니다가 파멸했다. 그는 룸살롱에 가서도 옆에 호스티스가 접근하지 못하게 했던 성자 같은 태도를 보였다고 했다. 한밤중에 혼자 사는 여성들이 살던 연립주택을 다니며 성범죄를 저지른 전도사를 변호한 적이 있었다. 교회 안에서 인기가 좋던 젊은 미남 전도사였다. 그는 감옥 안에서 나를 보자 눈물을 흘렸다. 나는 스티븐슨의 소설 『지킬 박사와 하이드』처럼 또 다른 얼굴을 숨기고 다니던 그의 위선에 화를 냈다. 나 역시 집단적 위선의 사회에서 탈을 쓰고 살아온 것이다.

그에 반발한 사람이 『즐거운 사라』라는 소설을 쓴 연세대 마광수 교수였다. 그 소설 속에 여성의 자위행위를 묘사한 장면이 있었다. 명문대 교수가 그런 음란소설을 썼다며 온 세상이 그를 두들겨 팼다. 법도 그를 감옥에 가두었다. 그는 사회에서 소외됐다. 그는 나와 만난 자리에서 '야동'은 낄낄거리며 다 봐도 놔두면서 자기의 문학은 왜 징역을 살아야 하는지 이해할 수 없다고 억울해 했다. 그는 위선에서 벗어나려고 했지만 어쩔 수 없는 한계 안에 갇혀 있었던 것 같다.

그의 옆방 교수는 내게 그는 그런 사람이 아니라고 했다. 항상 교수실에 조용히 틀어박혀 혼자 컵라면을 먹으면서 책을 보는 학자라고 했다. 나는 그의 정신 속에서 들끓는 욕망을 글로 풀어 버린 게 사회적으로 문제가 된 것 같다고 말해 주었다. 결국 마광수 교수는 자살로 생을 마감했다. 그는 위선적인 사회의 모순과 소외를 감당할 수 없었는지도 모른다. 이 사회는 육중한 두 개의 롤러가 맞닿아 돌아가고 있는 것 같다. 위선에서 벗어나려는 인간은 그 사이로 물려 들어가 으스러지기 쉽다.

오래전 신학대학에서 강연을 해 달라는 요청이 있었다. 수많은 성직자를 배출하는 성지 같은 곳이기도 했다. 나는 눈이 반짝이는 순결한 예비성직자들 앞에 설 자신이 없었다. 그래서 강연을 하기 전에 나는 원초적 본능을 제어할 수 없는 인간이라고 했다. 제어는 커녕 유혹이 있으면 먼저 그 앞에 다가가 무릎을 꿇을 존재라고 자백했다. 여러분이 자격이 없다고 하면 강연을 하지 않고 그대로 돌아가겠다고 했다. 그럼에도 그들은 나를 흔쾌히 받아 주었다.

추상과 공허한 위선의 관념에 갇혀 있을 때 그것은 거대한 벽을 만든다. 도쿄의 성인용품 가게에 취재를 갔던 연예인 신동엽 씨에 대한 비난이 무성하다고 한다. 우리들의 이중성을 직시하고 이제는 솔직해져야 될 때가 되지 않았을까.

권력형 검사와 인권변호사

1987년 2월 5일 아침 8시경이었다. 며칠 전 내린 눈이 녹으면서 서소문 거리는 질척거렸다. 도로변에는 먼지 섞인 눈덩어리들이 천덕꾸러기가 되어 뒹굴고 있었다. 나는 근처 어둡고 우중충한 건물 안으로 들어갔다. 젊은 변호사들의 사무실이 들어 있는 빌딩이었다. 입구에 붙은 아크릴 안내판에 입주해 있는 변호사들의 이름이 붙어 있었다.

4층에 박원순 변호사가 있었다. 3층에는 고교 선배인 신기남, 이원영 변호사의 이름이 보였다. 모두 고교 선후배이고, 사법고시나 연수원 동기들이었다. 나는 엘리베이터를 타고 3층의 신기남 변호사 사무실로 들어갔다. 당시는 개업한 지 얼마 안 되는 30대의 청년 변호사였지만 후에 박원순은 서울시장으로 대통령 후보가 됐다. 신기남 변호사는 노무현 대통령과 함께 여당의 당대표가 됐다. 연수원 동기이기도 한 이원영 변호사는 노동계의 국회의원이 됐다.

나는 40년 세월 저쪽의 그 시절로 돌아가 젊은 시절의 나와 그 시대를 보고 있다. 그 일 년 전 따가운 햇볕이 내리쬐던 가을이었다. 사법연수생들이 따로 성남 부근의 부대에서 예비군 훈련을 받고 있을 때였다. 먼지가 풀풀 이는 연병장의 한 구석에서 고교 선배인 신기남과 함께 총을 어깨에 걸치고 나란히 앉아 쉬고 있을 때 그가 이런 말을 했다.

"사법연수원에 뒤늦게 들어가니까 말이야. 판검사 출신들이 교수를 하는데 한심해서 못 봐주겠어. 자기들의 틀 안에 꽉 갇혀 살아오면서 우물 안의 개구리처럼 자기들이 최고의 성공을 한 것으로 착각하는 거야. 철학도 없고 사회의식도 없고 국가관도 없어. 인생이 어차피 한 번인데 검은색 법복보다는 무지개처럼 여러 빛깔로 삶을 채색해 보는 것도 괜찮지 않겠어?"

신기남 선배는 다른 눈이 열려 있는 것 같았다. 고지식한 나의 영혼에 이상하게 깊은 울림을 준 한마디였다. 그 무렵 나의 가슴을 두드린 또 다른 사건 하나가 있었다. 그 시절 사법연수생들은 검찰청에 가서 검사직무대리의 역할을 했다. 의사로 치면 레지던트와 비슷했다. 배당받은 사건을 수사하고 기소하는 일을 했다. 그때 조영래 변호사가 동부검찰청 301호 검사실 검사직무대리였던 내게 한 사건의 피의자를 변론하기 위해 찾아왔다.

당시 고교 선배인 조영래 변호사는 후배 사이에서 전설로 통했다. 고교 시절 그는 그 어려운 영어 문장들을 완벽하게 해석해 백점을 받았다. 그는 서울대에 전체수석으로 들어간 천재였다. 출세가 보장된 일생일 수 있었다. 그러나 그는 민주화 투쟁의 지도자였다. 수배를 당해 피해 다니면서도 청계천시장의 노동자인 전태일이 분신을 하자 그 평전을 써서 우리들의 피를 들끓게 했다. 오랜 세월 도망자 생활을 하다가 그 얼마 전 뒤늦게 변호사 사무실을 차렸다. 그를 따르는 박원순 변호사를 데리고 '부천서 성고문 사건'을 처리하면서 정권의 실상을 세상에 알리기도 했다. 그를 따르는 후배 변호사들 중에는 천정배 등 새끼호랑이들이 득실거렸다.

조영래 변호사가 검찰청 앞 화단으로 나를 불러내 화단 턱에 앉으라고 하더니 내게 이런 말을 해 주었다.

"나도 뒤늦게 검사직무대리를 몇 달 해 봤지. 매일 아침이면 빨간 딱지가 붙은 수사 기록과 포승에 묶인 피의자들이 앞으로 오지. 그들의 수갑과 포승을 풀어 주고 담배 한 개피나 종이컵에 담긴 자판기 커피 한 잔 주는 검사가 몇이나 될까? 먼저 그런 인간이 되어야 하는 게 아닐까?"

그 선배는 본질에 가까이 다가가 뭔가를 깨달은 사람 같았다. 반면 사법연수원에서 교수를 한다는 검사들은 전혀 다른 모습이었다. 현직 검사인 어떤 교수는 자기의 기소장 한 장으로 재벌그룹이 날아갔다고 공개적으로 자랑했다. 그 오만이 좋게 보이지 않았다. 검사 출신 교수들 중에는 검찰이 가져야 할 태도에 대해 이렇게 말하는 사람도 있었다.

"검찰은 속칭 '곤조'가 있어야 합니다. 여러분은 검사가 되면 나이 30년 위까지는 맞먹어도 됩니다. 그리고 누구에게도 고개를 숙여서는 안 됩니다. 수사할 때 나이를 의식하면 안 되니까요. 밖에서 누가 인사를 해도 공손하게 받으면 안 됩니다. 검사를 잘 아는 척하고 이용할 수 있으니까요."

권력 조직 안에서 살아온 기능적인 사람과 광야에서 뛰는 인권 변호사 조영래가 세상을 보는 차원 자체가 다른 것 같았다. 지금 변호사회관 앞에는 조영래 변호사의 동상이 있다. 변호사회관에 붙어 있는 표어는 '정의의 붓으로 인권을 쓴다'라고 되어 있다. 우리 또래들 중에는 조영래 변호사가 살아 있었으면 노무현 변호사가 아니라 아마 그가 대통령을 했을 거라는 데 이의를 다는 사람이 거의 없는 것 같다.

어쨌든 두 선배의 영향으로 그날 나는 신기남 변호사의 사무실에 찾아갔었다. 신기남 선배는 사법고시 동기였다. 같은 해 사법고시에 합격한 사람들 중에는 홍준표와 추미애도 있었던 것 같다. 신기남 변호사의 사무실은 소박하다 못해 약간은 궁상스러운 기운마저 보였다. 나무 책상 위에서 여직원이 타이프를 치는 모습이 보이고, 그 옆 탁자에 조간신문이 펼쳐져 있었다. "박종철 고문치사 사건 추도식 전면 봉쇄"라는 헤드라인이 눈에 들어왔다. 신기남 변호사의 초라한 방으로 들어갔다. 그는 작은 사무실을 빌려 다른 두 변호사와 함께 쓰고 있었다.

"일자리나 사무실을 구해야겠는데 잠시 신세 좀 집시다."

"이원영 변호사가 쓰던 방이 있는데 그걸 쓰시오."

그가 흔쾌히 승낙했다.

"이원영 변호사는 왜 방을 비웠죠?"

"도서관에 다니면서 더 책을 읽고 내공을 쌓겠다고 잠시 변호사 일을 그만뒀어. 변호사를 하는 것보다 대림동 쪽 공단 노동자가 많은 곳에 사무실을 내고 노동운동을 하고 싶다네."

대학 1학년 여름방학 무렵 우연히 그의 집에 간 적이 있었다. 서울법대생이던 그는 고시보다 농촌운동을 하는 서클에 가입해 시골에 가서 일을 하다가 왔다고 했다. 그 인상이 남아 있었다. 그는 고시에 조금 늦게 합격을 했다. 나와는 사법연수원을 같이 졸업했다.

나는 신기남 변호사 사무실의 구석방에서 그해 봄과 여름을 보냈다. 세월이 흐르고 그런 광경들도 소중한 법조계의 역사가 될 수 있을 것 같다. 그런 얘기들도 더 늦기 전에 잡담같이 간간이 써 두려고 한다.

세상을 바꾸고 싶은 변호사들

로스쿨을 졸업한 변호사들이 찾아오는 경우가 있다. 무급으로 내 밑에서 도제가 되어 일을 배우겠다는 사람도 있었다. 어떤 사람은 변호사 일을 배운다며 수업료를 내려고까지 했다. 찾아오는 젊은 변호사마다 불안감과 미래에 대한 걱정이 얼굴 표정에 나타나 있었다. 나도 그랬다. 그들은 내가 살던 시대는 좋았을 것이라는 편견을 가지고 있었다.

나는 어땠을까. 나의 상념이 36년 전으로 날아간다. 신 변호사의 사무실 구석방을 공짜로 빌린 나는 매일 그곳에 틀어박혀 소설을 읽었다. 사건을 의뢰하러 오는 사람은 거의 없었다. 그렇지만 '나를 선택해 주세요' 하고 공개적으로 광고를 하자니 자존심이 상했다. 원래 주변머리가 없는 편이었다. 나와는 달리 활발하게 사업을 벌이는 내 또래도 많았다. 교통사고를 소개하는 전문 브로커들과 손잡고 기업적으로 법률사무소를 운영하는 변호사도 있었다. 또 형사나 검찰서기, 법원서기 등과 결탁해 형사 사건을 맡아 돈을 버는 변호사도 있었다. 보험을 팔려면 영업사원이 있어야 하듯이 변호사 사회도 그런 것 같았다.

한 번은 일 년 후배인 변호사로부터 이런 말을 들었다.

"변호사로 성공하는 데는 세 가지 길이 있다고 봐요. 첫째는 정치로 나가는 길이야. 두 번째는 미국 유학을 가서 독자적인 전문 분야를 개척해 오는 거야. 그리고 세 번째는 내가 개인적으로 생각해 본 거예요. 도스토옙스키, 톨스토이부터 시작해서 고전을 고시 공부하듯 독파하는 거야. 그렇게 한 20년 하고 나면 상당한 내공을 쌓을 수 있지 않을까? 그렇지만 나는 다음 총선에 출마할 생각을 가지고 있어요."

변호사를 시작하고 보니 이 직업이 단순한 원색(原色)이 아니고, 다양한 색깔을 포함한 이차색인 것 같기도 했다. 국회의원 변호사도 있고, 방송인 변호사도 있었다. 목사인 변호사도 있었다. 변호사라는 기본 바탕색에 잠시 다른 색을 섞을 수도 있구나 하는 생각이 들었다. 의사도 보건소장을 하면 공무원이고, 재벌 소속 대형 병원의 의사면 회사원이 아닌가.

그 무렵 어느 날, 점심시간에 같은 빌딩에 있는 변호사들과 함께 서소문 뒷골목의 냉면집에서 점심을 먹은 적이 있다. 빚을 내서 변호사 사무실을 차리고 한 달 한 달을 겨우 넘기던 힘든 상황이기도 했다. 그래도 그 자리에 함께한 이들은 꿈을 먹고 사는 사람들 같았다. 돈을 못 벌어도 마음들은 대범한 것 같았다. 오랜 고시 준비 기간의 결핍이 낙관과 인내를 키워 준 것 같기도 했다.

고교 선배인 신기남 변호사가 입을 열었다.

"나는 그동안 틈이 나면 노래 가사를 써 왔어. 우리나라 가요는 물론 외국 노래의 가사까지 공부했지. 얼마 전에 그중 좋은 걸 유명한 작곡가인 최종혁 씨에게 부탁해서 곡을 만들었어. 그 노래가 방송국의 《가요 톱10》에 들어갔으면 좋겠어."

그는 독특한 영역에 눈을 돌린 것 같았다. 그가 말을 계속했다.

"내가 사회 문제에 대해 토론을 하는 《여의도 법정》이라는 TV 시사 프로그램의 진행을 맡게 됐어. 어떻게 생각해? 그렇지만 나는 남자 직업 중에 가장 멋있는 직업은 국회의원이라고 생각해."

그의 지향점을 알 것 같았다. 옆에 있던 주 변호사가 이런 말을 했다.

"변호사가 사건 브로커를 껴야 일거리가 생기듯 정치도 그런 모양이더라고. 선거구마다 정치 브로커가 있어요. 선거를 여러 번 치르면서 지역 조직을 장악하고 있지. 그럴 듯한 인물만 있으면 자기들이 선거 운동은 도맡을 테니까 공천만 받아오라는 거야. 나한테도 그런 제의가 들어왔어. 결국 공천도 선거 운동도 돈인데 우리는 그런 자금이 없지."

"그러면 우리 젊은 변호사끼리 당을 하나 만들어야겠네. 가칭 '정의당'이라고 하면 어떨까?"

신 변호사의 말이었다. 그때 말없이 앞에서 듣고 있던 박원순 변호사가 입을 열었다. 그가 제일 막내 후배였다.

"형님들 말이죠, 저는 그동안 『역사비평』이라는 잡지도 만들어 보고, 나름대로 여러 활동을 해 왔잖아요? 그런데 앞으로는 시민운동을 해보면 어떨까 해요. 아직 이 변호사라는 직업이 지성과 돈을 상징하는 직업이라 괜찮은 편이지만 그런 모든 기득권을 포기하고, 저 아래로 내려가 최소 생계비로 7년 정도만 버티면서 활동하면 뭔가 손에 잡힐 것 같은 느낌이 들어요."

그들의 앞선 사회 구조에 대한 인식이나 이념적 지향을 보면서 나는 바보 같다는 느낌이 들었다. 대학 시절의 투쟁 경험이 그들을 한 단계 성숙시킨 것 같았다. 그 말을 듣고 신 변호사가 이런 말을 했다.

"우리 아버지는 지리산 공비 토벌의 경찰 사령관이었지. 그때 아버지의 계급이 경무관이었어. 이승만 대통령의 경호실장인 곽영주도 경무관이었어. 경찰 출신이라 정보의 힘이 무엇인지 아는 분이었지. 아버지는 인근 지역의 작전에 참여했던 박정희보다 더 실질적인 힘이 있었지. 한번은 마을에서 개를 잡아 사령관인 아버지 부대에 바친 적이 있어. 술과 고기를 좋아하던 박정희는 그 보급품을 자기 부대에 주지 않자 심술로 아버지 부대에 총을 쏘기도 했대. 우리가 재야 운동이다 인권 운동이다 하는데 사실 우리나라 정치의 핵심은 정보기관이야. 여당보다 힘이 센 또 다른 정치 세력이지. 정보기관을 알면 많은 걸 깨달을 거야. 참 엄 변호사를 보면 사무실에 앉아 첩보 소설도 많이 읽는 것 같은데 정보기관에 들어가 몇 년간 취재하면 아주 유익한 경험이 되지 않을까? 많은 걸 얻을 수 있을 거야."

지금 생각하면 그들은 그때 벌써 호랑이 새끼들이었다. 성장해서 세상을 바꾸고 싶었던 것 같다. 신 변호사는 국회의원을 여러 번 하고, 노무현 정권에서 여당의 당대표를 지냈다. 박원순 변호사는 '참여연대'라는 시민운동 단체를 만들었고, 정계로 옮겨 서울시장을 하고 대통령까지 바라보는 거물로 성장했다.

나는 그들과는 체급부터 달랐다. 세상을 보는 통찰력도 없고 능력도 없었다. 내 분수와 그릇이 따로 있는 것 같았다. 능력의 한계를 생각하지 않고 야망을 가지면 망하는 법이라고 할아버지와 아버지한테서 배웠다. 그러나 변호사만 하는 건 무채색 같은 느낌일 거라는 생각이 들었다. 음악을 하건 문학을 하건 직업과 삶에 색을 입히고 싶었다.

그 무렵 가끔 놀러 오는 내 나이 또래의 택시기사가 있었다. 전에 그의 사건을 맡아 처리하다가 친해진 의뢰인이었다. 책 외판원을 오래 한 그는 소설가가 되고 싶다고 했다. 그래서 앞으로 쓸 소설의 소재를 얻기 위해 택시기사까지 포함해 스무 가지 정도의 직업을 경험했다고 했다. 그는 반지하 단칸방에 세 얻어 살면서 책을 읽는다고 했다. 그해 여름 장마 때도 책을 읽다가 물이 방으로 넘어들어오는 것도 몰랐다고 했다. 그는 가난과 자유 그리고 문학을 삶으로 선택했다고 했다. 이상하게 그가 멋있어 보였다.

조지 오웰의 경찰관 체험, 노숙 체험이 농도 짙은 사회 소설을 만들어 냈다. 작가 황석영 씨나 정을병 씨의 노동 체험이 살아 있는 소설을 탄생시키기도 했다. 나는 작은 사무실에 앉아 책을 읽고 글을 쓰는 변호사가 되기로 했다. 인생이 대작이 아니라 소품이어도 되지 않을까 하는 마음이었다. 작가가 되는 꿈을 갖게 되니까 좀 더 입체적인 다양한 경험이 필요할 것 같았다. 신 변호사의 말대로 신비에 싸여 있는 정보기관을 직접 체험해 글로 써 보고 싶은 호기심이 들었다. 나와 친했던 소설가 정을병 씨는 박정희 정권 초기의 강제 노동하는 곳으로 들어가 그 내막을 글로 써 세상에 알리기도 했었다. 그때 나는 아직 밥보다 모험심에 더 끌리는 어리석은 면이 있었다.

3장 /

변호사가
되어서 보이는
것들

"판사를 할 때는 죄인만 보였는데 지금은 인간이 보여. 그 가족이 우는 것도 보이고 말이야. 변호사로 교도소에 가서 오랫동안 얼굴을 맞대고 얘기하니까 마음이 움직이는 거야. 내가 다시 판사를 한다면 예전같이 그렇게 하지는 않을 거야."

고문

27년 전 스산한 바람이 부는 봄날, 서울구치소의 차디찬 접견실에서였다. 누런 홑겹의 죄수복을 입은 남자가 물었다.

"변호사는 사회 정의와 인권 옹호를 위해 일한다고 하는데 인권 옹호인 변론은 알겠는데 사회 정의란 뭘 한다는 겁니까?"

그의 말에 나는 대답하지 못했다. 너무 추상적이고 관념적인 단어였다. 그는 이미 답을 안다는 표정으로 이렇게 말했다.

"제 옆방에 고문으로 맞아 죽은 남자가 있습니다. 죽은 후에는 부근의 야산에 매장을 당했습니다. 의사는 맞아서 멍투성이인 걸 보고도 그냥 심장마비라고 사망진단서를 만들었습니다. 담당 검사는 확인하지도 않고 매장해 버리라고 변사체 처리를 지시했습니다. 국가의 조직적인 살인 은폐죠. 이런 사실을 변호사가 알면 어떻게 해야 합니까? 업무상 기밀을 유지해야 한다고 명분을 내세우면서 도망갑니까? 아니면 세상에 대고 외치기라도 해야 합니까? 변호사의 사회 정의란 이런 걸 보고 들었을 때 뭐라도 해 줘야 하는 거 아닙니까? 우리 죄수들이 항의하면 이 사회는 나쁜 놈들이 헛소리를 한다고 하면서 믿어 주지 않습니다. 변호사가 외쳐 주면 좀 다른 거 아닌가요? 죄수인 제가 법전의 변호사법을 보니까 제일 먼저 사회 정의가 나와 있어서 물어보는 겁니다."

나는 그 죄수의 말에 한마디도 반박을 할 수 없었다.

그 다음부터 나는 '변호사 저널리즘'이라는 구호를 내걸고 수사 기관의 고문을 추적하고 싸웠다. 법정에서 폭로하고 글을 써서 언론에 기고해 왔다. 검찰청 강력검사실 수사관이 한밤중에 피의자를 고문하다가 죽인 일이 있었다. 그 현장에 있던 다른 피의자가 현장을 탈출해 나의 법률사무소에 찾아와서 구원을 요청하기도 했다. 강력계 형사들이 밤에 피의자를 콘크리트 바닥에 엎어놓고 집단폭행과 고문을 한 사실을 알고 법정에서 폭로하기도 했다.

고문이란 묘했다. 법정에서 아무리 주장해도 그걸 인정해 주는 판사가 없었다. 알아도 모른 체했다. 그것은 일종의 묵시적 동조일 수도 있었다. 은밀한 시간, 은밀한 장소에서 이루어지는 고문은 그렇게 계속되고 있었다. 고문에 있어서는 어떤 기관도 다 그놈이 그놈이었다. 그 은밀한 방을 기자들은 접근할 수 없었다. 취재를 해도 보도가 나가기 힘든 세상을 우리는 살아왔다.

범인을 잡지 못한다고 여론의 질타가 심했던 한 사건에서 늙은 형사는 내게 고문만 허용해 주면 어떤 범인도 만들어 낼 수 있다고 말했다. 남산의 지하실은 고문의 공포로 세상 사람들을 주눅들

게 하던 곳이었다. 영화나 드라마에서 남산의 지하실은 지옥 같은 장소로 묘사되었다. 희미한 알전구 아래 콘크리트 바닥과 덩그렇게 놓인 철제 책상이 있고, 그 옆에 몽둥이 등 각종 고문도구가 있었다. 전기고문, 물고문으로 사람을 장애인으로 만들거나 죽이는 곳이라는 인식이 세상에 퍼져 있었다. 그곳에서 조사를 받았던 사람의 이야기를 직접 들은 적이 있다.

"제가 갇혀 있던 곳이 지하 몇 층이었는지도 몰라요. 흐릿한 형광등이 켜져 있었고, 벽에는 점점이 구멍이 난 흰색 방음판이 붙어 있었어요. 그리고 방 가운데 칸막이를 한 철제 책상이 놓여 있었는데 모서리에는 고무가 붙어 있었죠. 머리를 박는 자해행위를 막기 위한 것 같았어요. 구석에는 군용 야전침대가 있고, 그 옆에 변기가 있어요. 처음 그 방에 들어가니까 옷을 전부 벗고 거기서 주는 군복을 입으라고 했어요. 조사관이 볼펜과 종이를 가지고 와서 지금까지의 살아온 과정을 모두 쓰라고 했어요. 시키는 대로 했죠. 가져다주는 밥을 먹고 쓰고, 또 다시 밥을 먹고 쓰고 했어요. 다 썼다고 하면 조사관이 와서 보고 부분 부분을 지적하면서 더 자세하게 보충을 하라고 해요. 그들이 알고 싶은 부분을 더 세밀하게 쓰라고 지시를 하기도 했죠. 3주쯤 되니까 내가 쓴 양이 제법 많아졌어요. 그다음은 수사관이 내가 쓴 글을 읽고 현지에 가서 확인을 하는 것같아요. 그 장소에 가서 지명도 보고 사람들도 만나고 오더라고요. 돌아와서는 장소가 틀렸다고 하기도 하고, 만난 사람을 확인했더니 아니라고 하면서 기억이 잘못된 걸 다시 고치라고 하는 겁니다. 시키는 대로 했죠. 그 원고들을 다시 쓰라고 하고, 다시 수정해서 쓰라고 하고, 아마도 백 번은 같은 내용들을 썼을 겁니다. 그러다 보니 나중에는 거기 쓴 내용이 맞는 건지, 내가 기억하고 있는 내용이 맞는 건지, 나 자신이 먼저 헷갈리고 뭐가 진실인지 모르겠더라고요. 인간의 머릿속을 완전히 바꾸어 버리는 것 같았어요. 또 다른 형태의 고문이었어요."

정보기관의 고참 수사관이 내게 솔직하게 이런 얘기를 털어놓은 적이 있다.

"간첩은 잡았던 게 아니라 우리가 만든 면도 많았어요. 반정부적 성향의 사람들을 간첩단으로 만든 적도 있죠. 상부의 명령으로 정치적 반대자들을 끌어다가 혼을 내기도 하고요. 우리는 물라면 무는 개였으니까. 더러는 미꾸라지같이 법망을 빠져나가는 거물 사기꾼을 데려다가 손을 본 적도 있죠. 사기 전과가 많았어요. 여기저기 다니면서 권력자를 팔고 사기 치는 놈이었습니다. 교묘하게 매번 법망을 피해 나가는데 귀신같더라고요. 그런 놈은 언론에 아는 사람도 있고 하니까 쥐도 새도 모르게 손을 봐야 했어요. 우리 요원들이 그놈 주위에서 미행하며 감시하다가 납치했습니다. 그런 경우는 적당히 혼을 내는 게 목적입니다. 수사관들이 장교용 군용 점퍼를 입고 서로 부르는 호칭도 김 중령, 박 대위 하면서 공포의 한 장면을 연출하는 거죠. 여기 잡혀 오면 대개가 비굴해집니다. 무릎을 꿇고 처절하게 빕니다. 자존심을 지키는 사람은 정말 몇 안 돼요. 그러다가 진짜 투사를 보면 우리는 속으로 대단하게 보죠. 그런데 비겁한 놈들이 밖에 나가면 민주화 투사로 목청을 높인다니까요. 별별 놈이 다 투사가 되는 세상입니다. 그러다가도 대낮 거리에서 우리와 눈길을 마주치면 쥐구멍을 찾아요."

이런 얘기들은 이미 오래전의 일이다. 몇 년 전 간첩혐의로 체포된 사람의 변호인이 되어 정보기관 수사에 입회한 적이 있었다. 공포의 지하실은 사라지고 오히려 진짜 간첩이 큰소리를 치는 광경을 목격했다. 이제는 인권이 많이 향상된 것 같다.

참회한 악마

언론에 '50억 클럽'이란 말이 떠돈다. 거액의 대가를 받는 변호사들을 말한다. 변호사에게 거액의 돈은 어떤 때 들어올까? 정의로운 일을 했을 때 받는 돈일까? 내가 아는 한 검사장은 재벌 회장의 입건을 유예해 주고 거액을 받았다고 했다. 그건 부자의 죄를 덮어 준 데 대한 대가였다. 그래서 '유전무죄 무전유죄'라는 말이 나왔다.

나도 그런 유혹을 받은 적이 있다. 한 회사의 오너가 거액을 가져왔다. 자기가 저지른 밀수행위를 덮어 달라는 것이다. 그는 이미 희생양까지 준비해 놓고 있었다. 회사 직원이 법적 책임을 떠안고 구속되어 있었다. 그는 이미 검찰과 언론도 매수해 놓고 있었다. 그게 안심이 안 됐는지 내가 청와대 사정비서관과 친하다는 걸 알고 이용하려고 하는 것 같았다.

내 입장에서는 횡재의 기회였다. 담당 검사나 부장검사가 진실에 눈을 감고, 그 사장을 이미 봐줄 마음을 먹고 있었다. 그러던 어느 날 그 기업의 오너를 대신해 감옥에 들어간 모 부장의 아내가 내게 전화를 했다. 오너에게 충성해 온 남편은 감옥 안에서도 사장님만 믿고 있는데 자기는 느낌이 이상하다는 것이다. 그 말을 듣는 순간 내 양심을 뾰족한 가시가 콕 찌르는 것 같았다.

그래도 돈의 위력은 대단한 것 같았다. 나는 그 돈을 돌려주기 싫었다. 속에서 두 개의 내가 싸우기 시작했다. 착한 나는 그 돈을 돌려주고 그들의 음모를 폭로하라고 했다. 악한 나는 모르는 척하고 그 돈을 받으라고 했다. 변호사가 원래 그렇게 사는 게 아니냐고 했다. 그 사장의 부하 직원은 내가 맡은 의뢰인도 아니라고 속삭였다. 그래도 매일같이 양심이 아팠다. 양심이란 내 속에서 울려 퍼지는 하나님의 우렛소리였다. 큰돈은 악마의 낚시미끼이고 함정이었다.

그래도 쉽지 않았다. 돈을 돌려주기로 마음먹고 그 사장을 부른 현장에서 내 입은 전혀 반대의 말을 하고 있었다. 몇 번을 주저하다가 가까스로 그 돈을 돌려주었다. 순간 그 사장은 아무 힘도 없는 새끼가 사기를 친 것 같다고 욕을 했다. 마치 그 자신이 피해자라도 되는 양 길길이 뛰었다.

변호사 사회는 돈이라는 악마의 다스림을 받는 경우가 많은 것 같다. 법치국가이고 변호사 천국이라는 미국도 그런 일이 있었다.

알 카포네는 밀주 매매, 매춘, 살인으로 미국의 서부까지 영향을 미치는 갱단의 두목이었다. '밤의 대통령'이라는 별명까지 얻은 그는 아인슈타인, 헨리 포드와 함께 시카고 젊은이들의 우상까지 됐다. 한 해 수입이 많은 걸로 기네스북에 등재되기도 했다. 당시 '오헤어'라는 인물이 알 카포네의 집사변호사였다. 그는 해박한 법률 지식과 능수능란한 수완으로 알 카포네의 잔인하고 악랄한 범죄를 숨기고 감옥행을 막아 주었다. 알 카포네는 그에게 거액의 변호료뿐만 아니라 하인까지 달린 성채 같은 저택을 주어서 부자로 살게 해 주었다. 그 저택은 시카고 거리의 한 블록을 전부 차지할 정도로 규모가 컸다.

오헤어 변호사는 그 자신뿐 아니라 그의 외아들까지 한평생 모든 면에서 최고로 누리고 살 수 있을 만큼의 경제적 부를 이루었다. 시간이 지나면서 오헤어 변호사는 양심의 가책과 함께 깊은 회의에 빠졌다. 돈의 노예가 되어 악독한 범죄에 연루된 더러운 삶이 후회가 됐다. 이제 그는 자신의 더러운 이름과 불명예를 아들에게까지 남겨 주게 된 것이다. 그는 뒤늦게 아들에게 모범이 되는 아버지의 모습을 남기고 싶었다. 그래서 그는 결심했다. 그가 덮었던 흉악한 범죄 사실을 세상에 알리고, 자신의 잘못을 자백함으로써 시궁창 같은 삶에서 벗어나기로 했다. 그럴 경우 치러야 할 대가가 어떤 것인지도 그는 잘 알고 있었다.

그는 사법당국을 찾아가 자신의 범죄 사실을 낱낱이 폭로했다. 그의 증언과 증거 자료 덕분에 사법당국은 오랜 기간 잡지 못했던 범죄 조직의 두목을 구속할 수 있었다. 시카고는 드디어 알 카포네 일당의 공포에서 벗어났다. 하지만 그해가 끝나기 전, 오헤어 변호사는 거리에서 온몸에 총알 세례를 받고 삶을 마감했다. 아들 오헤

어느 아버지의 피 묻은 양복주머니에서 십자가를 발견했다. 아버지 오헤어는 인생의 가장 큰 대가를 치르고서야 아들에게 '정의'라는 유산을 물려줄 수 있었다.

그 후 태평양전쟁이 일어나고 오헤어 변호사의 아들 오헤어 중위는 전투기 조종사로 남태평양 렉싱턴 항공모함에 배치되었다. 어느 날 혼자 전투기를 몰고 모함으로 돌아가던 오헤어 중위는 일본의 대규모 비행 편대가 모함을 공격하기 위해 저고도로 날아가고 있는 걸 발견했다. 아군 전투기들이 모조리 출격해 모함은 거의 무방비 상태였다. 모함에 위험이 닥치고 있다고 알려도 소용이 없는 긴박한 상태였다. 그는 단독으로 일본 비행 편대를 향해 하강해 기관포를 내뿜었다. 그는 적의 전투기들 사이를 누비며 탄알이 다 떨어질 때까지 적기에 총탄을 퍼부었다. 마침내 상황이 좋지 않다고 판단한 일본 비행 편대는 기수를 돌렸다.

오헤어 중위 혼자 모함과 거기 승선해 있던 장병 2천8백 명을 구한 것이다. 오헤어 중위는 훈장을 받고 그 일 년 후 한 공중전투에서 장렬히 산화한다. 시카고 시민들은 그 전쟁영웅을 기리기 위해 시카고의 공항에 '오헤어 국제공항'이라는 이름을 붙였다. 그는 아버지 오헤어 변호사가 목숨을 걸고 정의감을 일깨워 주었던 외아들이었다.

'50억 클럽'에 속한 변호사들은 마음이 편할까? 아들에게 돈이 아닌 정의감을 물려주어야 하는 게 아닐까 하는 생각을 해 보았다.

소년 시절의 부끄러운 고백

우연히 인터넷 신문에서 "사시 출신에게 수모 안 당한 재벌 총수 없었다"라는 글을 읽었다. 문제점을 정확히 파악한 예리한 글이었다. 그걸 보면서 '나는 왜 사시를 했을까?'라고 내 자신에게 물어보았다. 동기는 열여섯 살 소년의 치기 어린 천박한 복수심이었다. 중학교 3학년 초 재벌의 건달기 있는 아들에게 칼을 맞았다. 죽을 뻔했다. 칼보다 불공정함이 더 깊은 상처를 냈다. 교사들이 뇌물을 받고 학폭 사건을 적당히 덮었다. 재벌가는 회사의 말단 기능직이던 아버지의 승진을 제시하며 약간의 돈으로 적당한 합의를 보려고 했다. 나는 그들의 이면에 무시가 있는 걸 느꼈다.

어머니는 아들의 '핏값'을 거절하는 행동으로 내게 자존감이라는 걸 알려주었다. 내 영혼은 복수를 꿈꿨다. 그러나 검정 교복의 까까머리 소년은 그 방법을 알지 못했다. 밤이 되면 청계천의 뒷골목을 배회하면서 카바이드 불을 밝히고 리어카 위에 책들을 쌓아 놓고 파는 노점상들을 뒤졌다. 그곳에서 히틀러의 『나의 투쟁』을 사기도 했고, 공산주의에 대한 비판 서적을 사기도 했다. 그런 책에서 비판 부분만 빼면 공산주의 사상의 핵심을 볼 수 있을 것 같았다. 그러다가 사법고시라는 게 있다는 것을 알았다.

섬마을 보건소에서 의사를 하며 문학을 하고 싶던 소망을 바꾸어 나는 법대로 진학하고 사법고시에 도전했다. 시험에 떨어지고 또 떨어졌다. 어느 날 내가 실패하는 이유를 알아냈다. 복수심과 천박한 권력욕으로 고시에 도전하는 사람은 떨어져야 했다. 비뚤어진 정의감을 독점하고 사회에 해를 끼칠 수 있기 때문이다. 나는 합격해서는 안 될 존재인 걸 깨달았다. 그리고 동시에 내 자신이 중병에 걸린 사실도 자각했다. 고시 낭인들이 얻게 되는 정신병적 뒤틀림이었다. 신체장애보다 훨씬 심한 정신장애라는 생각이었다. 열등감과 뒤틀린 성격은 평생 나 자신은 물론 가족까지 불행하게 할 것 같았다. 그것은 죽음에 이르는 병이었다.

나는 누군가를 붙잡고 호소하고 싶었다. 새벽 2시, 나는 별이 총총한 밤하늘을 보면서 믿지 않고 경멸하던 하나님이라는 분께 사정했다. 영혼이 병들지 않게 한 번만 시험에 합격시켜 달라고. 나는 판검사가 되지 않겠다고 했다. 치료를 의미하는 합격증만 주시면 연탄 수레를 끌고 평생 가난해도 행복한 마음으로 살겠다고 빌었다. 그해에 나는 최상위권의 성적으로 합격했다. 내 영혼의 병을 완전히 치료해 주기 위한 그분의 섭리였다. 나의 내면에 깊숙이 자리한 자아는 알고 있었다, 내 능력의 부족함을. 그리고 고시 낭인으로 떠돌 운명을. 그 운명을 바꾸어 준 것은 그분이라고 확신했다. 나는 법률사무소를 차리고 지금껏 40년 가까이 평범한 변호사 생활을 해오고 있다.

우연히 한 살인범이 내게 제보한 사건을 맡게 됐다. 같은 감방 안의 살인 청부를 받았던 죄수의 얘기였다. 재벌가의 부탁을 받고 한 여대생을 살해했다는 내용이었다. 돈으로 싸안다시피 해서 들였던 판사 사위와의 관계가 의심이 되는 여성이 타깃이었다. 재벌가는 거액을 써서 범죄를 덮으려고 했다. 그들의 삼류 공작을 알 것 같았다. 나는 청부 살인범의 변호를 맡았다.

청부 살인범은 재벌가에서 입을 닫는 조건으로 50억을 제의했다고 했다. 그는 이미 그 돈에 넘어가 있었다. 청부 살인범의 아내는 현명했다. 그 돈을 받고 남편이 사형을 당하면 의미가 없다고 생각했다. 나는 살인범에게 진실을 말하고 각자 죄지은 대로 그 값을 치르는 것이 어떠냐고 말했다. 살인범의 마음이 흔들렸다. 돈 욕심은 나는데 그렇다고 또 죽기는 싫은 것이다.

당시 법정 주변은 온통 돈으로 오염된 느낌이 들었다. 나는 법복을 입은 판사도 검사도 믿을 수 없었다. 재벌의 조종을 받은 직원들이 법정에서 오너 집안의 결백을 주장하며 시위를 벌였다. 재벌가에서 고용한 대형 로펌의 장관급 전관 출신 변호사는 강하게 무죄를 밀어 붙였다. 어느 날 공원묘지에서 혼령으로 떠돌던 죽은 여대생이 내게 나타나는 것 같은 환각을 느꼈다. 그녀는 변호사가 되기 위해 일분일초를 아끼며 공부하다가 저승으로 왔다고 했다. 죽기 전 온몸의 뼈가 부러지는 고문을 받고 아팠다고 했다. 산속에서 머리에 일곱 발의 납탄을 맞고 버려졌을 때 죽어 가면서 너무 추웠다고 호소했다.

법정에 증인으로 나온 그녀의 아버지가 절규하며 오열하는 모습을 보았다. 그 얼굴에는 현실의 벽에 부딪쳐 어찌할 수 없는 처지의 한스러움이 서려 있었다. 소년 시절 칼에 찔렸던 기억이 내 마음속으로 쳐들어왔다. 그때 내가 죽었어도 형태는 다르지만 공작은 비슷하지 않았을까. 나는 진실 투쟁을 하기 시작했다. 소년 시절에 입은 상처로 인한 분노가 다시 끓어올랐고, 그 힘이 고독한 투쟁을 결사적으로 밀어붙이는 계기가 되었다. 나는 재벌가가 제기한 다섯 개의 거액 소송의 피고가 되기도 했고, 피의자가 되어 검찰의 조사도 받았다. 마침내 진실이 이겼다. 나의 천박한 복수심이 정의와 진실을 위한 에너지가 되어 준 것 같았다.

내 소년 시절의 치기 어린 복수심과 사상 서적의 탐독, 그리고 고시에의 도전에 대해 누군가는 나에게 계급 혁명론자의 치기 어린 재벌에 대한 시샘 그 자체라며 손가락질했다. 그리고 글을 통해 재벌이 당신보다 유복한 게 그렇게 당신에게 수모를 주는 일이냐고 내게 물었다. 그 필자는 이 사회에 아직도 유치한 혁명론자들이 많은 것 같다고 했다.

하지만 그가 공격하는, 재벌을 시샘하는 치기 어린 계급 혁명론자는 내가 아니다. 그는 하나의 허수아비를 세워 두고, 그 허수아비에 나에 대한 환각을 심어 놓고 두들겨 패는 것 같다. 나는 하늘에 계신 사랑과 정의의 그분을 믿는다. 계급 혁명보다 영혼의 구원을 추구한다. 영혼이 구원되어야 사회가 변한다는 걸 안다. 우리 서로 용서하고 사랑하면 안 될까.

3장/ 변호사가
되어서 보이는 것들

악마의 낚시미끼

명문대 무용과 교수였던 그녀는 그 계통의 권력이었다. 대학입시 실기시험의 심사위원장이었고, 예술단의 단장으로 수많은 무용수 중 누구를 프리마돈나로 무대 중앙에 세울지를 결정하는 권한을 가지고 있었다. 그녀는 모든 행복을 다 거머쥔 것 같았다. 성실하게 외조를 해 주는 고위 공직자인 남편은 장관이 멀지 않았다. 아이들도 탈 없이 자라 주었다. 그녀의 꿈은 서울에서 세계적인 무대를 펼쳐 보이는 것이었다. 무대장치도 러시아의 화려한 무대를 그대로 옮겨다 재현해 보고 싶었다. 그렇게 하려면 다른 공연에 드는 비용의 몇 십 배 돈이 필요했다.

어느 날 그녀는 공연무대가 끝난 후 열린 파티에서 사업가라고 하는 커리어 우먼을 만났다. 꽤나 부유해 보이는 그 중년의 여성은 예술세계에 대해 관심과 깊은 이해가 있는 것 같았다. 그 여성은 매월 후원금을 내겠다고 선뜻 약속했다. 적지 않은 액수였다. 고마웠다. 예술단을 이끌어 가려면 후원자들을 이따금씩 만나서 감사의 인사를 표시하며 관리를 해야 했다. 많은 돈을 후원하는 사업가라는 그 여성은 만날 때마다 좋은 옷이나 녹용을 선물하기도 했다. 사양을 했지만 그 여성은 예술인의 후원은 보람 있게 돈을 쓰는 것이라면서 오히려 섭섭해 하는 눈치였다. 그녀는 미안한 생각이 들면서 그 여성의 말을 순수하게 받아들이고 싶었다.

대학입시가 몇 개월 남았을 때였다. 후원을 해 왔던 그 여성이 학부모를 데리고 와 한 학생의 무용 레슨을 간곡히 부탁했다. 그 여성은 자신이 입시학원장이라고 했다.

"저는 교수입니다. 명예를 돈과 바꿀 수 없어요."

그녀는 단호하게 레슨을 거절했다.

"다른 뜻은 없습니다. 그저 실력이 어느 정도인지 때때로 한 번씩 봐 달라는 겁니다. 그 정도도 안 되겠습니까?"

마음이 흔들렸다. 그동안의 정을 생각하면 들어줘도 괜찮을 것 같았다. 옆에 있던 학부모가 간절히 매달렸다.

"목숨을 걸고 비밀을 지킬 테니까 아이 실력이 어떻게 되는지 한 주에 한 시간만 봐주세요."

교수인 그녀는 그들의 간곡한 부탁에 지고 말았다. 학부모는 매달 레슨비 조로 돈을 보냈다. 고액이었다. 부담스러웠다. 그러면서도 그 돈만큼 열심히 가르치면 괜찮을 거라고 스스로 합리화했다. 입시가 얼마 남지 않았을 때였다. 후원을 하는 학원장이 사과 상자를 선물로 보내왔다. 상자를 뜯어보던 그녀는 소스라치게 놀랐다.

상자 안이 돈뭉치로 가득 차 있었다. 학원장에게 전화를 걸어 따졌다.

"이게 무슨 돈이죠?"

"그 아이의 부모가 후원금을 내놓은 겁니다. 복잡하게 생각하지 마세요."

가슴이 두근거렸다. 마음속에서 속삭이는 소리가 들려왔다. 그 돈을 받아서 하고 싶었던 공연을 하는 데 쓰면 된다, 후원금이라면 법에도 걸리지 않는다고 했다. 아무도 모르는 것 같았다. 심사위원장인 그녀는 실기시험 때 레슨을 한 그 아이를 어떻게든 합격시켜야 한다는 생각에 손에 땀까지 났다. 그 학생은 합격했다. 그리고 세상은 다시 잘 돌아갔다.

일 년이 지난 어느 날이었다. 검찰청에서 소환장이 날아왔다. 그녀가 검사실에 들어갔을 때 학원장이라는 여자가 앉아 있었다. 검사는 그 옆의 접이식 철제 의자에 심사위원장이었던 그녀를 앉혔다.

"부정입학 뇌물로 2억 원을 받으셨죠?"

검사가 물었다.

"아니에요, 후원금으로 받은 거예요."

그녀의 가슴이 방망이질을 하는 것 같았다. 검사가 그녀 옆의 학원장인 여성을 보고 물었다.

"후원금이라고 하는데 맞아요?"

"아니죠. 다른 심사위원과 나누어 먹으라고 준 돈이었어요. 그런데 이 여자가 혼자 다 먹었어요."

그녀는 기가 막히면서 눈앞이 캄캄해졌다. 그녀가 학원장에게 말했다.

"후원금이라고 그랬잖아요?"

"말이 그렇다는 소리지, 세상에 돈 안 들이고 되는 일이 어디 있겠어요? 저도 비밀을 지키고 싶지만 검사님이 뇌물을 먹은 교수 한 사람만 확실히 불면 봐주겠다고 해서 이렇게 하는 거예요. 미안해요. 교수님도 얼른 한 사람 부세요."

그날 저녁, 대학입시 시험관인 교수들이 담합한 조직적인 대학입시 부정이 TV 뉴스로 전국에 보도되었다. 수갑을 찬 그녀가 검은 차를 타고 구치소로 향하는 모습이 뉴스 화면을 가득 채웠다. 그녀는 마지막까지 억울함을 호소했다. 그녀는 어려서부터 무용으로 꿈을 키워 왔던 재능 있는 소녀인 자신이 먼 훗날, 좌절의 진한 눈물을 흘릴 줄 알고 있었을까.

깨달음을 전하는 판사

해변을 산책하는데 스마트폰에서 저절로 유튜브의 동영상 하나가 불쑥 떠올랐다. 민감한 터치 화면이 우연히 건드려진 것 같았다. 화면을 클릭하니 금빛 불상 앞에서 신도들에게 법문을 하는 근엄해 보이는 한 남자의 모습이 눈에 들어왔다. 백발에 눈이 옆으로 길게 찢어진 노인이었다. 화면 아래로 그가 전직 판사라고 소개하는 자막과 함께 이름이 나와 있었다. 아는 사람이었다. 군대 훈련 시절 같은 내무반에서 넉 달 동안 옆자리에서 함께 자고 먹고, 흙먼지가 일던 연병장을 같이 기던 사람이었다.

제대 후 그는 판사가 됐다. 2년 전쯤이었다. 신문에서 그가 여러 권의 불경 해설서를 냈다는 기사를 봤다. 그는 불교에 심취해 있었던 것 같다. 나는 그가 불상 앞에서 점잖게 얘기하는 걸 듣기 시작했다.

"저는 사실 특별한 철학이나 생각이 없었습니다. 어려서부터 공부를 잘한다는 소리는 들었습니다. 특별히 고생하지 않고 서울법대에 갔고 고시에 합격했습니다. 판사도 특별한 뜻이 있어서 한 게 아니라 내게는 그냥 자연스러운 삶의 과정이었습니다. 죄송합니다. 이런 자랑 같은 고백을 해서."

그의 말은 사실이었다. 그의 집안이 좋았다는 것은 군 훈련 시절의 어렴풋한 기억 속에도 남아 있다. 집안의 형이 군단장이라 우리가 속한 부대의 장교들이 속으로 그의 눈치를 보기도 했다. 그가 말을 계속했다.

"제 나이 마흔 가까웠을 때였습니다. 판사 생활이라는 게 사건에 쫓기는 틀에 박힌 생활이었습니다. 그리고 미래의 희망이라는 건 대법관이 되는 것이었습니다. 그게 내 인생은 아닌 것 같았습니다. 삶의 본질이 무엇인가 하는 의문이 들었죠. 불교 서적을 이것저것 읽기 시작했습니다. 그것으로 갈증이 풀리지 않았습니다. 사표를 쓰고 나와서 본격적으로 진리에 대한 공부를 해 봤습니다. 일 년에 불교 서적 2백 권을 읽으면서 도대체 깨달음이라는 게 무엇인지 알아보려고 한 적도 있습니다. 참선도 해 봤습니다. 그런데 참선은 못하겠더라고요. 방바닥에 가만히 앉아서 화두를 푸는 건데 온갖 상념이 머릿속에서 들끓는 겁니다. 그렇다고 깨달음이라는 것이 하늘에서 갑자기 툭 떨어질 것 같지도 않았습니다. 저는 깨닫지 못했습니다. 다만 공부를 통해 불교의 윤곽을 어렴풋이 알게 된 정도라고 생각합니다. 제가 더듬은 그 그림자를 여러분에게 알려드리려고 이 자리에 있는 겁니다."

전직 판사답게 그는 계속해서 윤회나 연기론 등을 법관이 법리를 전개하듯 설명해 가고 있었다. 그의 말 중에 이런 부분이 귀에 들어왔다.

"저는 불교의 깨달음이란 고정 관념이나 선입견 없이 사물의 본질을 직시하는 것이라고 생각합니다."

그는 일찍부터 어떤 일정한 틀을 벗어나 있는 것 같았다. 그가 판사를 그만두고 서초동에 클래식 음악만 틀어 주는 커피숍을 차린 적이 있었다. 특이하다는 생각이 들었다. 법원장급을 지낸 다른 판사들을 보면 대형 로펌의 대표가 되고 싶어했다. 돈을 많이 벌고 싶어하기도 했다. 정치 쪽으로 시선을 돌리는 사람도 많았다. 변협회장이 되고 싶어하기도 했다. 하지만 그처럼 지하 다방을 하려고 하는 사람은 없는 것 같았다.

그는 고시 공부를 하듯 불교 서적을 많이 읽었지만 깨달음은 얻지 못했다고 고백했다. 진정성 있는 솔직한 말 같았다. 그러면서 수많은 책을 읽고 난 뒤 깨달음에 대한 그의 추론을 말하고 있었다. 깨달음이란 무엇일까. 그게 뭔지는 모르지만 사과를 한 입 깨물었을 때의 그 느낌 같은 것은 아닐까. 사과에 대한 수많은 지식과 정보를 읽고 그걸 말하거나 글로 쓸 수는 있다. 그러나 한 입 깨물어 먹고 느끼는 맛을 알았다고 할 수 있을까. 그것을 말이나 글로 표현할 수 있는 것일까?

나도 불교에 관한 서적을 읽어 보려고 노력했다. 동양의 수억 명의 사람들의 정신을 바꾼 철학이라는 생각 때문이었다. 불경 중에 인간을 세 종류로 분류해 연꽃에 비유한 부분이 기억난다. 물에 잠긴 연꽃, 물 위에 피어 있는 연꽃, 물에 잠겼다가 떠올랐다가 하는 연꽃이 그것이었다. 물에 잠긴 연꽃은 이 세상에 젖어 있어 진리를 들어도 듣지 못하고, 보아도 보지 못하는 것 같았다. 물에 잠겼다가 떠올랐다가 하는 연꽃에게만 불법이 필요하다는 것이다. 나도 흐려져 있는 흙탕물 밖의 세상을 보고 싶다. 그게 깨달음은 아닐까.

어리석은 판사, 고마운 판사

요즈음 '동네 변호사'를 하고 있는 친구가 있다. 주변의 소소한 일들을 맡아 직접 처리한다. 사무실도 없다. 직원도 없다. 칠순 노인이 직접 모든 일을 한다. 그는 법원장이었다. 대형 로펌의 대표도 했었다. 그가 '동네 변호사'가 된 건 노년의 겸손과 봉사가 몸에 익은 탓이었다. 서울에 올라간 길에 그를 만났더니 대뜸 이런 하소연을 했다.

"어쩌다 법정에 나가 봤더니 젊은 판사의 태도가 가관인 거야. 사람들에게 온통 호통을 치고 변호사들에게 모멸감을 주고 천방지축인 거야. 내 경력을 대충 눈치로 알아챘을 텐데 나한테도 그러더라고."

그도 임자를 만나 당했구나 하는 생각이 들었다. 판사라는 목적을 성취하면 그런 식으로 뽐내고 싶어하는 사람들이 종종 있다. 그런 걸 견뎌 내야 변호사가 둥글둥글해지고 익어 간다. 어려서부터 천재로 알려지고, 일찍 판사가 된 사람들 중에는 더러 자기가 하는 말과 행동이 남에게 상처를 주는 줄 모르는 사람들이 있다. 그걸 지적하는 사람이 없으면 그 버릇들을 고치기가 쉽지 않다. 내면이 성숙하지 못해 나오는 그런 행동을 딱 꼬집어 교만이라고 하기도 좀 그렇다. 나도 그런 성격을 가진 판사를 만나 수모를 당한 적이 있다. 변론서의 문장 때문이었다.

나는 법조사회에서 전해 내려오는 판에 박은 문장들이 싫었다. 어려운 한자어에 정서도 생명력도 철학도 들어 있지 않았다. 대법원 판례를 봐도 그 문장이 마음에 들지 않았다. 오랜 언론인 생활을 한 선배가 한글로 된 판결문을 도저히 이해할 수가 없다고 하면서 내게 해석을 부탁한 적도 있다. 논설위원을 지낸 그는 문장이라면 대가급이었다. 차라리 단편 소설 같은 영어로 된 미국의 판결문을 읽으라면 사람들이 더 빨리 이해할 것 같았다.

내가 만드는 변론서만이라도 문장들을 나의 것으로 바꾸기로 했다. 보통사람들이면 누구나 한 편의 쉬운 에세이를 읽듯 바로 이해할 수 있는 문장으로 글을 풀어서 썼다. 기존의 전형적인 법률문서의 문투를 깨어 버렸다고 할까. 물론 법리를 거푸집으로 했다. 법의 핵심을 소설의 주제같이 너무 튀어나오게 하지 않고 사실 속에 녹였다. 주제를 너무 강조하면 철근이 흉측하게 드러난 건축물 같기 때문이었다.

한 형사 법정에서였다. 변호사들을 괴롭히기로 소문난 판사가 재판장이었다. 그와 같은 방에서 판사로 일하다가 나와 변호사가 된 사람이 분노하는 걸 봤다. 어제까지도 동료로 같이 점심을 먹곤 하던 사람이 법정에서 그렇게 모멸감을 주더라는 것이다. 그런 사람이었다.

그가 의자 팔걸이에 비스듬히 앉은 채 나를 지긋이 내려다보고 있었다. 그는 내가 쓴 변론서를 손에 들고 흔들면서 말했다.

"도대체 이게 뭡니까? 법률문서 맞습니까?"

그가 이번에는 방청석을 향해 시선을 던지면서 소리쳤다.

"이 변호사한테 사건을 맡긴 의뢰인 있으면 자리에서 일어나 봐요."

그 말에 나의 의뢰인이 겁먹은 얼굴로 자리에서 주춤주춤 일어섰다. 재판장이 그에게 말했다.

"이 변론서를 보니까 말이요, 당신이 직접 써도 되겠어. 이런 변론서라면 돈을 주고 변호사를 선임할 필요가 없을 거요."

그 사건의 결정권을 쥔 재판장의 말 한마디가 나의 밥줄을 끊어놓았다. 요즈음 말로 나는 '폭망' 했다.

하지만 그런 종류의 판사만 있는 건 아니었다. 그 무렵 북부법원에서 열린 어린아이 유괴범의 변론을 맡았었다. 시사 프로그램에도 그 내막이 방영되면서 그 범인을 광화문에서 공개적으로 사형에 처해야 한다는 여론이 들끓었다. 어차피 중형이 예상되는 사건이었다. 나는 단단히 마음먹고 변론서 안에 한 편의 중편 소설을 썼다. 원고지 2백 장 정도의 분량에 유괴범의 고달픈 삶과 범죄 현장에서의 긴장감이나 아이들과의 관계들을 밀도 있게 묘사하려고 애썼다. 특히 마지막까지 칭얼거리는 일곱 살짜리 여자아이 두 명의 생명을 존중했던 유괴범의 내면을 강조했다.

재판장은 그 유괴범을 집행유예로 석방하면서 그에게 담당 변호사에게 감사하라고까지 말해 주었다. 그 재판장은 내게 정말 변론서를 잘 썼다고 칭찬해 주었다. 판사들이 변호사를 통해 반대편의 리얼한 진실을 알아야 바른 판단이 나온다는 것이다. 수사기관의 사무적이고 기계적인 법률문서만으로는 진실이 파악될 수 없다고 했다. 그 판사가 고마웠다.

세월이 흐르고 2년 전 초겨울 저녁 무렵이었다. 어둠이 내리는 거리의 한 커피숍에서 나는 친구와 차를 마시며 얘기를 나누는 중이었다. 그때 창가에 낡은 점퍼를 입은 초라한 남자가 혼자 앉아 있는 게 시야에 들어왔다. 법정에서 나를 모욕하면서 밥줄을 끊어 놓았던 판사였다. 그는 그런 모습으로 앉아 있을 사람이 아니었다. 내 밥줄이 끊긴 이후에도 그는 승승장구해서 대법관이 됐기 때문이다. 나와 대화를 나누던 친구가 낮은 목소리로 말했다. 그가 암에 걸려 외국에 가서 수술을 하기 위해 대기 중이라고 했다. 그는 어두운 창밖의 허공에 뜬 달을 무심히 올려다보고 있었다. 그의 모습은 예전의 그가 아닌 것 같았다. 안됐다는 생각이 들었다.

달도 차면 기울게 마련이다. 영원히 남보다 뛰어난 자리를 차지하고 있는 사람도 없고, 평생 동안 고개를 들지 못하고 죽어지내는 사람도 없는 게 세상의 이치다. 인간이란 어떤 자리에 있든 물처럼 자꾸만 아래를 향해 내려가야 하지 않을까. 그게 겸손이다. 한없이 약해 보이는 물 한 방울에 진리가 숨어 있다. 한 방울 한 방울 조용히 떨어지는 물이 바위에 구멍을 뚫는다. 나는 바위같이 단단한 세상을 향해 매일 물 한 방울 같은 글 한 편씩을 쓰고 있다.

억울함에 대하여

 고교 동창생이 구속된 적이 있었다. 그 부인이 찾아와 변호를 부탁하면서 한마디 툭 던졌다.

"같은 학교를 나왔는데 우리는 왜 이런 거야?"

억울하다는 것이었다. 변호사인 나와 비교가 된 것 같았다.

또 다른 고교 동창이 있었다. 학교에 다닐 때 그는 잘생긴데다가 운동도 잘하고 주먹도 강했다. 그는 재벌집 아들인 동창에게 잘했다. 그 인연으로 그는 재벌가의 회사에 취직할 수 있었다. 몇 년 후 그가 회사에서 잘렸다고 했다. 회사 내에서 횡령이 있었다는 것이다. 그가 횡령한 돈으로 룸살롱에 드나들면서 재벌가의 아들같이 행동했다는 소문이 들려왔다. 그로부터 몇 년 후 외판사원이 된 그가 초라한 모습으로 나의 사무실에 나타났다. 그를 사무실 근처의 음식점으로 데리고 가서 같이 냉면을 먹었다. 그가 이런 말을 했다.

"재벌 아버지를 둔 그 친구나 나나 뭐가 달라? 같은 학교를 나왔잖아? 공부도 내가 잘했고 싸움도 잘했어. 그런데 그 친구는 꽃길만 달리는데 왜 나는 이렇게 망한 거야?"

그는 억울하다고 했다. 바른말을 해 줄 필요가 있었다.

"우리는 같지 않아. 학교나 공부 그리고 주먹이 인생을 결정하는 건 아니야. 각자 주제를 알고 자기 길을 가야 해."

나는 그와 얘기하다가 진짜 억울한 사람이 떠올랐다.

교도소 지붕에 흰 눈이 소복이 덮인 겨울 어느 날, 징역을 20년째 살고 있는 그를 찾아간 적이 있었다. 내가 파악한 사건의 내용은 대충 이랬다. 집단 싸움이 일어나고 그 와중에 사람이 죽었다. 형사들은 싸운 사람 중 한 명을 살인범으로 만들기로 했다. 현장에 함께 있던 일곱 명 정도를 협박하고 회유하면서 자신들이 찍은 인물의 증인으로 만들었다. 증인들의 입이 하나로 맞추어졌다. 형사들은 살인범으로 만들기로 한 인물을 반죽음이 되도록 두들겨 팼다. 그는 보호자가 없는 거지 출신이었다. 형사들은 그에게 일단 자백하고 검사님이나 판사님 앞에 가서 부인하면 살려줄 거라고 회유했다. 매에 못이긴 그는 형사들이 만든 조서에 손도장을 찍었다.

그는 검사에게 사람을 죽이지 않았다고 했다. 담당 검사는 경찰에서 자백하고 이제 와서 그러냐고 하면서 책상 위에 있는 기다란 자로 그의 뺨을 사정없이 후려갈겼다. 법원의 판사는 사무적으로 그에게 중형을 선고했다. 그의 평생 징역 생활이 시작됐다. 그의 재심은 불가능했다. 조작된 수사라고 말해 줄 사람이 없었다. 사건 기록이 폐기되고 가짜 증인들의 행적을 찾기도 불가능했다. 찾아도 그들은 진실을 말하지 않을 게 분명했다.

"억울해서 교도소에서 일하는 목사나 신부 그리고 스님에게 말하면 모두 자기 관할이 아니라고 도망을 가요. 하나님이 있다고 하는데 나 같은 억울한 놈이 있는 거 보면 그거 다 거짓말이에요. 하나님이 진짜 있다면 그건 진짜 하나님도 아니지."

그의 억울함은 표현할 수 있는 성질이 아닌 것 같았다.

그로부터 몇 년이 흐른 어느 날 그가 불쑥 나의 사무실로 찾아왔다. 만기 석방이 됐다는 것이다. 그는 성남에 방 하나를 얻어 살면서 철물공장에서 일하고 있다고 했다. 나는 그를 사무실 근처의 식당으로 데리고 갔다. 감옥에서 그는 된장찌개를 사 먹어 보는 게 소원이라고 했었다. 그가 밥을 먹으면서 이런 말을 했다.

"모란시장에서 쌀 한 봉지와 김치, 콩자반, 무말랭이를 사다가 반찬으로 먹는데 한 달 생활비가 몇 만 원 안 들어요. 힘들다고 안 해서 그렇지 쇳물 다루는 공장에 가니까 일자리가 널렸어요. 저녁에 쓰레기가 가득한 성남 뒷골목을 매일 산책해요. 더러운 골목이라도 걷는 게 얼마나 행복한지 몰라요. 감방 안에서는 비오는 날 높은 담벼락 아래 흙바닥을 걷고 싶어도 못 걸었거든요. 뒷골목을 걷다가 부부싸움을 하는 걸 봤어요. 감방 안에 혼자 있을 때는 말할 사람이 없는데 저 부부는 싸움조차도 행복이라는 걸 모르는 거 같아요. 저는 이제 세상이 그저 행복하고 감사해요."

극한의 억울함이 감사와 행복으로 바뀐 걸 나는 이해하기가 힘들었다. 무엇이 그를 그렇게 변화시켰을까.

3장/ 변호사가
되어서 보이는 것들

나는 변호사 생활을 하면서 불공정과 억울함으로 가득 찬 세상을 봤다. 한순간에 나쁜 세상이 바다 밑으로 가라앉고 좋은 세상이 떠오를 것도 아니었다. 분노하면 살 수가 없었다. 십자가를 지듯 받아들일 수밖에 없다. 어떤 혼탁한 사회에서도 바른 영혼을 가지고 사는 사람이 있다. 그가 좋은 사람인 것 같다.

무기수와 권력가의 용서

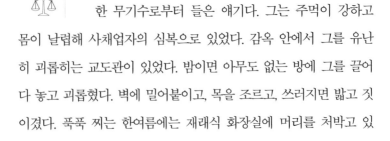

한 무기수로부터 들은 얘기다. 그는 주먹이 강하고 몸이 날렵해 사채업자의 심복으로 있었다. 감옥 안에서 그를 유난히 괴롭히는 교도관이 있었다. 밤이면 아무도 없는 방에 그를 끌어다 놓고 괴롭혔다. 벽에 밀어붙이고, 목을 조르고, 쓰러지면 밟고 짓이겼다. 푹푹 찌는 한여름에는 재래식 화장실에 머리를 처박고 있게 했다. 그는 괴롭힘을 당하면서 언젠가는 그를 잔인하게 죽여 버리겠다고 이를 갈았다.

그는 어느 날 작업장에서 쇠톱 조각 하나를 감추어 들여오는 데 성공했다. 감방에는 몇 명이 함께 생활했다. 그는 화장실에 갈 때마다 꾸준히 창에 붙어 있는 철창살을 조금씩 쇠톱으로 잘랐다. 감방에 있는 다른 죄수들도 눈치를 채지 못할 정도로 미세한 작업이었다. 감방 벽의 철창살은 사람이 빠져나가기 힘들 정도로 창살 사이가 촘촘했다. 그는 먹는 밥의 양을 줄여 나갔다. 철창을 통해 머리만 빠져나갈 수 있으면 탈출할 수 있다고 그는 생각했다. 마침내 그는 뼈만 남았을 정도로 바짝 말랐다. 번개가 하늘을 가르고 폭우가 쏟아지던 날 그는 탈출에 성공했다.

얼마 후 그는 교도관들이 사는 아파트의 어린이 놀이터 근처에 있었다. 그를 괴롭히던 교도관이 어린 딸과 웃으며 놀고 있었다. 사랑이 담긴 선량한 아버지의 모습이었다. 그날 밤 그는 교도관이 사는 아파트 안으로 숨어들었다. 방안에서 그 교도관은 딸에게 팔베개를 해 준 채 평화롭게 잠을 자고 있었다. 그는 수백 번 망설인 끝에 책상 위에 이런 메모를 남기고 돌아 나왔다.

'너를 죽이려고 왔다. 그런데 용서한다. 앞으로는 남을 괴롭히지 말고 잘 살아라.'

그의 용서는 자칫 피비린내가 진동했을 한 가족의 참극을 막았다. 하나님은 나중에 그가 지은 죄보다 그가 한 용서를 더 크게 생각할 것 같다. 내가 옆에서 지켜본 또 다른 용서가 있다.

나는 2년 정도 권력 실세의 보좌관을 한 적이 있다. 사람들은 정권이 바뀌면 그가 권력의 2인자 자리에 앉을 거라고 예상했다. 어깨에 별이 몇 개씩 달린 장군들이 일부러 휴가를 내어 그에게 눈도장을 찍으러 오곤 했다. 재벌 회장이 면담을 신청하고 대법관과 국회의원들이 그의 눈치를 봤다. 권력의 자리에 앉은 그는 이른 새벽에 출근하면 사무실 뒤쪽의 작은 방에 들어가 한참 동안 나오지 않았다. 호기심에 몰래 그 방을 엿본 적이 있다. 그는 십자가 앞에서 무릎을 꿇고 기도를 하고 있었다. 그 모습을 보면서 그를 보좌해도 괜찮겠다는 생각을 했었다. 그는 내게 마음을 주며 이런 말을 하기도 했다.

"권력이란 남용해야 제맛이 있지, 그렇지 않으면 힘만 드는 거야."

권력의 본질을 알려주는 말이었다. 권력 주위에는 투쟁이 있기 마련이다. 그를 모략하는 부하 간부가 있다는 정보가 여러 경로를 통해 들어왔다. 부하 간부는 현직 대통령을 배신하고 차기 대통령이 될 후보에게 절대적인 충성을 바치고 있었다. 그래도 상관은 모략하는 부하를 믿어 주었다. 방어도 하지 않았다. 정권이 바뀌었다. 상관이 사실상 권력 서열 2인자의 자리에 임명될 게 확실했다. 조용히 그 준비를 하라는 지시가 내게 떨어졌다. 그러나 하룻밤 사이에 상황이 뒤바뀌었다. 상관이 자리에서 물러나게 됐다. 모략의 독이 효과를 발휘한 것 같았다. 상관은 그만두는 날 자신을 모함했던 부하를 불렀다. 상관은 모든 것을 용서하고 잊기로 했다고 하면서 화해의 손을 내밀었다. 상관은 보좌관이던 내게 이런 말을 해 주었다.

"내가 남을 미워하지 않으면 남도 나를 끝까지 미워하지 않아."

나는 그에게서 '용서'를 배웠다. 용서라는 것은 자신은 상처를 받고 죽어도 남은 살리는 일이었다. 힘을 가지고 있으면서도 자기에게 해를 가한 상대를 용서하는 행위는 그 상대의 마음을 얻는 숭고한 행위가 아닐까. 용서야말로 진정 용기 있는 자의 길이라는 걸 배웠다. 괴롭고 겉으로 드러나는 일은 아니지만 그럼에도 불구하고

3장 / 변호사가
되어서 보이는 것들

사랑의 향기로 가득 찬 일이 용서를 하는 일 같다.

하늘에 계신 그분은 복수를 단념한 죄인의 용서를 더 크게 보실 것 같았다. 그리고 그분은 복수를 대신해 주시는 것 같기도 했다. 모략을 했던 그 부하는 장관직을 수행하다가 일찍 죽었다는 부음이 전해져 왔다.

'왜'라는 질문

 언론이 부장검사와 카지노업자와의 유착 관계를 연일 보도하고 있었다. 그 검사는 내가 알고 있는 사람이었다. 그는 대학 재학 중 사법고시에 합격했다. 30대에 지청장이 되었다. 그는 출세가 보장된 길을 가고 있었다. 그는 자기 인생을 파괴할 수 있는 뇌물을 받을 사람이 아니었다.

어느 날 저녁 레스토랑에서 그의 얘기를 들었다.

"집사람과 친한 호텔 사장의 부인이 있었어요. 부부 동반으로 식사를 하면서 우연히 그 남편을 알게 됐죠. 부부끼리 라자로마을 봉사활동을 하면서 친해졌어요. 종종 밥도 같이 먹었죠. 명절 때 친해진 호텔 사장이 와인 두 병이 든 선물을 보냈는데 거절하기 힘들었어요. 호의로 보냈는데 내가 검사라는 직위를 내세우면서 그걸 돌려보내면 얼마나 무안하겠어요? 그렇다고 어떤 청탁이 있었던 것도 아니었죠."

그의 말이 납득이 갔다. 변호사를 하면서 나도 명절이면 간단한 선물들을 보내곤 했다. 그의 다음 말을 조용히 기다렸다.

"그 부부와 10년 이상을 친하게 지냈어요. 그러다 보니 명절 때마다 선물을 받게 됐죠. 중간에 고급 양탄자를 선물로 받은 적도 있어요. 이건 좀 과하다는 생각이 들었지만 돌려보내지 못했어요. 그때부터 값비싼 선물들을 보내더라고요. 그러다 사건이 터졌죠."

"사건이라뇨?"

"그 호텔 사장의 운전기사가 사장이 만난 정치인이나 검사를 만난 시간과 장소 그리고 보낸 선물까지 몇 년 간 꼼꼼하게 기록해 두었다가 제보한 거예요. 우리 부부와 친했던 그 사장은 호텔을 경영한 게 아니라 카지노를 하면서 검은 세계와 연관을 맺고 있는 사람이었어요. 그가 수사의 표적이 되면서 나는 그의 배후 세력이 된 거예요."

연일 계속되는 언론의 질타로 그는 피의자가 됐다. 그가 말을 계속했다.

"내가 후배 검사에게 불려 나가 조사를 받았어요. 왜 암흑 세력과 친하게 됐는지를 추궁하더라고요. 할 말이 없었어요. 왜 그런 거액의 뇌물을 받았느냐고 할 때 더 할 말이 없더라고요. 10년 동안 받은 걸 전부 돈으로 환산해서 합치니까 큰 액수였어요. 나도 몰랐죠. 왜 그렇게 많은 돈을 받았느냐고 묻는데, 나는 그 '왜'란 질문에 대답할 수가 없었어요. 나도 검사로 조사할 때마다 왜 그랬느냐고 물었는데 정말 답변을 할 수 없더라고요."

수사기관은 결과에 대한 책임을 묻는다. 동기나 선의를 들으려고 하지 않는다. 수사기관이나 재판에 다녀온 사람들이 한결같이 말하는 것 중의 하나가 검사들이 도대체 말을 들어주지 않는다는 것이었다. 그렇게 되면 어떻게 해 볼 도리가 없다는 것이다. 그와 비슷한 경우가 또 있었다.

내가 잘 아는 언론사 사장이 있다. 그는 넉넉한 성품이었다. 아는 사람이 찾아가 부탁을 하면 그는 힘닿는 대로 성실하게 도와주려고 애쓰는 사람이었다. 그가 도와준 한 사업가가 게이트 사건을 일으켰다. 정관계 등에 뇌물을 뿌린 사건이었다. 연일 언론은 게이트 사건의 몸통을 수사하라고 질타했다. 여론을 무마시키기 위해서는 누군가 희생양이 되어야 하는 분위기였다. 마침내 그 언론사 사장이 사건의 몸통이 되어 구속이 됐다. 그의 모든 것이 무너지는 순간이었다. 그는 노년을 가난하고 병든 채 힘들게 살고 있다. 얼마 전 저녁을 먹는 자리에서 그의 한이 서린 흘러간 얘기를 들었다.

"사업을 하는 사람이 우리 건물에 세를 들어와서 열심히 일하는 거야. 성격도 싹싹해서 우리 집사람을 보고 '누님! 누님!' 하고 따르면서 잘하는 거야. 명절 때는 예의 바르게 선물도 하고 말이지. 자연스럽게 도와주고 싶은 마음이 들었지. 그 사람이 제품을 개발한 걸 보이면서 내게 도와 달라고 하더라고. 내가 신문사 사장인데 어려울 게 뭐 있겠어? 더구나 좋은 제품인데 말이야. 신문에도 내주고 내가 아는 굵직굵직한 인물들도 소개해 줬지. 그러다가 각계에 뇌물을 바쳤다는 게이트 사건이 터진 거야. 그리고 내가 몸통이라는 기사가 나는 거야. 신문마다 나는 기사를 보면 정말 진실과는 멀었어. 나도 평생 기자를 했지만 언론이 그런 줄 몰랐지."

그는 수십 년이 지나도 분이 풀리지 않는 것 같았다. 그가 말을 계속했다.

"대검 중수부에 불려 나갔어. 중수부장이라는 책임자가 내게 차를 대접하면서 공손하고 친절하게 대해 주더라고. 그러고는 왜 그랬느냐고 묻는데 기가 막히더라고. 그냥 선의로 한 건데 그걸 어떻게 논리적이고 이성적으로 대답할 수 있겠어? 할 말이 없더라고. 중수부장이 나를 사기범으로 몰아 감옥에 들어갔는데 내가 뭘 사기쳤는지 알 수가 없더라고. 석방이 되어서 나와 보니까 집안이 폭삭 망했어. 아내가 하던 사업도 세무조사를 받고 대출이 중단된 거야. 내 죄를 만들었던 그 중수부장이 지금은 대장동 개발 사건의 '50억 클럽'에 이름이 들어 있더라고."

검사나 언론사 사장도 조사를 받는 입장이 되면 막연해진다. 하물며 보통사람들은 어떨까. 사람들은 남이 자기를 올바르게 이해해 주기를 바란다. 선한 속내까지 정확히 파악해 주기를 희망한다. 그게 가능한 일일까. 법이 다른 사람의 악의를 추정하는 경우는 봤어도 그 선의를 고려하는 경우는 거의 보지 못했다. 인간은 본래 타인을 이해하기 불가능한 존재인지도 모른다. 이성이나 논리가 아닌 따뜻한 연민을 가지고 상대를 이해해 보려는 세상이 됐으면 좋겠다.

여장군 할머니

변호사를 하면서 40년 가까이 죄인들과 만났다. 종종 이런 말을 하는 사람이 있었다.

"판사 앞에서는 반성한다고 용서를 빌어요. 그런데 그건 거짓말이에요. 나는 범죄를 저질러도 양심이 아프지를 않아요. 남들은 아프다는데 나는 왜 그렇죠?"

그렇게 말하는 그는 진심이었다. 악마가 스며들어 양심을 제거해 버린 것 같기도 했다. 나는 할 말이 없었다.

평생을 도둑질만 해 온 사람과 얘기를 했었다. 그는 어려서 남의 집 부엌에 들어가 은수저를 훔친 것을 시작으로 팔순 노인이 돼서도 전원주택을 털러 다니고 있었다. 도둑질을 하지 않아도 될 정도로 여유 있을 때에도 그는 그 짓을 했다. 내가 보기에 그는 도벽이 뼛속까지 배어 있는 것 같았다. 그는 내게 웃으면서 "프로는 은퇴가 없어요."라고 말했다.

그에게 한때 범죄자였던 프랑스 작가 장 주네가 쓴 자전적 작품인 『도둑 일기』에 대해 얘기해 준 적이 있다. 인간의 나라와 도둑의 나라는 가치관이 다르다는 내용이었다. 인간의 나라에서는 남의 물건을 훔치지 말아야 하는 게 윤리지만, 도둑의 나라에서는 비싼 물건을 솜씨 있게 가져오는 게 영웅이라는 것이었다. 도둑인 그는 자신이 보통사람들과 생각이 다른 것 같다고 했다.

사회적으로 물의를 일으킨 사건이 있었다. 부자의 청부를 받은 살인범이 시간을 아껴 가면서 성실하게 공부하던 여대생을 잔인하게 살해하고 암매장한 사건이었다. 나는 개인적으로 그 살인범에게 왜 죽였느냐고 물었다. 그는 감정은 없지만 계약을 했기 때문에 신용을 지키느라고 죽였다고 했다. 죽은 여대생의 아버지는 법정에 나와 그 범인을 죽여 달라며 절규했다. 재판장은 자기도 사형에 처하고 싶은데 판사 생활을 하는 동안 사형을 선고한 적이 없어서 그렇게 안 하겠다고 하면서 살인범의 목숨을 살려주었다.

인간의 껍데기를 썼지만 사람들의 영혼은 다양한 것 같았다. 흉악범들을 만날 때면 나는 그들의 영혼에서 쥐도 보고 뱀도 보고, 여러 형태의 짐승을 볼 때가 있었다. 도덕성이 결여된 최하등의 인간들 중에는 짐승의 영을 가진 존재들도 있었다. 변호사로 민사 소송을 맡아서 하다 보면 보통사람들의 내면을 적나라하게 들여다보기도 한다.

상가의 사기 분양 사건의 피해자들을 대리해서 소송을 제기한 적이 있다. 상가를 사두면 그 임대료로 평생이 보장된다는 거짓 광고를 보고 사람들이 몰려들었다. 피해자 대책회의에 참석해서 사람들이 하는 말을 들었다.

"골치 아프게 소송을 하지 말고, 우리도 똑같이 광고해서 다른 사람들이 상가를 사게 하면 어떻겠습니까?"

단체로 사기를 쳐서 다른 사람이 손해를 보게 하자는 얘기였다. 자기의 이익 이외에는 눈에 보이지 않는 것 같았다. 그중에는 사기범을 찾아가 자기 돈만 내주면 남이야 어떻든지 사기범을 돕겠다는 배신자도 있었다. 어떤 사람은 변호사인 나를 찾아와 자기만 제일 먼저 돈을 받게 해달라고 했다. 인간은 한순간에 나쁜 사람도, 교활한 사람도 될 수 있고, 비겁한 존재도 될 수 있었다. 그 사람들 대부분이 다른 사람이 손해를 봐도 나만 이익을 보고, 잘살고 싶다고 생각하는 것 같았다. 남이 어떻게 되든 그 자신은 어려움을 겪고 싶지 않다고 생각하고 있었다.

그런 와중에 한 명의 '진짜 인간'을 보았다. 남대문 시장의 노점에서 40년 간 떡볶이를 팔아 온 가난한 70대 여성이었다. 얼굴의 굵은 주름 사이마다 힘든 세월이 배어 있는 것 같았다. 그 노인이 피해자들에게 이렇게 말했다.

"모두가 자기 이익만 생각하면 법을 잘 아는 지능적인 사기범에게 농락당합니다. 내가 먼저 양보하겠습니다. 제일 늦게 돈을 받겠습니다. 못 받아도 좋습니다. 평생 고생하다가 말년에 좀 편해 보려는 욕심을 냈다가 당했습니다. 어쩌겠습니까? 팔자로 받아들여야죠. 그렇지만 우리가 단결해야 사기범들이 법망을 빠져나가지 못하

게 할 수 있습니다. 마음을 합치고 힘을 합쳐 법의 미꾸라지를 잡읍
시다."

그 노인을 보면서 나는 멋있는 인간이 누구인지를 알았다. 위기
의 순간 남들을 위해 자기를 포기할 수 있는 사람이었다. 사기 사건
의 피해자 중에 시장 바닥에서 떡볶이를 팔던 그 노인이 가장 가난
했다. 그들 중에는 돈에 여유가 있어서 투자한 사람도 많았다. 그들
은 재산의 일부를 잃었지만 그 노인은 평생 번 돈의 전부가 없어지
는 순간이었다. 노인의 헐벗고 초라한 이면에서 숭고함을 보았다.

경찰청장의 죽음

♎ 며칠 전 경찰청장을 했던 그의 부고를 받았다. 그는 한을 품고 죽었을 것 같다. 그는 자기를 수사했던 검사를 고소했다. 그 수사는 불이 붙지 못하고 지지부진하다가 꺼져 버렸다. 그의 한은 변호사였던 나만 알고 있을지도 모른다.

대충의 내용은 이렇다. 그는 관직을 마친 후 한 선거에 입후보자로 등록을 했었다. 여론조사 결과 당선이 틀림없을 정도였다. 그는 자기의 표밭을 착실히 다져 나갔다. 갑자기 변수가 생겼다. 청와대 출신이 유력한 경쟁 후보로 등록을 한 것이다. 당선이 눈앞에 보이던 그에게 먹구름이 끼었다. 투표 며칠 전 갑자기 그의 집과 사무실에 대한 압수수색이 들어오고, 과거 뇌물혐의에 대한 전격적인 검찰의 수사가 개시됐다. 그의 대학 동기인 내가 그의 변호사가 되었다. 담당 검사가 그와 변호사인 내게 말했다.

"저는 지금 정무를 하는 거지 수사를 하는 게 아닙니다. 위에서 뇌물죄로 엮어서 감옥으로 보내라는 지시가 내려옵니다. 어떻게 하실 겁니까?"

선거에서 후보를 사퇴하라는 소리였다. 그게 우리 정치의 이면이기도 했다. 젊은 검사는 나이와는 달리 노련했다. 그를 "청장님!"이라고 부르면서 아주 정중하게 대했다. 끼니때가 되면 음식을 배달시켜 그와 함께 같이 먹었다. 회유와 은근한 협박을 병행하는 것이다.

한 검사장으로부터 이런 말을 들은 적이 있었다.

"검찰이 대한민국 국회의원이나 자치단체장을 잡으려고 하면 누구나 범죄인으로 만들어 구속할 수 있어요. 선출직들은 거의 다 원죄를 지고 있으니까. 찍으면 죄인이 되고, 적당히 넘어가 주면 깨끗한 선량이 되는 거지. 국회의원 몇 명 잡아넣는 방법으로 정계 개편도 할 수 있다니까."

박정희 대통령 당시 정보부에서 하던 정치공작을 검찰이 하고 있었다. 박정희 대통령 시절에는 정보기관이 권력을 장악하고 검찰까지 조정하고 통제했다. 검찰은 정보기관의 하수인이었다. 민주화라는 시대의 바람이 강하게 불면서 국민들이 투쟁을 벌여 정보기관의 정치를 막고 법치를 확립했다. 법치와 함께 이지러졌던 검찰권이 확립됐다. 국민이 만들어 준 검찰권이었다. 그런 검찰이 정보기관이 음지에서 하던 정치공작을 공공연히 하고 있는 것이다.

나는 경찰청장을 지낸 친구에게 버티라고 했다. 그는 20만 명에 가까운 경찰병력의 사령관이었다. 그 정도의 파도는 넘어야 한다는 생각이었다. 그는 이권 근처에는 가지 않는 성격이었다. 그가 버티자 구속영장이 신청됐다. 나는 영장을 심사하는 법정에서 그 사건의 본질은 정치공작임을 주장했다. 이미 정해진 경로를 따라 그의 운명이 휩쓸려 가는 것 같았다. 그가 구속되는 순간, 담당 검사는 그의 목을 끌어안으면서 "이걸 어쩌나 우리 불쌍한 청장님!"하고 슬퍼하는 모습을 보였다. 능숙한 연기 같았다. 구속이 된 후 검사는 자백조서를 작성하고 그에게 서명을 요구했다. 변호사인 나는 그에게 서명을 거부하라고 했다. 그 검사가 변호사인 나를 따로 불러 놓고 말했다.

"저도 위에서 하라고 하니까 이렇게 합니다. 매일 보고하고 지침을 얻어야 합니다."

담당 검사는 경찰청장이었던 친구와 늙은 변호사인 나를 가지고 노는 것 같았다. 나는 타협하지 말라고 친구에게 권유했다. 그런 다음 날 내가 갑자기 해임을 당했다. 나는 구치소로 그를 찾아가서 그 이유를 물었다.

"내가 정말 창피해서 자살이라도 하고 싶다. 죄수복을 입고 수갑에 포승을 한 나를 버스에 태워 데리고 가는 도중에 도로에서 내리게 하더라. 내 부하였던 경찰들이 여기저기 서 있었지. 그들이 보는 앞에서 조리돌림을 시키는 거야. 경찰들이 자기네 총수였던 나를 보는 눈이 착잡하더라고. 나는 힘들어서 더 못 버티겠어. 그리고 담당 검사는 변호인인 네가 형편없이 무능한 인물이니 해임시키라고 하더라. 그리고 자기 친구인 변호사를 선임하면 좀 봐주겠다고 하더라."

더러운 정치판이 법조계로 옮겨진 것 같았다. 결국 그는 선거에 참여하지 못하고 경쟁 상대가 당선이 됐다. 그들의 목적이 달성된 것이다. 무리하게 뇌물죄로 기소했던 검사는 공소장을 변경해서 그 죄를 없애 버렸다. 그런 행태를 보면서 나는 정말 화가 났다. 그들은 법을 가지고 반칙놀이를 즐기고 있는 것 같았다. 치열하게 싸워야 하는 권투시합에서 한쪽 선수의 팔을 묶어 버리는 것과 비슷했다. 심판은 그 사실을 외면하고 상대편 선수에게 승리를 선언한다. 그가 고소하고 다녔지만 그 누구도 들어주지 않았다.

그가 죽었다는 소식에 혹시 울화병은 아니었을지 안타까운 마음이 들었다. 담당 검사가 그의 영전에 사과했으면 좋겠다. 아마도 이 글을 보면 그 검사는 전부 허위라고 할 것 같기도 하다. 저승으로 간 친구의 명복을 빈다. 그리고 젊은 검사가 행복해졌으면 좋겠다.

지금은 인간이 보여

부장판사를 하다가 변호사를 개업한 친구가 내게 이런 말을 한 적이 있다.

"판사를 할 때는 죄인만 보였는데 지금은 인간이 보여. 그 가족이 우는 것도 보이고 말이야. 변호사로 교도소에 가서 오랫동안 얼굴을 맞대고 얘기하니까 마음이 움직이는 거야. 내가 다시 판사를 한다면 예전같이 그렇게 하지는 않을 거야. 명절 무렵에 풀려나는 사람이 있으면 이왕이면 그 전에 석방시켜 주는 배려도 할 거야. 높은 의자에 앉아 있을 때는 그게 보이질 않았거든."

광어는 한쪽으로만 눈이 몰려 있다. 환경이 그렇게 만들었을 것이다. 법조인도 그런 것 같다. 검사는 범죄자를 보고 그 이면에 어떤 흉악성과 죄를 숨기고 있을까에 관심을 두고 시선을 집중한다. 미꾸라지같이 법망을 빠져나가려는 사람들을 잡으려고 하다 보니 눈이 사시가 되기 쉽다.

판사는 어떨까. 법대 아래서 재판을 받는 존재가 하나의 인간으로 보이는 게 아니라 처리해야 할 사건 기록으로 보일 수 있다. 세상과 사람을 법조문과 판례라는 필터를 통해서만 보게 될 수도 있다. 무엇이든 믿지 못하는 불신의 직업병에 걸려 있기도 하다. 증거를 코앞에 들이밀어도 믿지 않는 경우가 많다. 그런 속에서 그들이 인간으로 보인다는 것은 영혼의 개벽에 가깝다.

기독교인들의 조찬 모임에 초청되어 강연을 한 적이 있었다. 그 자리에서 탈주범 신창원을 변호할 때의 일들을 섞어서 얘기했는데, 교회 권사라는 부인이 내게 강력하게 항의했다.

"어떻게 그렇게 흉악범을 미화시킬 수 있어요?"

그 부인의 뇌리에는 신문이나 방송에서 나온 흉악범이란 인식만 각인되어 있는 것 같았다. 언론의 부정적 시각이 사람들에게 어두운 그림자를 드리운 탓이기도 하다. 언론 보도를 보면, 뉴스를 전하는 기자들이 검사나 판사의 시각으로 먼저 기소장이나 판결문을 쓰는 경우가 많았다. 그게 그대로 사람들을 세뇌시키는 것이다.

교인 중에는 자기 교회만이 최고이고, 자기 목사의 말씀만이 진리이고, 자기들만이 가장 성결하다는 종교적 교만을 가진 사람들이 많다. 남들보다 한 단계 높은 위치에서 남을 내려다보기도 한다. 그들에게 인간을 볼 수 있는 눈이 있는 것인지 의문을 가질 때도 있다. 가슴도 따뜻하지 않은 것 같다. 말라 버린 강바닥같이 사랑도 말라 버린 듯했다. 그들은 성경이 말하는 회칠한 무덤인지도 모른다, 속에 썩은 뼈가 가득 들어 있는. 나는 범죄자보다 그런 교만을 가지고 있는 사람들이 더 나쁜 것 같다. 예수는 그런 존재들을 '독사의 새끼들'이라고 했다.

나는 엉뚱하게도 탈주범 신창원한테서 죄인이 아니라 인간을 볼 수 있는 눈을 가진 사람에 대한 얘기를 들은 적이 있다.

장대비가 쏟아지던 여름날 한밤중이었다. 도주 중이었던 그는 원룸이 모여 있는 지역에 차를 세웠다. 그는 차에서 내려 한 건물 배수관을 타고 올라가 때마침 창문이 열려 있는 어느 집안으로 들어갔다. 한 여자가 아직 자지 않고 책상 앞에 앉아 있었다. 그는 겁을 주거나 피해를 주는 게 아니라 그녀를 달래고 사정해서 그 마음을 얻어야 한다는 걸 깨닫고 있었다. 오랜 도주 생활이 가능한 이유는 사람들의 연민과 동정 때문이었다. 그는 여자에게 자기가 도주 중인 사정을 솔직하게 털어놓았다.

"밥은 제대로 먹고 도망 다니는 거예요?"

그 여자는 그가 밥을 먹지 못한 걸 알아채고, 얼른 된장찌개를 끓여 남은 밥과 김치를 올린 상을 차려 주었다. 오랜만에 뜨거운 찌개를 먹으면서 그는 울컥했다. 그 여자도 온갖 아르바이트를 하면서 공부하고 대학원까지 갔다고 했다.

"소원이 뭐예요?"

신창원이 그녀에게 물었다. 신창원은 속으로 따뜻한 정을 베풀어 준 데 대한 대가는 치러야겠다고 마음먹었다. 그가 주차해 둔 차의 트렁크에는 현찰 뭉치가 가득 든 가방이 들어 있었다.

"한번 돈방석에 앉아 보는 거예요."

여자가 무심히 말했다. 그가 잠시 밖에 나갔다가 검은 가방을 들고 들어와 그녀 앞에 내놓았다. 그녀는 지퍼를 열고 그 안에 가득 들어 있는 돈을 무심히 보았다. 그리고 말없이 돈다발을 하나하나 꺼내 방석을 만들었다. 그리고 그 위에 앉았다. 그러고는 다시 돈다발을 하나하나 가방 안에 넣어 벽 아래에 놓았다. 그 모습을 보면서 그는 그 집에 당분간 숨어 있어도 되겠구나 하고 생각했다. 어느새 먼동이 트기 시작했다.

"이제 가세요. 같이 사는 동생이 들어올 시간이에요."

그의 예상이 틀린 것 같았다. 그렇다고 돈을 돌려 달라고 하기도 난처했다. 그가 멋쩍게 문을 나서려고 할 때였다. 여자가 돈이 가득 든 가방을 건네주면서 말했다.

"저는 이런 돈 필요 없어요. 가져가세요. 저 하나님 믿는 사람이에요. 밥을 차려준 것도 절박한 사람에게 작은 사랑을 베풀라는 말씀을 따른 거고요. 다시는 나쁜 짓 하지 마세요."

나는 그 여성에게서 진실한 믿음을 본 느낌이었다. 그녀는 하나님과 돈을 동시에 섬기지 않았다. 그녀는 죄인에게서 죄인의 모습이 아닌 인간을 보았다.

힘없는 정의

대통령이 될 뻔했던 이회창 후보의 자서전을 읽었다. 그의 글 중에서 내게 의미를 던지는 에피소드가 있었다. 그가 고교 시절에 길을 가는데 깡패들이 여학생을 희롱하더라는 것이다. 그는 덩치가 왜소하고 싸움을 할 줄도 몰랐다. 그는 깡패들에게 그러지 말라고 했다가 실컷 두들겨 맞고 코뼈까지 부러졌다. 자서전에서 그는 그 일을 떠올리며 힘이 받쳐 주지 않는 정의는 정의가 아니더라고 했다.

나도 비슷한 경험이 있었다. 중학교 2학년 때였다. 담임선생이 저녁에 남으라고 했다. 나는 그가 싫었다. 그는 돈 많은 집 아이가 반장이 되도록 노골적으로 유도했다. 부잣집 아이들을 모아 개인 과외를 하기도 했다. 그는 과외를 맡은 아이의 성적을 올리기 위해 문제지와 답안지까지 빼돌렸다.

반면 학교에서 나 같은 평범한 집 아이들에게는 전혀 성의가 없었다. 그런 사실을 안 나는 철없이 그에게 시험문제와 답안을 빼돌리지 말라고 했다. 그가 더 이상 선생으로 보이지 않았다. 어느 날 그가 방과 후에 나를 보자고 했다. 어둑어둑해지는 저녁 무렵, 텅 빈 학교의 숙직실 주변은 적막했다. 그곳에서 그가 나를 기다리고 있었다. 그는 나를 보자마자 갑자기 얼굴 쪽으로 주먹을 날렸다. 그리고 연이어 내 배에 훅을 날렸다. 선생은 권투선수같이 나를 두들겨 팼다. 거기에서 그치지 않고 발길질까지 해댔다.

"이 새끼가 내 약점 잡았다고 까부는 거야?"

그가 나를 짓밟으면서 말했다. 나는 그렇게 하면 안 된다고 바른 말을 했을 뿐인데 엄청난 폭력이 돌아왔다. 그 당시 나에게는 폭력보다 더 무서운 것이 있었다. 내가 그와 맞서 싸우면 원인이야 어떻든 퇴학이 틀림없었다. 나는 가난하고 고생하는 어머니의 유일한 희망이었다. 그날 저녁 나는 떡이 되도록 얻어맞았다. 힘이 없으면 틀린 걸 틀리다고 해도 당하는 세상인 걸 알았다. 그로부터 세월이 60년 가까이 흘렀다. 그 선생이 살아 있다면 한번 만나 저녁이라도 모시고 싶은 심정이다. 그렇다고 앙금이 남아 있는 건 아니다. 원래 세상은 그런 면이 있다.

변호사 생활을 하면서 내가 당한 경험과 비슷한 현실을 마주한 사람을 만난 적이 있다. 한 고등학교에서 벌어진 일이다. 수업시간에 교사가 장애아를 "병신"이라고 부르며 때리는 일이 벌어졌다. 그 모습을 옆에서 보던 한 아이가 일어나서 "이건 아니죠."라고 항의했다. 선생이 "이 새끼 봐?" 하면서 그 아이에게 다가갔다. 그리고 항의한 그 아이의 따귀를 때렸다. 그러고도 선생은 분이 풀리지 않았는지 항의를 한 학생에게 방과 후에 남으라고 했다. 더 때리려고 하는 것 같았다.

학생들이 모두 집으로 간 텅 빈 교정의 한 구석에서 교사와 학생이 마주 서 있었다. 학생이 선생에게 물었다.

"이것은 선생과 학생의 관계가 아니고 남자 대 남자로 맞장뜨자는 거 아닙니까?"

"그렇다 새끼야!"

"알겠습니다. 저 오늘 맞아 죽어 보겠습니다."

둘 사이에 격투가 벌어졌다. 그 사실은 어디에도 알려지지 않은 채 세월 속에 묻혔다.

그 학생은 대학을 졸업하고 취직을 하고 대기업의 인사 담당 직원이 되었다. 어느 날 청와대에서 그 회사의 사장과 인사 담당 임원에게 연락이 왔다. 특정 정치인의 아들을 취직시키라는 압력이었다. 청탁을 받은 사람을 채용해서 좋은 보직을 주면 앞으로 회사에도 여러 가지 도움을 주겠다고 암시했다. 그 말은 동시에 은근한 협박이기도 했다. 그는 고민했다. 공정한 경쟁을 파괴하는 행위였다. 청와대가 그래서는 안 되는 것이다. 그는 그 사실을 언론사에 제보했다.

사회적 파장이 일었던 사건이었다. 나는 마음속으로 그의 용기에 박수를 쳐주었다. 나는 폭력에 대항하지 못하고 일방적으로 얻어맞았다. 나는 비겁했다. 대부분은 저항하기 힘든 권력에 굴종하면서 적당한 이익을 탐한다. 사기업에서 정의나 합법은 이익 다음 순위였다. 그는 그렇게 하지 않았다. 그는 불같은 성격을 타고난 것 같았다. 정의의 주변에는 피 냄새가 감도는 것 같다. 예수는 성전을 더럽히는 장사꾼의 상을 뒤엎어 버리고, 당시 종교 기득권층을 "독사의 새끼들아"라고 했다가 사형대인 십자가 위에 올라갔다. 나도 그런 용기가 있었으면 좋겠다.

노무현이 좋은 세상을 만들었나

노무현 전 대통령이 변호사이던 시절, 나는 한번도 그를 본 적이 없었다. 좁은 법조계에서 우연이라도 한번 스칠 만한데 인연이 없었다. 문재인 변호사와는 한 번 김밥으로 점심을 같이 먹은 적이 있었다. 5공 청문회 때 스타가 된 노무현 의원의 모습을 TV를 통해 지켜보았다.

그가 대통령이 됐을 때였다. 엘리트 법조인들은 그를 인정하고 싶지 않은 것 같았다. 노무현이란 존재는 대통령이 되자 법조계에 돌풍을 일으켰다. 그동안 법조계는 막강한 조직 안에 골품제 비슷한 내밀한 봉건 질서가 존재했다. 명문고와 명문대를 나와서 소년등과나 수석합격을 하고 재벌가와 인연을 맺은 법조 귀족이 최고의 자리를 독점했다. 그들만이 통하는 보이지 않는 루트가 있었다.

노무현 돌풍은 그런 봉건의 벽을 단번에 사정없이 파괴해 버렸다. 기라성 같은 검사장들이 사표를 썼다. 노 대통령은 그들의 제

3장 / 변호사가
되어서 보이는 것들

자뻘 되는 젊은 여성을 법무장관에 임명했다. 그것은 법조 귀족들에게 나가라는 메시지였다. 노무현 돌풍은 바다의 윗물과 아랫물을 바꾸는 현상을 가져왔다. 이제 배경이 보잘 것 없고 대학 졸업장이 없어도 더 이상 수치스럽다거나 주눅들 이유가 되지 않았다. 오히려 가난과 고난이 자랑스러운 훈장이 됐다. 법조계의 화학적 변화였다. 노무현 대통령은 더욱 고강도의 사법 개혁을 추진하여 구태를 뿌리째 뽑아내고 제도 자체를 바꾸어 버렸다.

비난도 있었다. 노 대통령이 권력을 가지게 되면서 개인의 콤플렉스가 엘리트 시스템 전반에 대한 분노로 터진 게 아니냐는 시각이었다. 그를 인정하고 싶지 않은 안티 세력이 형성된 것 같았다. 나는 그를 조사하는 특별검사보가 되라는 제의를 받고 거절한 적도 있다. 그는 법조계만이 아니라 좌충우돌하면서 대한민국을 이끌고 나간 것 같았다. 대통령의 임기가 끝나고 그는 극단적 선택으로 삶을 마감했다. 노란 리본의 애도 물결이 세상을 뒤덮었지만 나는 무덤덤했다.

세월이 흘렀다. 우연히 달동네 임대아파트에서 폐암에 걸려 혼자 죽어 가는 노인의 소송 사건을 맡게 된 적이 있다. 노인이 사는 임대아파트에 찾아갔다. 방문을 열었더니 어둠침침한 방에 장작개비 같이 삐쩍 마른 노인이 혼자 누워 있었다. 알고 보니 그는 제법 이름이 알려진 시인이었다. 소년 시절에 자동차 수리공을 하면서 두 신문사의 신춘문예에 모두 당선된 천재였다.

그의 인생 역정이 독특했다. 젊은 시절에는 인도 등 세상을 흘러

다니며 내공을 쌓고, 나이 60이 넘어서 누에고치가 실을 뽑아내듯 시를 쓰리라 계획했다고 했다. 그는 정기적으로 건강검진도 했다. 그러나 담당 의사는 너무나 분명한 탁구공만 한 폐암의 흔적을 간과했다. 그는 작품을 쓸 시간을 잃어버리게 한 의사가 괘씸하다고 했다. 의사를 상대로 소송을 해서 받은 배상금으로 자기의 유고 시집을 내달라고 내게 부탁했다. 그는 그렇게 죽어 가면서도, 한편으로는 그의 인생에서 감사한 부분이 있다고 했다. 그가 한 말을 기억에 남는 대로 옮기면 이렇다.

"저같이 평생 가난하고 외롭고, 병들어 죽어 가는 사람이 이런 임대아파트의 방에서 하루 종일 누워 있을 수 있다는 사실에 감사하고 있습니다. 좋은 세상입니다. 주민센터에서 쌀도 가져다주고 돈도 줍니다. 또 봉사자들을 보내서 목욕도 시켜 줍니다. 노무현 대통령의 복지정책의 은혜입니다. 저는 정말 '사람 사는 세상'을 만들겠다던 그 분께 감사하는 사람입니다."

나는 시인의 말을 통해 노무현 대통령의 가치와 의미를 처음 알았다. 유언 같은 시인의 말은 진정성이 순도 100퍼센트였다. 시인의 말을 죽은 노무현 대통령의 영혼이 듣는다면 어떨까. 어젯밤 책상 위에 놓였던 스마트폰의 유튜브 화면에서 갑자기 임기 4년 차의 노무현 대통령이 기자회견을 하는 장면이 떴다. 죽은 사람이 다시 살아나 말하는 것 같았다.

그는 어린아이가 이빨이 썩는 줄 모르고 사탕을 자꾸 달라고 하듯이 국민들도 그런 것 같다고 했다. 그는 인기나 지지도가 떨어져도 사탕을 막 퍼 주지 않겠다고 했다. 양심에 비추어 바른 일이라고 생각되는 것들을 마지막까지 꿋꿋하게 추진해 나가겠다고 했다. 그가 바라는 것은 먼 훗날 국민들의 진솔한 평가라고 했다.

나는 죽어 가는 시인의 입을 통해 노무현 대통령의 진가를 확인했다. 내게 "고시 출신 노무현이 더 좋은 세상을 만들었나?"라고 질문하는 제목의 글을 인터넷에 띄운 분이 있다. 죽은 시인의 말로 그 대답을 대신하고 싶다.

두 가지 평화

변호사를 처음 할 때 스승 같던 변호사가 있었다. 친구의 아버지였다. 평생 변호사를 해온 그 분이 이런 말을 했다.

"변호사는 말이야, 사건을 맡은 의뢰인의 형이 선고되기 전날 밤에 마음 졸이는 고통만 해도 받은 돈 값은 다 해 주는 것 같아."

결과를 놓고 보면 그만큼 스트레스가 많은 직업이라는 말이었다. 변호사는 다른 사람의 인생이나 재산을 다루는 일이었다. 생명을 다루는 의사의 수술 못지않은 일이라는 생각이었다. 의사가 아무리 최선을 다했어도 환자가 죽으면, 그 의사의 멱살을 붙잡고 폭행을 하기도 하고 소송을 걸기도 했다.

그 스승 변호사의 말을 몸으로 이해하는 데는 시간이 얼마 걸리지 않았다. 맡은 사건의 선고 때만 되면 피가 말랐다. 의뢰인의 가족들은 한밤중에도 전화를 걸어 변화가 없느냐고 물었다. 밤이면 판사도 퇴근해서 자고 있을 텐데 변화가 있을 리가 없었다. 그들은 자신들의 심리적 안정까지 변호사에게 의뢰하는 것 같았다. 사건을 맡은 게 아니라 그들의 인생을 떠맡은 듯 부담감이 들 때가 많았다. 그들은 마음에 들지 않는 형이 선고되면 모두 변호사 탓으로 돌렸다. 그들에게 실컷 당하고 난 뒤에는 내가 돈을 받고, 욕을 먹고 매를 맞아 주는 감정노동자가 아닌가 하는 회의가 들 때도 있었다. 그런 스트레스를 이기지 못해 쓰러진 변호사도 있었다.

이웃 변호사로부터 이런 말을 들었다.

"친구가 구속이 되어서 그 변호를 맡았어요. 그런데 친구의 어머니가 매일같이 제 사무실로 출근을 하는 거예요. 하루 종일 구석 소파에 앉아서 나만 보면 우리 아들 접견을 갔다 왔느냐, 판사를 만나 부탁은 했느냐, 무슨 말을 나눴느냐, 시시콜콜 물으면서 돌아가지를 않는 거예요. 친구의 어머니라서 꾹 참고 위로하다 보니 어느새 감정이입이 되어서 내가 감옥에 있는 느낌이었어요. 그러다가 선고날이 가까워졌는데 갑자기 안면마비가 오면서 내가 쓰러졌어요. 병원에 갔더니 극도의 스트레스 때문에 그렇다는 거예요. 그때 너무 혼이 나서 다시는 형사 사건의 변호를 하지 않겠다고 결심했어요."

그는 마음이 여리고 착한 사람이었다. 변호사라는 직업은 감옥에 들어가고, 재산을 편취당하고, 수많은 억울한 사정을 마주하는 직업이었다. 그런 사건을 동시에 수십 개씩 맡고 있었다. 그들의 말을 들으면서 하루 종일 마음이 출렁거렸다. 나는 소심한 성격이었다. 마음의 평화를 누리고 싶었다. 살아오면서 마음의 평화를 누린 적이 있었던가? 언제 그랬었지? 돌아보니까 아주 조그만 마음의 평화를 몇 번 누리기는 한 것 같다. 입시나 고시 준비를 하다가 합격의 순간에 누리는 짧은 평화가 있었다. 또 소송에서 치열하게 다투다가 이기는 순간 "휴우!" 하고 한숨을 내쉬며 잠시나마 마음의 평화를 느끼기도 했다.

나는 거센 파도가 되어 매일 밀려오는 스트레스에서 도망가고 싶었다. 그러나 도망갈 길이 없었다. 먹고 살아야 하고, 아이들을 가르치기 위해서는 돈을 벌어야 했다. 나는 조용한 나의 사무실에서 책을 읽고 글을 쓰면서 마음의 평화를 얻고 싶었다.

50대 초쯤이었다. 내 인생에서 처음으로 마음의 평화를 얻을 기회가 왔다. 어려운 사건을 맡아 싸운 후 비교적 큰 보수를 받았다. 요즈음 언론에서 떠드는 '50억 클럽'의 돈 잘 버는 변호사들에 비하면 보잘것없지만 나의 잣대로는 만족했다. 아껴 쓰고 소박하게 살면 5년은 일거리 걱정을 하지 않고 지낼 수 있는 금액이었다. 그돈을 지급한 회사의 사장을 찾아가 절이라도 하고 싶었다. 현실에서 평화를 가져다주는 것은 어쩔 수 없이 돈이었다.

70 고개를 넘고 이제 변호사 생활도 졸업할 때가 됐다. 엊그제는 변호사 사무장을 하던 80대를 바라보는 아는 분이 내게 카톡으로 이런 내용을 보내왔다.

'며칠 전 제가 교대 쪽에서 점심을 먹고, 파리바게트에서 커피를 마시는데 출입문으로 한 무리의 노인들이 들어오는 겁니다. 어깨가 축 처지고 허리가 굽고, 얼굴에는 온통 검버섯이 가득하더라고요. 가만히 보니까 과거 쟁쟁하던 검사장님과 대법관님들이셨어요. 우리 표현으로 하면 산천초목을 떨게 한 분들이죠. 그 분들이 내 옆자리에서 차를 드시면서 하는 말을 들었는데, 변호사 사무실을 접고 나니 찾아오는 사람도 없고, 갈 곳도 마땅치 않아 이곳저곳을 기웃거리게 된다고 하더라고요. 그 모습을 보면서 생각했어요. 그 분들이 잘 나가던 그 시절, 자신들의 미래가 지금처럼 이렇게 외로울 줄 예상이나 했을까요? 그 분들에게 그때 그 시절을 잘 사셨는지 한번 물어보고 싶었죠.'

정말 중요한 건 지위나 돈으로 얻는 짧은 평화가 아닌 것 같다. 높거나 낮거나 있을 때나 없을 때나 만족하고 감사하는 한 차원 높은 마음의 평화를 찾아야 한다. 그런 평화를 찾는다면 일생이 행복할 것 같다. 나는 요즈음 와서야 '올 것은 오고야 만다'는 사실을 깨달았다. 늙음이 오고 외로움이 오고, 병이 오고 죽음이 온다.

또 한 가지, 어떤 일이든 사람이 할 수 있는 영역은 극히 좁다는 사실이다. 그분은 '될 것은 되게 한다'는 것을 뒤늦게 알았다. 인생 길에서의 실패는 삶의 방향을 바꾸라는 그분의 메시지였다. 완전한 정신의 평화는 받아들임에 있는 게 아닐까. 그분은 모든 것을 하나님의 뜻대로 하시라고 하면서 양팔을 벌리고 죽음을 받아들였다. 그것은 이기적인 자아를 십자가에 못 박으라는 영혼의 메시지가 아닐까. 진정한 정신적 평화는 그렇게 얻어야 하는 건 아닐까.

4장

다양한
품질의 인간

그와 단둘이 조용히 있을 때였다. 그가 갑자기 자기가 칼로 입힌 상처를
보자고 했다. 나는 그에게 잘려졌던 나의 귀를 보여주었다. 마음의 상처는
희미해졌지만 봉합한 자국은 그대로 남아 있었다.

"정말 미안해."

스트레스

명문학원을 30년 간 운영하던 학원장이 학원 문을 닫아 버렸다는 기사를 봤다. 대형 버스 40대가 매일 학생을 실어 나르던 대형 학원이었다. 문을 닫은 원인은 스트레스라고 했다. 그는 누가 원장인 자기 방문을 노크하면 가슴이 덜컹 내려앉았다고 했다. 학부형에게서 항의가 들어오고, 싸움이 붙고, 누가 그만뒀다고 하는 소리를 매일 듣는 일상이었다. 그는 정신적으로나 육체적으로 피폐해졌다. 그는 아내와 강원도의 깊은 산속으로 들어가 그곳에서 사과나무를 심기로 했다는 것이다. 그뿐 아니라 회사원이던 그의 아들들도 모두 사과를 심는 데 합류했다. 신문에 난 독특한 기사였다. 돈이 들어와도 인간은 스트레스를 받으면 모든 게 싫어지는 것 같다. '스트레스'라는 단어가 가슴에 날아와 꽂혔다.

현직 변호사인 나는 동해의 바닷가 마을 석두골로 갑자기 왔다. 그냥 파도가 치고 갈매기가 우는 포구 마을에 가서 살고 싶었다. 벌써 일 년이 지났다. 숲에서 나와야 그 숲이 보이듯 내가 살아왔던 모습이 보였다. 스트레스의 연속이었다. 사람들은 돈을 내고 변호사를 샀다. 매일같이 사무실을 찾아와 죽치고 앉아 있기도 하고, 밤에도 끝없이 전화를 해대는 사람이 있었다. 돈의 위력은 대단했다. 나는 그 힘 앞에 무기력해졌다. 터무니없는 얘기를 한없이 들어주기도 했다. 무리를 해서라도 그들이 원하는 방향으로 서비스를 해 주고 싶었다.

같이 사무실을 쓰던 착한 변호사가 있었다. 형사 변호를 맡긴 의뢰인이 매일같이 찾아왔다. 신경이 약한 그는 연민의 피로가 심했던 탓인지 어느 날 쓰러져 응급실로 실려 가기도 했다. 법은 어떤 누구도 만족시킬 수 없다. 양편으로 나뉘어 싸우는 구조에서 한편은 질 수밖에 없다. 변호사는 욕을 먹는 직업이었다. 이겨도 칭찬받지 못했다. 준 돈이 아깝다고 생각하는 사람이 많았다. 살인, 폭력, 사기, 절도 등 범죄인들 중에는 인간이 아닌 파충류의 영혼을 가진 경우도 있었다. 범죄 자체가 상식과 무관한 행위였다. 자기 마음에 드는 판결이 선고되지 않았다고 변호사 사무실에 불을 지른 경우도 있었다. 회칼에 찔린 경우도 있었다. 그런 게 전문직 이면의 어두운 그림자라고 할까.

많은 아이들이 전문직이 되거나 대기업에 들어가기 위해 오늘도 학원을 몇 개씩 다니면서 좋은 대학을 목표로 뛰고 있다. 사랑하는 나의 손녀도 학원을 다니느라고 할아버지를 볼 시간이 없다고 한다. 며칠 전 대기업의 임원을 하고 정년퇴직을 한 고교 동기한테서 이런 얘기를 들었다.

"회사원 생활은 일종의 노예였어. 아니 더 적나라하게 표현하면 주인의 손에 든 고기 조각 한 점을 쳐다보며 꼬리를 흔드는 개와 비슷한 처지라고 할까. 그런데 문제는 그런 자리도 없어서 치열한 경쟁을 벌인다는 거지."

그 친구도 평생 스트레스를 많이 받은 것 같았다. 그걸 견뎌 내야 가족의 입에 밥이 들어가는 것이다. 친척 중에 대기업 사장을 한 분이 있다. 그가 이런 말을 했었다.

"군 복무를 마치고 입사시험을 치르고 회사로 들어와 평생을 보냈어. 지나고 생각해 보면 섬뜩할 때가 많았어. 회사원으로 살아남으려면 무엇이 옳고 그른지 판단하지 말아야 할 때가 많았어. 오너가 까라면 까야 하고 불법이라도 하라면 해야 했던 거야."

우리 시대 성공한 사람의 내면 풍경이었다. 그 역시 삶이 스트레스의 연속이었다고 했다. 명문학원 원장이 스트레스를 벗어나기 위해 강원도 산골에서 사과나무를 심듯 나도 동해 바닷가에서 글밭을 일구고 있다. 스트레스는 자신을 망가뜨리는 바람과 비 같은 것이 아닐까. 비바람이 불면 남의 집 처마 밑으로 피하는 것도 선택이 아닐까. 스트레스 받는 서울의 직장을 그만두고 툭 트인 바다로 나와 어부가 된 사람도 있다. 산자락에 작업실을 만들고 도자기를 굽는 사람도 있고 악기를 제조하는 사람도 있다. 진흙 속에 묻혀 살면서 그 진흙으로부터 벗어나려고 애쓰는 사람들을 본다. 신은 하나의 상처를 만들 때 치유의 기름을 함께 마련하고 계시는 게 아닐까.

새벽의 어둠 저쪽 수평선에서 붉은 기운이 번지면서 푸른 하늘이 나타나고 있다. 나는 바다에서 건너오는 기운을 받으며 충만한 하루를 시작한다. 잔잔한 피아노 소리가 흐르는 작업실에서 겨울 바다 위에 뜬 보안 보름달을 보면서 나는 행복을 느낀다.

불이 꺼진 양심

 구치소에 잡혀 있는 한 절도범이 내게 이런 질문을 한 적이 있다.

"저는 왜 남의 물건을 훔쳐도 양심이 아프지를 않죠? 남들은 도둑질을 하면 가슴이 쿵쿵 뛰고 양심의 가책을 느낀다고 하는데 왜 나는 아무렇지 않은지 모르겠어요."

그는 진짜로 그런 것 같았다. 그가 덧붙였다.

"판사 앞에서 반성했다고 말했는데 그거 거짓말이에요."

나는 그의 솔직한 감정 표현에 위선적인 대답을 할 수는 없었다. 도대체 양심이라는 게 뭘까 나도 의문이 들었다. 나는 여러 나이층의 다양한 도둑들을 만나 물어보았다.

국선 변호를 위해 영등포교도소에서 중학교 1학년 정도의 어린 절도범을 만났었다. 그 아이가 이런 말을 했다.

"초등학교 5학년 때 같은 반 아이 지갑에서 돈을 가져갔어요. 그 돈으로 게임을 하고 햄버거 사 먹었어요. 재미있었어요. 그러다가 동네에 있는 롯데백화점으로 진출했죠. 물건 사는 아줌마 뒤에 서 있다가 핸드백에서 몰래 지갑을 빼냈어요. 모르더라고요. 자꾸 그렇게 했죠."

그 아이는 그렇게 도둑이 됐다. 미성년자라도 전과가 늘어나니까 감옥으로 가게 된 것이다. 그 아이를 면회 오는 사람은 아무도 없었다.

20대 말쯤의 도둑을 만났다. 밤늦게 문 닫힌 백화점 매장을 털다가 잡혔다. 그는 강도 전과도 있었다. 그는 도둑이 된 경위에 대해 이렇게 말했다.

"어렸을 때 화장대 위에 있는 어머니 지갑에서 돈을 몰래 빼내서 가졌어요. 점점 배짱이 커지더라고요. 옆집 물건도 건드리게 되고, 다른 집도 털게 됐죠. 도둑질하고 나오다가 주인을 만나면 다급한 김에 때렸더니 강도가 되더라고요. '바늘 도둑이 소도둑 된다'는 말이 맞아요. 저도 처음에는 속에 두 마음이 있었죠. '가지고 싶다'는 마음과 '그러면 안 된다'는 두 마음이 싸웠어요. 결국 '가지고 싶다'는 마음이 이기니까 훔치는 거죠. 고쳐 보려고 노력해도 안 돼요."

반면에 같이 자란 그의 동생은 이런 말을 했다.

"형만 도둑질 했지 나하고 누이는 굶어도 남의 물건에 손을 대지 않고 자랐어요."

수십 개의 절도 전과가 있는 노인을 만난 적이 있었다. 그는 도둑이 된 배경을 이렇게 말했다.

"6.25전쟁이 끝나고 아이 때부터 만원 버스 안에 올라가 소매치기 노릇을 했십니더. 이놈의 버릇은 죽기 전에는 몬 고칠 낍니더. 요노무 손모가지를 쌍둥 자르기 전에는 틀린 기라요. 내 마음은 안 한다 케도 손은 물건만 보면 벌써 거기 가는 기라요. 변호사님은 이 말이 뭔 말인지 참말 모를 낍니더."

고등학교를 졸업하고 외판원으로 남의 사무실에 들어갔다가 책상 위에 놓인 지갑을 훔치다 걸려서 구속된 청년이 있었다. 그는 정말 부끄러워하면서 자신의 잘못을 뉘우치고 있었다. 그 얼마 후 면회를 간 자리에서 그 청년은 이렇게 말했다.

"구치소 절도 방에 있으니까 점점 이상한 생각이 들어요. 처음에는 남의 물건에 손을 댄 게 참 부끄러웠는데 여기 몇 달 있다 보니까 그런 생각이 들지를 않는 것 같아요. 내가 한 짓은 아무것도 아닌 것 같은 생각이 드네요. 죄의식이 마비됐나 봐요."

도둑 중 최고라고 '대도(大盜)'라는 별명을 얻은 도둑과 얘기를 한 적이 있다. 그는 꼬마 때부터 나이 80까지 그 버릇을 고치지 못했다. 그는 내게 이런 얘기를 한 적이 있다.

"꼬마 때부터 남의 집에서 구걸을 했죠. 그러다가 남의 집 부엌에 들어가 은수저를 훔쳐 거지 움막으로 돌아오면 신났어요. 그런데 다른 아이는 남의 집 안방에까지 들어가 커다란 비싼 라디오를 훔쳤다고 자랑을 하는 거예요. 우리한테는 더 대담하게 더 비싼 물건을 훔친 아이가 영웅이었죠. 나도 언젠가 이 나라 최고의 도둑이 되겠다는 꿈을 가졌죠. 그리고 노력했어요. 담을 타고 넘는 연습도

하고 지붕에서 지붕으로 날아다니는 훈련도 하고 또 했어요. 어느 집에 보석이 있는지 냄새를 맡는 감각도 익히고요. 도둑 세계의 윤리는 변호사님 같은 보통사람들의 세계와는 전혀 달라요. 나도 나이가 들었지만 프로의 세계는 은퇴가 없어요."

그들을 보면서 나는 도대체 양심이란 게 무엇인지 의문이었다. 그러다 양심이란 하나님이 우리의 내면에 걸어 주는 등불이 아닐까라는 생각이 들었다. 거기서 나오는 빛으로 우리는 환한 길을 똑바로 걸어간다. 그들의 경우는 양심의 등불이 꺼진 상태인 것 같았다. 그들이 사는 곳은 이 지상에서는 캄캄한 감옥이고 그 이후는 지옥일지도 모른다. 나는 대도에게 물었다.

"40년을 감옥에 사는 당신의 삶은 무엇입니까?"

"도둑질을 하면 이렇게 감옥에서 살다가 비참하게 죽는다고 하나님이 사람들에게 보여주는 샘플이죠. 그게 내가 맡은 역할이에요."

낮도 그들에게는 밤같이 어두웠다. 양심은 세상의 빛이다. 양심을 따르는 이는 어둠 속을 걷지 않고 생명을 얻을 것이다.

마곡사 경찰관의 전화

20년 전의 그는 지금 70대 중반의 노인이 되었을 것이다. 그는 지금 절망했던 그때를 어떻게 생각할까. 그날 밤늦은 시각에 갑자기 내 전화의 벨이 울렸다.

"엄 변호사십니까? 여기는 공주 마곡사 경내의 파출소입니다. 그리고 저는 여기서 근무하는 박 경사입니다."

중년의 남자 목소리였다. 그곳 경찰관이 내게 전화할 이유가 없었다.

"그런데요?"

나는 의아했다.

"마곡사 뒤의 계곡에서 50대쯤의 남자가 탈진한 채 발견됐습니다. 소지품을 조사해 보니까 엄 변호사님의 편지 한 장만 있었습니다. 그 외에는 가족 연락처라든가 아무것도 없어요."

이상했다. 누군지 짐작이 가지 않았다. 나는 더러 편지가 오면 답장을 써 줄 때가 있긴 있었다.

"제가 보냈다는 편지를 몇 줄 읽어 주실 수 있습니까?"

그래야 기억을 할 수 있을 것 같았다. 경찰관이 편지를 몇 줄 읽자 어렴풋이 기억이 떠올랐다. 그 몇 년 전 한 남자가 나의 사무실로 찾아왔었다. 그는 일찍 미국으로 이민을 가서 성공했다면서 미국 사회에 부탁할 일이 있으면 자기에게 부탁하라고 했다. 그는 고교 선배라고 하면서 뉴저지에 살고 있다고 했다.

"기억이 납니다. 그런데 왜 그 분이 경찰의 보호를 받죠?"

그의 변신을 나는 이해할 수 없었다.

"아마 미국에서 가족들에게 버림받고 한국으로 돌아와서 여기저기 방황하다가 마곡사 계곡까지 흘러 들어온 것 같습니다. 사흘 전부터 계곡에 들어가 술만 마셨는지 완전히 탈진했어요. 몸도 가누지 못해요. 그래서 파출소 의자에 눕혀 놓고 있습니다. 서울의 어느 목사한테 신세를 지다가 쫓겨났대요. 그리고 여기저기 떠돌다가 이렇게 된 거죠. 엄 변호사님이 모른다고 하면 우리는 규정대로 행려병자 처리를 해서 수용소로 보내겠습니다."

그는 세상을 포기하고 죽으려고 했던 것인가? 갑자기 내가 관여하는 노숙자센터가 떠올랐다. 내가 부탁하면 밥과 잠자리를 줄 것 같았다. 그만한 학력과 경험을 가지고 거기 묵으면서 봉사하면 큰 도움이 되는 일꾼이 될 것 같았다.

"그 분을 내가 말하는 주소로 보내 주세요."

내가 말했다.

"저 사람이 몸도 가누지 못해서 택시를 태워 보내야 할 것 같아요. 저도 경찰관 박봉이라 3만 원쯤 줘서 보낼랍니다."

자기 돈을 내려는 경찰관의 마음이 따뜻했다.

"그러지 마세요. 택시비를 내주시면 나중에 내가 송금해 드릴게요."

다음날 새벽 내가 관여하는 노숙자센터의 담당자에게서 전화가 왔다.

"돈 한 푼 없는 사람이 택시를 타고 서울로 올라왔습니다. 그런 썩은 정신 상태를 가진 사람을 우리는 받아들일 수 없습니다. 여기 노숙자들이 거부합니다. 그 사람 배울 만큼 배웠고 미국에서 살았다면서요?"

노숙자들이 무엇을 싫어하는지 나는 알고 있었다. 그들은 배운 사람을 싫어했다. 또 미국에 살았다고 거들먹거리는 걸 보기 싫어했다. 일단 잠자코 그들의 처분에 맡기기로 했다. 사흘 후 노숙자센터 담당자가 다시 전화를 했다.

"몸도 가누지 못할 만큼 지쳐 있는 걸 보고 택시 탄 걸 이해했어요. 그런데 워낙 지쳐서 그런지 먹고 자고 먹고 자고 그러고 있어요. 그 양반 엄청 좋은 학교를 나오고 많이 배운 사람인데 우리들하고 같이 살면 좋을 것 같아요."

그가 노숙자센터의 운영을 맡는다면 엄청난 일들을 해 낼 것 같았다. 봉사자가 필요한 단체였다. 그런 그가 며칠 후 소리 없이 사라졌다는 소식을 들었다. 그는 어쩌면 서울로 올라오면서 나의 집으로 와서 특별 대접을 받기를 바랐는지도 모른다. 아니면 자기는 그런 노숙자센터에 있을 사람이 아니라고 생각했는지도 모른다. 인간은 단지 학력이 있다는 사실 만으로, 그리고 잠시 상류사회에 속했었다는 것만으로 언제나 구름 위에서 살 수 있는 자격을 부여받은 것은 아니다. 그의 그런 의식이 그를 오히려 지옥으로 끌어내리는 것은 아닐까. 그 후 그의 기억은 나의 뇌리에서 하얗게 지워졌었다.

나는 바닷가에 있는 모 종교단체가 운영하는 작은 실버타운에서 일 년 동안 살고 있다. 지금 내가 묵는 실버타운의 창으로 잔디밭이 내려다보이고 있다. 가장자리로 돌 벤치가 드문드문 놓여 있다. 실버타운의 여성 직원이 돌 벤치를 닦는 모습이 눈에 들어왔다. 손길 하나하나에 정성이 느껴진다. 돌 벤치들은 기름이라도 발라 놓은 것 같이 항상 반들반들하다. 멀리서 희미하게 보이는 그 여성은 실버타운 미용실의 미용사 같다. 예수는 가장 낮은 자리에서 맡은 일에 충성하라고 했다. 마음을 바꾸면 세상이 달라지는데 그걸 못하는 사람들이 많은 것 같다.

전두환가의 비극

전두환의 손자가 할아버지의 죄를 세상에 외치고 있다. 할아버지의 비자금으로 아들과 손자에 이르기까지 호화로운 생활을 누리고 있다고 고백하면서 참회를 하는 모습이다. 사회적 울림이 제법 큰 것 같다. 전두환 전 대통령은 자기가 묻히고 싶다는 땅속에 들어가지 못한 채 한줌의 재가 되어 연희동 집 서재에 놓여 있다.

거의 30년 전 전두환 대통령이 구속되어 군사반란죄로 재판을 받고 있을 때였다. 재판은 하루 8시간씩 30회 정도 열렸다. 나는 단 한 번도 단 한 시간도 놓치지 않고 240시간 그 재판을 방청했다. 법정이라는 좁은 공간에서 그 많은 시간을 전두환이라는 인물을 가까이서 보고 관찰했다. 지금도 기억 속에 강하게 남아 있는 몇 장면이 있다. 검사가 물었다.

"전두환 피고인! 막강한 계엄사령관을 연행할 때 어땠습니까? 다른 보신책을 강구해 놓지 않았습니까?"

검찰은 12.12를 군사반란으로 단정했다. 전두환은 합동수사본부 장으로서 대통령의 재가를 받은 수사임을 역설했다. 전두환이 검사를 쳐다보면서 되물었다.

"검사님! 검사님은 수사하는 상대방이 막강할 경우 보신책을 강구하면서 수사합니까? 저는 워낙 머리가 나빠서 보신책 같은 데 착안하지 못했습니다. 그랬기 때문에 용감하게 덤빈 거 아닙니까?"

기자석에서 웃음이 터져 나왔다. 그때였다. 방청석에 앉아 있던 한 남자가 용수철같이 튀어 오르면서 소리쳤다.

"전두환! 이 살인마!"

그 순간 피고인석의 전두환 뒤에 앉아 있던 세 명의 남자가 갑자기 일어나더니 럭비 선수같이 순식간에 그 남자를 삼중으로 덮쳐서 눌렀다. 전두환의 아들들이었다. 아버지와 아들은 당당했다.

세월이 흐른 후 나는 12.12 군사반란의 주동자인 이학봉 씨를 사석에서 만난 적이 있다. 그의 사선 변호인이었고, 그가 비밀을 털어 놓을 정도로 친숙한 사이가 됐다. 나는 그에게서 강직성과 정직을 들여다보았다.

"12.12의 본질이 뭐라고 보십니까?"

정말 그가 전두환과 함께 군사반란을 계획했는지 알고 싶었다. 그가 잠시 생각하더니 이렇게 말했다.

"사실 박정희 대통령은 우리 그룹을 특별히 총애했죠. 우리 역시 충성으로 보답했고요. 우리의 리더가 전두환 보안사령관이었어요.

그런데 어느 날 아버지 같던 박정희 대통령이 김재규의 총에 돌아가신 거예요. 그 옆의 다른 방에 육군 참모총장이 있었고요. 아버지를 잃은 것 같은 우리들의 분노와 복수심이 어땠겠습니까? 다혈질인 제가 전두환 사령관에게 계엄사령관을 조사하자고 했죠. 의외로 전두환 사령관이 그렇게 하자고 하더라고요. 그런 과정에서 일이 벌어진 거예요."

논리적으로 그럴 수도 있었다. 수사상 확인을 하고 지나가야 하는 경우가 있기 때문이었다. 당시 군 검사였던 전창열 중령은 최규하 대통령을 찾아가 조사하고 조서를 작성하기도 했었다. 군사반란이라면 기존 체제를 무력으로 뒤엎는 것이다. 그런데 그들은 대통령의 결재를 받아 정당성을 획득하려고 했다. 이학봉 씨가 술을 한 잔 입속으로 털어 넣고 나서 덧붙였다.

"그런데 나중에 생각해도 이상한 게 있어요. 그때 나는 40대였어요. 신중하지 못하고 덤비는 성질이 있던 때입니다. 그런데 전두환 사령관은 우리보다 열 살 위인 50대였단 말입니다. 그러면 우리를 말렸어야지 되는데 그렇게 하자고 한 건 신기해요. 하여튼 그때 계엄사령관을 체포하고 난 후부터 하루아침에 세상이 달라져서 우리조차도 당황했었으니까."

"그러면 광주 문제는 어떻게 생각하십니까?"

내가 물었다.

"세상은 전두환 사령관이 그 책임자같이 말하는데 광주에서 소요가 심해지니까 전두환 사령관이 겁을 먹었어요. 서소문에 있는 보안사령부 안가에 틀어박혀 사흘 동안 꼼짝도 안 하고 있는 거예요. 내가 그곳으로 찾아가니까 면도도 하지 않아 수염이 덥수룩하게 난 채 고민하고 있었어요. 그 자리에 이순자 여사도 있더라고요. 내가 전두환 사령관에게 말했죠. 여기서 주저앉으면 안 된다고 말이죠. 그리고 내가 수사책임자로서 광주에 내려갔었어요. 나중에라도 정치적으로 문제의 소지가 많을 것 같았어요. 그래서 연행자의 숫자를 최대한 줄이라고 했죠. 연행자가 많을수록 반정부 세력이 커지는 거니까요. 그리고 사망자도 한 곳에 묘를 쓰지 말고 분산해서 매장하라고 했어요. 당시 나로서는 그 소요의 배경에 북한 등 어떤 다른 조직적인 움직임은 발견하지 못했어요."

"전두환의 비자금 문제에 대해서는 어떻게 봅니까?"

"정치자금의 통로를 전두환 대통령 하나로 통일하고 직접 돈을 받았죠. 검찰에서는 그 모두를 뇌물로 보고 추징을 하려고 하는데 민정당에 정치자금으로 보낸 돈은 빼고 계산해야 맞다고 생각합니다."

그 몇 년 후 아주 우연한 자리에서 안기부 기술국 실무자의 얘기를 사적으로 들은 적이 있다. 그는 공대를 졸업하고 중앙정보부에 들어간 도청팀의 실무 책임자였다. 그의 말 중에서 우연히 이런 내용이 귀에 들어왔다.

"저는 도청 시설을 관리하니까 지시를 받지 않아도 도청을 할 수 있었어요. 광주에서 소요가 일어날 무렵 상황을 알아보기 위해 전두환 사령관의 전화를 제 임의로 도청했어요. 전두환 사령관이 굉

장히 우왕좌왕하고 주저하고 있었어요. 세상이 말하는 것 하고는 전혀 다른 모습이었죠. 그런 건 나만 알고 있어요."

진실보다 사람들은 편을 갈라 자기가 보고 싶은 대로 보고, 듣고 싶은 대로 듣는 것 같다. 손자는 정말 할아버지가 살인자라고 확신을 하는 것일까 의문이다. 다만 비자금에 대해서는 진정성이 있다고 느껴지기도 한다. 대통령의 가족이 많은 돈을 쓰고 호화로운 생활을 한 것이 맞다면, 그 자금이나 소득의 출처가 분명해야 할 것이다. 그게 아니라면 가난하게 되는 한이 있더라도 다 내놓아야 한다는 생각이다. 전두환 대통령은 법정에서 당당했다. 살인마라는 공격에 아버지를 철통같이 보호했던 아들들이라면 손자가 폭로한 비자금 문제에 대해서도 당당하게 진실을 말할 수 있어야 하지 않을까.

대통령의 손자

전두환, 노태우 두 대통령의 비자금 사건이 신문지면을 거의 다 차지하던 30년 전쯤이었다. 어느 날 저녁 대통령의 아들이 조용히 나의 법률사무소로 찾아왔다.

전에 친구의 소개로 한번 본 적이 있었다. 그때 나는 광화문 뒷골목의 허름한 식당에서 감자탕을 안주로 그와 소주잔을 기울였다. 대통령의 아들인 그는 사람들이 술을 산다고 하면 꼭 고급 룸살롱으로 가려고 한다면서 자기는 보통사람들이 먹는 음식이 좋다고 했다. 그 후 대통령의 임기가 끝나고 조용해지는 줄 알았다. 그러나 한순간 국회에서 의원 한 명이 대통령 비자금에 대한 질의를 하면서 사회적 폭풍이 일어났다.

나를 찾아온 대통령의 아들이 입을 열었다.

"아버지의 비자금 사건으로 자식인 저는 이제 모든 걸 잃었습니다. 언론과 사람들의 손가락질이 돌팔매가 되어 날아오는 바람에

길조차 마음대로 돌아다니지 못합니다. 누구한테라도 내 마음을 홀 홀 털어놓고 싶은데 대통령의 아들이라는 굴레 때문에 말도 못 하 는 신세입니다."

나는 전혀 모르는 대통령 가족의 입장이었다. 나는 그의 다음 말 을 조용히 기다렸다.

"대통령의 아들로 정말 부자연스럽고 억제된 생활을 많이 해 왔 습니다. 말 한마디, 행동 하나도 조심하도록 교육을 받아왔습니다. 잘못하면 남들이 보통사람들보다 몇 배 손가락질 하고 입에 올리니 까요. 저로서는 평범한 다른 친구들보다 하고 싶은 것을 못해 보고 통제된 속에서 컸다고 생각합니다."

겉으로는 민주공화국이지만 대통령은 사실상 왕이고, 그 아들은 왕자 취급을 하는 게 우리 사회였는지도 모른다. 봉건사회의 왕자 노릇은 결코 쉬운 것이 아니었다. 그가 말을 계속했다.

"저도 친구를 많이 사귀고 싶었어요. 그런데 사람들하고 사귀다 보면 참 곤란한 입장이 되곤 했습니다. 일단 저를 자연인으로 봐주 지 않고 대통령의 아들로 봅니다. 그리고 그들 나름대로 저에 대한 기대치가 너무 높았어요. 저는 그게 속으로 부담스러웠고, 저를 사 귀는 사람들의 욕구를 채워 줄 수 없는 입장이었죠. 그럴 때면 뒤로 욕도 먹었죠. 그렇다고 내가 뭘 잘못했느냐고 덤비고 싸울 수도 없 습니다. 대통령의 아들이라는 레테르 때문에 저는 그저 매사에 조 심만 하고 경계하는 애늙은이가 되어 버렸어요. 이제는 아예 대부 분은 포기하고 삽니다."

그에게 접근하는 상당수가 그를 목적이 아닌 수단으로 대했을 것이다. 늦은 저녁시간이었다. 출출해진 나는 그를 데리고 사무실 근처의 작은 국숫집으로 들어갔다. 벽에 걸린 텔레비전에서 뉴스를 진행하는 앵커가 높은 톤으로 전직 대통령의 비자금 사건을 보도하고 있었다. 대통령의 아들은 그걸 보기가 껄끄러운 듯 반대편에 앉았다. 뉴스 화면에서는 전직 대통령의 대국민 성명이 반복해서 흘러나오고 있었다. 재임 기간 중 기업체로부터 5천억 원을 받았고, 그중 사용하고 남은 돈이 1700억이 된다고 했다. 그게 문제가 된 것 같았다. 내가 대통령의 아들에게 물었다.

"보통사람이란 구호를 내걸고 아버지가 대통령이 됐잖아요? 임기가 끝나면 보통사람으로 돌아가면 되는 거 아닌가요? 그 많은 돈이 왜 필요하죠?"

임기가 끝나면 대통령은 겸손한 보통시민이 될 수 없는 것인가 의문이었다.

"대통령은 임기가 끝나도 보통사람으로 돌아가기가 불가능한 것 같아요. 그게 현실인 것 같아요."

뭔가 의미가 담긴 듯한 대답이었다. 늦은 시간 한적했던 국숫집의 우리 식탁 주변이 수런거리는 느낌이었다. 몇몇 나이 먹은 여자들이 우리 식탁 주변을 어슬렁거리며, 앞에 앉은 대통령의 아들을 확인하고 있었다. 대통령의 아들은 식은 국수 국물에 시선을 고정시킨 채 가만히 앉아 있었다.

"원 세상에 저렇게 멀끔하게 생겼는데 아버지 때문에 신세가 저렇게 됐네."

한 여자의 말이었다. 국숫집 여주인이 주변 상가 여자들에게 대통령의 아들같이 생긴 사람이 왔다고 알린 것 같았다. 국숫집에서 나와 헤어질 무렵 대통령의 아들은 내게 이렇게 말했다.

"죄인의 아들이 된 저를 몰라보는 사람이 없습니다. 저는 보통사람이 정말 부럽습니다. 그런데 보통사람들은 그걸 몰라요. 저는 아들이라 그렇다 치더라도 손자인 제 자식은 더 불쌍해요. 할아버지 때문에 신나게 뛰어놀지도 못하는 걸 보면 정말 가슴이 아파요. 앞으로도 할아버지가 대통령이었던 게 멍에가 되겠죠."

그의 말에서 나는 대통령가의 이면에 드리운 어두운 그림자를 느낄 수 있었다.

며칠 전 전두환 대통령의 손자가 유튜브를 통해 할아버지 전두환의 '비자금'으로 가족들이 호화로운 생활을 해 왔다면서 심판을 바란다고 했다. 유튜브 화면에 나타난 그를 보면서 어쩐지 안쓰러운 생각이 들었다. 내가 나이를 먹어서인지 아니면 피해자의 입장이 아니어서인지 잘 모르겠다. 전두환 대통령 손자의 유튜브 채널 이름이 특이하게 '예수 그리스도'이다. 성경은 부정한 돈이 악의 근원이라고 했다. 돈과 하나님을 동시에 섬길 수 없다고 했다. 대통령 손자의 내면은 어떤 것일까. 온 가족이 회개하고 구원받으려는 것은 아닐까. 역대 대통령들의 음습한 비자금들이 세상의 빛을 받아 하나둘씩 드러나고 있다. 대통령 손자의 행위가 공정한 법치 사회로 가는 긍정적인 계기가 됐으면 하는 희망이다.

학교 폭력의 추억

"나 40년 만에 한국으로 돌아왔어."

고교 동창이었다. 하지만 난 그의 이름과 소년 시절 얼굴이 어렴풋이 기억날 뿐이다. 얘기를 하거나 같이 놀아 본 적이 없다. 그런데 그는 나에 대한 기억이 명확한 것 같았다.

"너하고 나하고 같은 밴드부였어. 네가 나갈 무렵에 내가 들어갔지. 네가 밴드부를 나갈 때 대걸레 자루로 스무 대를 맞고 나갔다고 하면서, 나도 그만두겠다고 하니까 상급생이 나를 때리더라고. 여덟 대 맞고 나는 기절했었어. 때리던 상급생의 얼굴이 허옇게 되고 난리가 났었지."

"맞아 나도 열 대쯤 맞았을 때였어. 더 이상 참기 힘들어서 일어나 그만 때리라고 했어. 그랬더니 다른 상급생 밴드부원한테서 주먹이 날아왔어. 그건 덤이었지. 잠시 쉬었다가 나머지 열 대를 다 채우고 나왔어."

나이 70인 우리는 학교 폭력의 추억을 공유하면서 웃었다. 나는 가슴에 응어리가 남아 있는 게 없다. 음식을 먹을 때 아래위 이빨이 저마다 자기의 역할과 기능이 있듯이, 저마다 역할이 정해져 있는 밴드팀에서 누군가 나간다는 것은 전체에 지장을 주는 행위였다. 당연히 그 벌을 받아야 한다는 생각이었다. 사실 그때 잊히지 않는 기분 나쁜 기억이 하나 얼룩같이 남아 있다.

나와 같이 드럼 파트를 맡았던 상급생은 독특한 성격이었다. 하얀 피부에 콧대가 오뚝한 얼굴이었다. 교복도 지나칠 정도로 깨끗하게 입었다. 그는 여러 여학교의 배지를 모으는 남다른 취미를 가지고 있었다. 모범생 같아 보이는 그가 자기 마음에 들지 않는다고 펜으로 앞자리에 앉은 친구의 등을 찔렀다. 잉크병 속의 잉크를 찍어서 글을 쓰는 철제 펜은 아주 날카로워서 흉기에 가까웠다. 잔인성이 있는 행위였다. 그는 자기 말에 복종하지 않는다며 내게도 감정을 가지고 있었다. 전체 밴드부원 앞에서 그가 나를 몽둥이로 때렸다. 허공을 찢는 날카로운 소리가 들리더니 나의 둔부에 지독한 통증이 느껴졌다. 말을 고분고분 잘 듣지 않는다고 때리는 그 매는 내가 납득할 수 없는 폭력이었다.

어젯밤 넷플릭스에서 시청률이 높다는 《글로리》라는 학교 폭력 드라마를 봤다. 고등학교 교사가 시계를 풀어 책상 위에 놓고 본격적으로 여학생의 따귀를 사정없이 때리는 장면이 나왔다. 학생이 선생의 자존심을 건드리는 한마디를 한 탓이었다. 그걸 보는데 중학교 2학년 시절 담임선생이 갑자기 내 마음속으로 쳐들어 왔다.

선생님은 재벌 집 아들의 과외를 하면서 시험 때가 되면 미리 문제와 답을 알려주었다. 그걸 우연히 알게 된 나는 선생에게 그건 공정에 어긋난다고 따졌다. 그 후 어느 날 저녁, 나는 학교의 숙직실 뒤 공터로 끌려가 그 선생에게 떡이 되도록 맞았다. 주먹과 발길질이 날아왔다. 감정이 가득 실린 폭력이었다. 선생은 내게 자기 약점을 잡았다고 덤비느냐고 물었다. 공정을 주장하려면 대가를 치러야 한다는 걸 그때 알았다. 그래서 사람들은 침묵을 한다는 것도.

그 재벌 집에서 동원한 조직 폭력배가 학교에 있는 나를 직접 찾아왔다. 그가 나를 한참을 살피더니 이런 말을 하고 돌아갔다.

"나쁜 얘기를 듣고 너를 손보러 왔는데 아닌 것 같다."

아마도 내가 학교 청부 폭력 타깃의 시조였을지도 모른다.

나는 재벌 아들의 칼에 찔려 40바늘을 꿰맨 적도 있었다. 얼굴이 야구공처럼 부풀어 올랐다. 칼이 경동맥을 긋고 지나갔으면 아마 죽었을 것이다. 가해자 측인 재벌 회장 부인이 가난했던 우리 집에 합의금으로 거액을 가져온 듯했다. 어머니는 아들의 핏값은 받을 수 없다며 거절했다. 그러면서 아들이 껍데기가 아니라 속까지 꽉 들어찬 훌륭한 사람을 만드는 게 복수라고 생각한다고 했다. 어머니는 내게 부자지만 철이 덜 든 그 아이를 불쌍하게 보고 용서하라고 했다. 그 사건이 계기가 되어 나는 대학도 가고, 고시에도 합격하고, 대통령 직속의 권력기관에도 근무했다. 나는 내게 칼을 휘둘렀던, 회장이 된 친구로부터 훗날 "정말 미안했어."라는 말을 들었다. 형식적, 법적 합의가 아니라 진심 어린 사과를 받은 것이다.

변호사를 하다가 학교 폭력 사건을 다룬 적이 있었다. 가난한 외할머니가 키우던 중학교 아이가 교실에서 다른 아이에게 맞아 죽었다. 사람을 죽인 아이의 엄마는 사회 명사였다. 나는 죽은 아이의 사진을 본 순간 가슴이 서늘해졌다. 그 아이가 나인 것 같은 느낌이 들었기 때문이다. 죽은 아이의 표정은 너무나 순결하고 착해 보였다. 가해자인 아이는 내게 이런 말을 했다.

"내 주먹 한 방에 죽은 걸 보면 내가 세긴 센가 봐요."

인성이 좋지 않거나 정신연령이 낮은 아이 같았다. 오랜 세월이 흐르고 명사인 그 아이의 엄마가 방송에 나와 그때의 얘기를 하는 걸 우연히 들었다. 죽은 아이의 할머니를 찾아가 합의를 해서 아들을 빼냈다는 말에는 자랑기마저 묻어 있었다. 뒤늦게 아들이 그때 일을 반성하고 전도사가 됐다는 게 그나마 다행이었다.

학교 폭력이 사회적인 문제가 되고 있다. 아이들의 비뚤어진 심성이 나쁜 어른들 못지않다. 학교 폭력의 피해자가 원한을 품고 성인이 되어 복수하는 드라마가 인기를 끌고 있다. 하지만 복수는 자신의 영혼에 스스로 큰 상처를 입히고, 삶을 피폐하게 한다. 십자가는 원수의 죄를 용서하면서 자기 스스로 죽음을 당하는 상징이다. 때려죽일 용기보다 맞아 죽을 용기가 더 무서운 힘이 아닐까.

특별한 존재가 되고 싶어요

⚖️ 태국의 재래시장 구석의 허름한 비빔국수집 같았다. 20대쯤의 여성이 구석의 화덕 앞에서 긴 손잡이가 달린 우묵한 프라이팬에 기름을 두르고 야채와 국수를 볶는다. 화덕에서 거세게 피어오르는 불길에 프라이팬을 이리저리 뒤집으면서 불맛을 내고 있다. 오가다 들어온 사람들이 탁자에 앉아 그녀가 능숙하게 만드는 비빔국수를 기다리고 있다.

어느 날 그녀는 고급 호텔의 셰프에게 스카우트가 된다. 그 셰프는 재벌이나 고관들의 파티 때 음식을 만들어 달라는 요청이 쇄도할 정도로 인기가 높았다. 그가 만든 음식은 거의 예술 작품이었다. 셰프는 스카우트한 그녀에게 희망을 물었다. 그녀는 자기를 채용한 셰프 같은 특별한 존재가 되고 싶다고 대답했다. 셰프는 자기의 지난날을 간단히 이렇게 얘기해 주었다.

"나는 유년 시절을 식모인 엄마와 함께 부잣집에서 살았지. 그때

부자들은 우리와 다른 음식을 먹는 거야. 그래서 그들의 음식을 먹어보고 싶어서 몰래 냉장고 안에 있는 캐비아를 꺼내 먹으려고 하다가 들키는 바람에 놀라서 바닥에 떨어뜨렸지. 나는 그들과 같이 특별한 음식을 먹을 수 있는 특별한 존재가 되고 싶었어. 그 야망이 나를 여기까지 오게 한 거야."

그녀는 그와 같은 경지에 오르기 위해 강도 높은 훈련을 받기 시작했다. 두 팔은 스테이크를 굽다가 입은 화상으로 얼룩졌고, 손가락에는 칼로 야채를 채썰기 하다가 벤 자국들이 지렁이같이 붙어 있었다. 드디어 실력을 인정받은 그녀는 스승 셰프와 함께 부자들의 호화로운 파티에 출장을 나가 음식을 만들게 된다. 파티장의 유명 인사들이 스승 셰프를 칭찬하고 함께 사진도 찍었다. 그녀가 보기에 팔짱을 끼고 미소를 짓고 있는 스승 셰프는 성공한 특별한 존재 같았다.

그러던 어느 날 셰프가 무서운 얼굴로 호텔 주방으로 들어와 그녀를 포함한 아래 셰프들을 도열시키고 소리쳤다.

"스테이크용 고급 고기와 푸아그라를 먹은 게 누군가?"

아래 셰프 중 한 사람이 슬며시 손을 들었다.

"왜 그랬나?"

스승 셰프가 무서운 눈길로 물었다.

"저희들은 맨날 부자를 위해 최고급 요리를 만들기만 했습니다. 우리들이 만드는 요리를 우리가 먹을 권리는 없는 겁니까?"

"나는 너를 사용해서 부자들이 먹는 최고의 상품을 만드는 것이다. 너는 내가 만드는 그런 고급 음식을 먹을 자격이 없다. 네가 그걸 정 먹고 싶다면 돈을 내고 사 먹어라. 그러면 내가 팔지. 내 음식을 훔쳐 먹은 죄로 너를 해고한다."

그녀는 조용히 그 광경을 지켜보고 있었다. 스승 셰프가 만든 최고의 음식은 그 임자가 따로 있다는 얘기였다. 그 뒤로도 그녀는 계속 부자들의 파티에 출장을 가서 그 구석에서 긴장한 채 요리를 만들었다. 파티는 흥청망청 벌어지고 있었다. 비슷한 또래의 부잣집 젊은이들이 끼리끼리 마약을 하고 섹스를 하며 난잡하게 놀고 있었다. 그들은 스승 셰프가 만든 음식의 가치를 몰랐다. 고마워하지도 않았다. 스승 셰프는 멋진 옷을 입혀 놓은, 부잣집에서 기르는 원숭이 같은 느낌이 들었다. 원숭이에게 사람의 옷을 입히고, 머리를 쓰다듬어 준다고 원숭이가 사람이 되는 건 아니었다. 그 원숭이는 부자인 사람들이 먹는 음식이 다르다고 생각하는 것 같았다.

그녀는 회의가 들기 시작했다. 스승 셰프가 혼을 집어넣어 만든 음식은, 그 사실을 모르는 부자들에게는 돼지 앞에 던져진 진주일 뿐이었다. 파티장 구석의 스승 셰프는 특별한 존재가 아니었다. 시장통의 국수 가게 화덕 앞에 있던 자신이나 본질적으로 다를 게 없었다.

어느 날 그녀는 자기가 일하던 시장통의 허름한 가게로 되돌아왔다. 그곳이 자기가 있어야 할 자리라고 생각했다. 그러면서 그녀는 스승 셰프가 마지막에 한 말을 떠올린다. 깨진 병 속에서 튀어나와 바닥에 흩어진 캐비아를 맛보니까 부자들이 먹는 음식도 별 맛이 없더라고 했다.

어젯밤 TV 채널을 무심히 돌리다가 넷플릭스에서 보았던 태국 영화의 내용이었다. 영화가 던지는 메시지가 잔잔한 감동의 물결을 따라 내면으로 흘러들었다. 나도 특별한 존재가 되고 싶었다. 그리고 나 자신이 그리 특별한 존재가 아니라는 걸 아는 데 수십 년이 걸렸다.

재벌 회장들이 재판을 받는 법정에서 사원들을 머슴으로 생각한다고 하는 사람도 있었다. 그렇게 말하는 그 역시 특별한 존재가 아닌 것 같았다. 그들은 잠시 돈 보따리를 가지고 있다가 그게 없어지자 바람 빠진 풍선 같은 존재로 변했다. 특별한 계급은 없다. 평범한 일상에 만족하면서 그냥 보통존재로 살아가는 게 편안한 삶이 아닐까.

'이게 나다'

자라면서 나는 위축이 되고 주눅이 든 적이 많았다. 부자나 높은 지위에 있는 사람들은 우리와는 다른 별종의 인간 같았다. 어려서 공부하고 싶었던 어머니는 대학을 나온 여자들만 보면 부러워하면서 움츠러들었다. 회사원인 아버지도 삶에 찌들어 있었다. 어쩌면 아버지는 밤에 마시는 소주잔에 눈물을 타서 마셨을지도 모른다.

나는 이상하게 뒤틀린 성격이 형성됐던 것 같다. 나는 부조리한 현실과 마주쳤을 때 인내하고 속으로 삭이지 못했다. 불만을 터뜨리고 하고 싶은 말을 다했다. 덤벼들기도 했다. 수없이 자초한 매를 맞아 왔다. 나이 들어 돌이켜 보면 참 미숙하고 얼굴이 붉어지는 어리석은 짓이 많았다.

20대 중반의 육군 중위 때 장교 식당에서 밥을 먹고 나오다가 사고를 친 적이 있다. 식당 문 앞에 양손을 허리에 얹은 대령이 문을 나서는 장교들을 엄한 눈으로 살피고 있었다. 그 눈에서 나오는 레이저를 맞은 초급 장교들이 기가 죽어 슬금슬금 피해 가고 있었다. 그 대령은 사령부 내의 군기를 잡는 호랑이 같은 인사참모였다. 그와 눈길이 부딪치면 시선을 내리깔아야 하는데 나는 그렇게 하지 못했다.

서서 그 눈빛을 정면으로 맞받아쳤다. 나는 눈빛으로 '나는 나다, 너는 뭐냐'라고 메시지를 보냈다. 중위라는 계급은 가벼웠다. 그러나 나는 계급이 낮으면 낮은 대로 당당하고 싶었다. 대령이 눈빛으로 '너 어디 한번 두고 보자'라고 말하고 사라졌다. 그날 오후 사령부의 전 장교와 하사관은 단독 군장하고 집합하라는 명령이 떨어졌다. 나 한 사람 때문에 전체가 피곤해진 것이다. 괜한 오기를 부려 한동안 고생을 좀 했다.

몇 년 후에 그 부대에 있으면서 또 다른 사고를 쳤다. 사령부 안에는 잘 손질된 넓은 잔디밭과 테니스장이 있었다. 병사들의 땀 흘린 수고로 만들어진 시설이었다. 그런데 현실은 군단장 한 사람만을 위해 그 잘 조성된 공원이 존재하는 느낌이었다. 일반 장교나 병사는 그 누구도 잔디밭 벤치에 앉아서 쉬는 걸 보지 못했다. 테니스장도 마찬가지였다.

어느 여름날 오후 퇴근 시간이 되었을 때였다. 육군 대위인 나는 테니스 채를 들고 테니스장으로 갔다. 군단장이 테니스를 치고 있었다. 수행하는 비서실장과 전속 부관이 군단장 옆에 긴장한 채 서 있었다. 내가 데리고 간 중위 계급장의 법무장교와 옆 코트에서 테니스를 치기 시작했다. 굳이 그 자리에서 운동을 하고 싶은 건 아니었다. 그런 시설은 모든 군인이 공유해야 한다는 생각에서 한 행동이었다. 군단장을 수행하는 비서실장의 표정이 일그러졌다. 그가 가지고 있는 수첩에 내 이름이 적히는 느낌이었다. 그 다음날이었다. 전 장교의 테니스 금지 명령이 내려왔다. 나 때문에 그런 것 같았다. 나는 왜 한 부대가 장군 한 사람만을 위해 존재해야 하는지 이해할 수가 없었다. 업무 외에는 장군도 귀족이 아니라 한 사람의 자연인이어야 한다는 생각이었다.

나는 사람들이 없으면 없는 대로, 못 배웠으면 못 배운 대로, 못생겼으면 못생긴 대로 '이게 나다' 하고 당당하게 살 수는 없을까 하는 생각을 늘 하고 있었다. 동시에 나 같은 존재는 세상에서 말하는 출세 내지 성공은 하기 힘들 것이라는 걸 일찍 깨달았다. 내 주제를 알았다고나 할까. 하나님은 묘한 것 같다. 내 의지와는 달리 이상한 자리에 나를 데려다 놓기도 하고 보호해 주기도 했다.

30대 중반에 대통령 직속기구에서 일하게 됐다. 내가 있는 부서를 만든 사람은 권력의 실세였다. 모두들 그를 두려워하고 그에게 아부하기도 했다. 그곳 사람들은 야당 기질인 내가 있을 곳이 아닌데 이상하다고 했다. 나도 그런 것 같았다. 그곳에는 메마르고 무거운 공기가 흐르는 것 같았다. 어느 날 그곳에서 근무하는 여직원 몇 명이 내게 와서 하소연을 했다. 권력의 실세인 분이 성추행을 한다는 것이었다. 나는 일단 사실을 확인했다. 여직원들의 말이 맞는 것 같았다. 나는 한밤중에 권력의 실세에게 올리는 글을 썼다. 원고지

위에 그의 행태를 자필로 낱낱이 썼다. 권력을 가지고 그런 짓을 하지 말라고 했다. 그 글을 청와대로 보냈다. 이틀 후 위에서 당장 나를 파면하라고 명령이 내려왔다는 통보를 받았다. 나는 성추행을 한 그가 파면당해야지 왜 내가 나가야 하나 생각하고 의아했다.

나는 사회 적응력이 없는 바보였다. 세상에 적응하고 잘해 보려고 해도 되지 않았다. 남은 나보고 튀는 행동을 한다고 했다. 그러나 나의 입장에서는 그런 건 아니었다. 어쩌면 그런 유전자를 가진 조상 탓이라는 생각도 들었다.

먼 조상은 첩첩산중인 영월에 사는 중인 계급이었다. 그는 어느 날 버려진 시신을 발견했다. 그 시신은 삼촌에게 살해당한 왕이라고 했다. 조선조의 단종이었다. 모두들 눈치를 보며 그 시신을 방치했다. 그걸 건드리는 순간 역적으로 간주되는 시대였다. 조상은 아들과 함께 단종을 양지바른 곳에 잘 묻어 주고 영혼을 위로해 주었다. 역적이 되는 순간이었다. 엄한 처벌이 다가오고 있었다. 조상은 여덟 자로 된 간단한 글을 써 왕실에 보냈다.

'선한 일을 했다고 처벌한다면 달게 받겠소, 해 보시오.'

조상은 가족을 데리고 깊은 산속으로 들어가 2백 년을 숨어 살았다. 나는 조상으로부터 '이게 나다'라는 정신을 이어받은 것 같다. 없어도 못나도 배우지 못해도 당당하게 살라는 거 아닐까.

6급 공무원의 댓글

6급 공무원이라고 신분과 이름을 밝히면서 글을 보내
주신 분이 있었다. 짧은 글 속에서 건전한 삶에 대한 자세와 당당한
직업관을 엿본 느낌이었다. 나도 몇몇 공직 생활을 경험했다. 40여
년 전 육군 대위 계급장을 달고 최전방 부대로 갔을 때였다. 대위라
고 하면 7급 공무원쯤 된다는 생각이었다. 육사 출신 대령인 참모
장은 중령에서 대령으로 진급한 지 얼마 되지 않았다고 했다. 그런
데 중령들을 다루는 태도가 이상했다. 반말과 하대로 마치 어른이
아이들을 대하듯 했다.

한번은 그 참모장이 모이라고 해서 한 회식에 참석했었다. 소주
잔이 한두 번 돌아간 후 참모장이 혼잣말같이 "대령으로 진급했더
니 참 좋단 말이야."라고 했다. 어린애같이 좋아하는 순진함도 느껴
졌다.

"쩨쩨하게 잔술로 마시지 말고 오늘은 실컷 마시자."

그는 앞에 있던 커다란 유리 재떨이에 소주를 병째로 콸콸 부었다. 그러고는 순차로 잔을 돌리면서 다 마시게 했다. 모두가 얼얼하게 취할 무렵이었다.

"야, 너희들 전부 일어서!"

대령이 명령했다. 그 한마디에 중령들이 전부 일어서서 부동자세를 취했다.

"너희들 오늘 나한테 맞아야겠다."

대령은 그렇게 말하면서 앞에 있던 작전참모의 배를 주먹으로 질렀다. 그가 '훅'하고 나가떨어졌다. 이어서 다른 중령들이 순서대로 얻어맞고 뻗었다. 주먹이 오기를 기다리는 내 앞의 고참 중령의 눈에서 하얀 눈물이 흘러나오는 게 보였다. 내가 눈빛으로 그 눈물의 뜻을 묻자 그가 내 귀에 대고 이렇게 속삭였다.

"참모장이 중령일 때 고참인 나보다 아래였죠. 나보고 맨날 '형님! 형님!' 하고 굽실댔죠. 그런데 이제는 대령이라고 나를 두들겨 팹니다. 내가 모자란 건 엘리트 코스인 정통 육군사관학교를 나오지 못했다는 것뿐입니다."

나는 그의 아픔과 한이 느껴졌다. 봉건적인 계급사회의 원색적인 장면을 마주한 것이다. 나는 맞아야 할 이유가 없었다. 계급장이 대위일 뿐 인간이 대위는 아니라는 생각이었다. 대령 계급장을 달고 조폭처럼 부하들을 거칠게 다루는 그의 성숙하지 못한 인격이 그대로 보였다. 그 자리를 뛰쳐나왔다. 그 후에 받은 보복이 있었다. 그게 당연한 시절이었다. 그 시절의 조직사회 문화가 그랬고 의식들이 그랬다. 나 역시 그렇게 세뇌되어 있었다.

아내는 나를 '매를 버는 사람'이라고 표현했다. 회식 장소에서 부장검사가 다른 사람에게 나를 때려 주라고 한 적도 있었다. 장관이 나를 잘라 버리라고 지시를 내려 보낸 적도 있다. 나는 '미운 오리새끼'였다. 지금 생각하면 다 그럴 만했다.

대통령 직속기관에 있을 때 상관이 내게 비밀자금을 관리하라고 한 적이 있었다. 그 자금에 관해서는 장부를 만들면 안 된다고 했다. 입출금에 대해 머릿속으로만 기억하고 나중에 기억마저 털어 버리라는 명령이었다. 내 지갑에 돈이 얼마나 있는지도 모르는 내게 왜 국가의 비자금을 맡기는지 이해할 수 없었다. 힘들기만 했다.

어느 날 대통령 비서실에서 전화가 왔다. 영부인이 책을 만드는 데 겉표지를 비단으로 해야겠다는 것이다. 그 비용을 보내라는 것이다. 나는 국민의 세금을, 그리고 국정 수행을 위해 써야 할 돈을 왜 그런데 써야 하느냐고 되물으면서 거절했다. 담당 비서관이 기막히다는 듯 혀를 찼다. 아무리 미련해도 내 앞날이 짐작됐다. 대통령은 왕이었다. 두꺼운 계급의 성벽 뒤에서 노예 같은 굴종과 인내가 요구되는 게 당시의 조직사회였다.

왕조시대 평민이던 나의 조상은 '선한 일을 했는데 왜 삼족을 멸한다고 하느냐'며 왕에게 정면으로 덤벼들었다. 나는 그 유전자를 받은 것 같다. 민주화된 국가나 사회란 선거로 공직자를 뽑는 것만이 다가 아니다. 잠재의식 속에 깊이 뿌리박힌 봉건의식을 뽑아야 하는 게 아닐까. 대통령의 불충한 배신자로 찍힌 한 국회의원이

"대한민국은 민주공화국이다"라고 말했었다. 나는 그 의미를 깊이 받아들였다.

9급 공무원이든 대통령이든 일등병이든 장군이든 자기의 자리에서 자기의 일을 성실히 수행하는 인간이어야 한다는 생각이다. 당연히 직무상의 정당한 명령에는 철저히 복종해야 한다. 공무원 사회가 많이 변한 것 같다. 순경을 마음대로 할 수 없다고 한탄하는 경찰서장의 말을 들은 적이 있다. 그런 사회가 건강한 게 아닐까. 나는 자기 직급에 자존감을 가지고 국민에게 봉사하는 공무원을 존경한다.

학교 폭력의 흉터 치유법

조선일보 인터넷판에 20대 여성의 사진과 함께 안타까운 기사 제목이 떴다.

"현실판《더 글로리》학폭 고발한 표예림 씨 숨진 채 발견"

학교 폭력과 이를 복수하는 주인공의 이야기인 드라마《더 글로리》처럼 학교 폭력의 피해를 당한 뒤 유튜브 등을 통해 이를 고발했던 표예림 씨가 한 호수에 몸을 던졌다는 내용이었다. 그녀는 자신의 유튜브에 '이제 그만 편해지고 싶습니다. 이젠 더 이상 고통을 감내하고 이겨낼 자신이 없어요. 삶을 지속해야 할 어떠한 것도 남아 있지 않습니다.'라고 자살을 암시하는 영상을 올렸다. 증오와 보복 그리고 절망이라는 감정이 뒤얽혀 자신의 생명을 놓아 버린 것 같다.

나 역시 10대 때 학교에서 폭력의 피해를 당한 적이 있다. 우쭐대는 성격의 재벌가 아들의 칼에 귀가 잘리고 얼굴이 찢겨 수십 바늘을 꿰맸다. 자칫하면 죽을 뻔 했다. 2차, 3차 피해까지 있었다. 가해자에게 면죄부를 주기 위해 진실이 왜곡되고, 나는 싸움을 도발한 불량 학생으로 조작되어 무기정학까지 받았다. 뇌물을 받고 기울어진 판단을 했다고 후일 내게 고백한 선생의 양심은 편해졌을지 몰라도 내 영혼은 깊은 상처를 입었다.

그러나 그 상처는 나의 눈이 열리고 강하게 성장할 수 있는 원동력이 되었다. 나는 책과 추상적 관념을 통해 정의를 알 필요가 없었다. 10대 소년에게 학교에서 입은 상처는 정의가 무엇인지를 단번에 깨닫게 해 주었다. '보복'이라는 이름을 업은 정열은 삶의 에너지가 되기도 했다. 그 시절 나는 가난한 집 아이가 재벌과 동등한 위치가 되는 방법은 공부라고 생각했다. 바로 대학입시에서 합격하고, 그 후로 고시까지 합격하는 데 나를 밀어 올렸던 힘은 그 보복이라는 에너지였다.

증오의 상처를 가지고 있는 사람은 편견을 가지고 세상을 바라볼 수 있다. 내면 깊숙이 뿌리박힌 피해의식은 또다시 나 자신이나 남에게 상처를 줄 위험이 있었다. 나는 신앙의 힘으로 일그러진 영혼을 고쳐 보려고 노력했다. 그러나 나에게 상처를 입힌 이들이 쉽게 용서가 되지 않았다. 그럼에도 흐르는 세월은 증오의 감정을 풍화시켰다. 복수심도 그 색깔이 바랬다. 그러나 영혼의 상처는 쉽게 아물지 않았다.

어느 날 학창 시절에 나를 다치게 했던 그 친구가 나의 법률사무소로 찾아왔다. 그는 아직도 소년 시절의 치기를 그대로 가지고 있는 듯 보였다. 그에게 과거의 그 사건은 오래전에 잊힌 것 같았다. 재벌가 2세의 돈에 대한 집착과 어리석음도 일부 남아 있는 것 같았다. 그는 다른 재벌의 철강회사를 무리하게 인수하려고 하다가 거액의 계약금을 날린 것 같았다. 남미 국가들에 돈을 빌려주고 있는데 쿠데타가 일어나 정권이 바뀌면 돈을 회수하기가 불가능해진다고 했다. 나는 그가 요구하는 것들을 묵묵히 해 주었다. 그는 재벌 아들이라고 하니까 평생 자신을 모두가 뜯어먹으려고만 한다고 불평했다.

나는 그에게 저녁을 샀다. 그는 퍽 좋아했다. 그의 주변에는 학교 때부터 평생 그를 영주같이 모시는 동창들이 있었다. 그들은 그들대로 평생 그를 모셨는데 받은 게 없다고 내게 와서 말하기도 했다. 나는 그의 유치함을 용서하려고 마음먹었고, 어리석음도 지적하지 않았다. 그건 스스로 깨달아야 할 것들이었다. 그와 단둘이 조용히 있을 때였다. 그가 갑자기 자기가 칼로 입힌 상처를 보자고 했다. 나는 그에게 잘려졌던 나의 귀를 보여주었다. 마음의 상처는 희미해졌지만 봉합한 자국은 그대로 남아 있었다.

"정말 미안해."

그의 사과에서 진정성이 느껴졌다. 나는 그의 사과를 받아들였다.

나와 적대적이라고 무조건 증오의 감정을 품고 상대방을 괴롭히는 일은 누구나 할 수 있지 않을까. 그런 경우 상대방의 심리는 어떨까. 그 또한 가슴속에 또 다른 증오의 감정을 잉태시키지 않을까. 상대방을 괴롭히고 뭉개는 복수는 얼핏 이긴 것같이 보여도 사실은

248

그 반대일 수 있다는 생각이다. 오히려 상대방이 요구하는 걸 묵묵히 제공할 때 상대의 마음을 완전히 장악하게 되는 것은 아닐까.

다양한 품질의 인간

법정을 돌아다니다 보면 여러 질의 인간들을 보게 된다. 한 법원의 조정실이었다. 공인중개사가 억울한 표정으로 빌딩주에게 말했다.

"법정 수수료를 달라는데 왜 안 주십니까?"

"못 줘요."

그는 그렇게 간단히 말을 잘라 버렸다. 그 말을 듣고 있던 판사가 물었다.

"그 이유가 뭡니까?"

"우리한테는 그런 법 없어요. 건물주끼리 알아서 주는 금액이 있어요. 그게 우리 법이에요."

판사나 공인중개사가 그를 보는 표정이 묘했다. 그는 욕심만 따라 사는 사람 같았다. 생각이 짧고 말도 경망스러웠다. 인간을 물건에 비유한다면 제일 하등품 중의 하등품이라는 생각이 들었다. 그가 비행기 일등석에 타고 명품을 가지고 있다고 해서 일등품이라고 할 수 있을까.

또 다른 하등품이 있었다. 어느 겨울 형사 법정이 개정되기 직전 광경이었다. 강추위로 노면이 얼어붙어 재판 관계자들이 법원으로 오는 데 시간이 걸려 재판이 늦어진다는 안내가 있었다. 교도관이 아닌 관내의 형사들이 유치장에 있는 사람들을 호송해 왔다. 기다리는 시간이 좀 흐르자 사복을 입은 50대쯤의 형사 한 사람이 고함을 쳤다.

"도대체 우리 경찰을 어떻게 아는 거야? 우리를 교도관 취급하고 있어."

구치소가 없는 지역은 경찰서 유치장이 그 역할을 했다. 나는 교도관보다 경찰이 한 급 위라고 생각하는 그 형사의 생각이 이상했다. 같은 일을 하는 공무원이었다. 그걸 보면서 어떤 기억 하나가 어렴풋이 떠올랐다. 부천 쪽의 경찰서 형사 한 사람이 내게 말한 내용이었다. 자기한테 그곳의 종합병원 원장이 절절 매니까 자기가 더 높은 것 아니냐고 했다. 그렇게 자기가 찬 완장에 의존해 사는 사람들이 있다. 나는 그런 사람들을 인간 하등품이라는 생각을 가지고 있다. 물론 나의 주관적인 사견이다. 돈과 끝발이 기준인 세상에서 살아왔기 때문이다.

어느 해 겨울 여주법원에서 재판을 하고 돌아오는 길이었다. 얼어붙은 벌판에 곡마단 천막이 쳐져 있었다. 어린 시절의 추억을 떠올리며 그 안으로 들어갔다. 관람객이 거의 없는 상태에서 공연이 진행되고 있었다. 허공의 줄 위에서 재주를 부리는 남자가 아래를 내려다보며 이렇게 말했다.

"날은 춥지만 묘기만큼은 최선을 다해 보여드리겠습니다. 민속놀이로 우리에게 전해진 이 줄타기 재주는 지금 저를 비롯한 몇 사람만이 전수받아 유지하고 있습니다. 박수 좀 쳐 주세요."

나는 그를 보면서 애잔한 마음이 들었다. 그리고 진정으로 박수를 쳐 주었다. 그게 어떤 것이든 자기의 기술에 프라이드를 가지고 현실에 만족하고 사는 사람은 상등품의 인간이 아닐까.

그런 사람을 또 본 적이 있다. 내가 평생 들고 다니던 낡은 서류가방의 손잡이가 끊어진 적이 있었다. 도쿄의 백화점에서 산 고급제품이었다. 망설이다가 동네 길모퉁이 작은 박스 안에서 구두와 가방을 고치는 장애인 아저씨에게 나의 가방을 맡겼다.

"내가 가방을 고치는 기술은 세계 최고니까 기다려 보세요."

며칠 후 가방은 완벽하게 고쳐져 있었다. 물건으로 치면 그는 고품질이라는 생각이 들었다. 각자 자기가 선 자리에서 주어진 것에 만족하고, 정직하게 사는 사람들이 그 사회와 국가를 지탱하고 품격을 갖추게 하는 것이 아닐까.

정치 선동꾼들이 세상에 먼지를 날리고 장사꾼들의 광고가 요란하다. 인간이나 사회가 정치나 빵만으로 사는 건 아닌 것 같다. 그 시대를 정화시키는 철학이 있어야 하지 않을까. 어둠 속 작은 빛이되어 그걸 담당하는 사람들을 나는 특품으로 여긴다. 예전에 한 원로 성직자에게 그의 삶에 대해 물은 적이 있었다. 그는 잠시 생각에 잠겼다가 이렇게 대답했다.

"나이 70을 먹은 지금까지 신학 공부를 해 왔어요. 이제 와서야 어렴풋이 공부가 뭔지 알 것 같아요. 굳이 표현하자면 그래도 약간의 지혜를 느꼈다고나 할까. 요새 와서는 이런 상태가 조금이라도 오래 갔으면 하고 소망해 봅니다. 알지 못하고 10년을 사는 것보다 느끼면서 하루를 사는 게 더 좋은 거라고 생각하니까. 젊어서는 미망과 유혹에 수시로 들끓던 마음이 이제 와서야 맑은 물처럼 잔잔해지는 걸 느껴요. 정말 이런 상태가 계속 됐으면 좋겠어요. 그렇지만 언제라도 데려가시면 할 수 없는 거지. 밤늦게까지 공부하다가 부르시면 내일 아침에는 그곳에서 하나님한테 직접 배우고 공부하면 되는 거 아닐까요?"

가을의 맑은 계곡물 같은 느낌을 받았다. 법정 스님은 그의 수필집에서 이런 말을 하고 있다.

'깨어 있는 사람만이 삶의 질을 높이기 위해 끝없는 탈출을 시도한다. 보람된 인생이란 무엇인가? 욕구를 충족시키는 생활이 아니라 의미를 채우는 삶이어야 한다. 의미를 채우지 않으면 삶은 빈 껍질이다.'

살아 있음에 크게 기뻐하지도 않고, 죽음이 목전에 닥친다 해도 두려워하거나 슬퍼하지 않으며, 그것을 천명이라고 여기며 겸허하게 받아들일 수 있는 사람, 덕과 정을 지니고 지혜롭게 사는 사람, 그런 사람들이 특품이라는 글을 읽은 적이 있다. 인간의 품질도 참 다양한 것 같다.

5장

안기부 속으로
걸어 들어간
엉뚱생뚱 변호사

"변호사 하면 한 달에 얼마나 벌어요?"

"그럭저럭 아직 먹고 살 만한 직업이기는 합니다."

"그러면 그냥 살지 왜 들어오려고 해요?"

"구경하고 싶어서 그런다니까요. 솔직하게 말한 건데 국가와 민족을 위한다고 할 걸 그랬나? 그런 거 원해요?"

권력기관에 주눅 들었던 시절

홍준표 지사는 어린 시절에 순경이 아버지를 막 대하는 걸 보고 검사를 꿈꾸었다고 했다. 우리 또래가 소년 시절 흔히 보던 광경이었다. 까까머리 중학생 때 나는 빈민촌인 상계동에 살고 있는 작은아버지 집에 가서 묵었다. 바라크 창고 같은 집이었다. 판자로 된 쪽문을 열고 들어가면 방 하나에, 바깥의 흙바닥에 아궁이가 있었다. 마치 포로수용소 같은 집들이 들판에 줄지어 붙어 있었다. 그때는 경찰의 보조 인력으로 '방범'이라는 완장을 찬 사람들이 있었다. 허리춤에 경찰봉을 찬 그들이 이따금씩 판자문을 불쑥 열고 안에 있는 사람들을 훑어보았다. 그들의 쏘는 듯한 차가운 눈길이 나의 가슴을 꿰뚫는 것 같았다.

내가 살던 신설동 네거리에도 파출소가 있었다. 검은 경찰복을 입고 가죽 혁대를 찬 순경을 이따금씩 길에서 봤다. 그의 눈이 독사의 눈처럼 느껴졌다. 어쩌면 사람의 눈이 저렇게 살기를 띠고 무서울 수 있을까 하는 느낌이었다. 사람들이 경찰서로 불려 가면 형사들한테 일단 두들겨 맞았다. 쌍욕을 듣는 건 예사였다. 경찰들은 지나가는 사람이 머리가 길면, 불러 세워서 가위로 머리카락을 잘라 버리기도 했다. 그런 경찰을 무서워하지 않고 살려면 검사를 해야 한다는 소리를 어릴 때부터 들었다. 이따금씩 드라마에서 검사 앞에서 주눅 든 경찰을 보면 속이 시원했다. 사법고시에 합격해서 검사가 되면 좋겠다는 생각을 그때 했다.

고등학교 시절 어른들의 입에서 '중앙정보부'라는 소리를 흔히 들었다. 어른들은 정치 얘기를 하다가도 입을 닫고 주위를 살폈다. 혹시라도 중앙정보부 요원이 들으면 한밤중에 남산 지하실로 끌려 가 죽도록 얻어맞는다고 했다. 늑대 위에 호랑이가 있듯 중앙정보부의 권력은 나는 새도 떨어뜨린다고 했다. 국회의 중진 의원도 중앙정보부에 끌려가 죽도록 얻어터지고 콧수염이 뽑히는 수모를 당했다는 말을 들었다. 거기서 맞아 죽어도 호소할 데가 없다고 했다. 중앙정보부에서는 그 무서운 검사도 지하실로 끌어다 두들겨 팬다고 했다.

법무장교로 군에 입대해서 수도군단사령부의 군 검사로 배치됐을 때였다. 모든 장교들은 보안부대원을 두려워했다. 그들은 군인을 감시했다. 그 보안부대 위에 사령부를 담당하는 중앙정보부 요원이 파견 나와 있다고 했다. 그 중정 요원은 장군의 인사까지 관여한다고 했다. 장군들이 그 중정 요원에게 꼼짝을 못한다고 했다. 그 시절 중앙정보부는 사회의 모든 분야를 감시·통제·조정하고 있는 것 같았다. 내가 소년 시절 때의 모습이었다.

전두환은 대통령이 되자 중앙정보부를 '안전기획부'로 이름을 바꾸어 계속 같은 임무를 수행하게 했다. 변호사들은 안기부가 여당보다 강한 정치 기구라고 했다. 그곳에서 정치의 판이 짜인다고 했다. 검사들은 안기부의 도청을 두려워했다. 그리고 안기부 요원이 써 올리는 보고서도 무서워했다. 모든 기관장이 마찬가지였다. 법원도 마찬가지인 것 같았다. 판사인 친구가 내게 이런 말을 한 적이 있다.

"판사실에 있는데 말이야, 검은 선글라스를 쓰고 검은 양복을 입은 안전기획부 요원 몇 명이 뚜벅뚜벅 걸어 들어오는 거야. 정중한 말을 쓰고 공손하게 말을 하는데도 마음이 위축되고 겁이 나더라고. 공안 사건에 대해 업무 협조를 해 달라고 하더라고. 말이 업무협조지 압력이거든. 이 나라의 권력은 그 사람들에게 있구나 하는 생각이 들었어."

그 무렵 고교 선배인 중견 판사가 있었다. 겉으로는 조용하지만 소신과 결기가 대단한 분이었다. 선배인 그 판사한테서 이런 말을 들었다.

"판사는 세상에 대해 하고 싶은 말이 있어도 신분상 직접 할 수가 없어. 그래서 내가 고교 동기인 인권변호사 조영래 사무실로 몰래 찾아갔어. 내가 의견을 제시하고 조영래 변호사가 그 내용을 칼럼으로 써서 동아일보에 기고했지. 조영래는 이미 드러난 인물이라 정보기관에서도 마음대로 통제할 수 없는 재야 거물이 됐지. 내가 그 친구를 이용한 거야. 그런데 며칠 후에 법원장이 나를 부르더니 '당신 판사 그만하고 싶어?' 하면서 겁을 주는 거야. 깜짝 놀랐지. 알고 보니까 조영래 변호사의 사무실에 정보기관의 도청 장치가 되어 있었던 거야. 그리고 안전기획부에서 나에 대한 정보를 법원장에게 통보한 거지. 그 법원장은 정보기관의 말을 잘 듣는 사람이야. 후에 그 양반이 대법원장이 됐지."

대한민국은 법치국가가 아닌 것 같았다. 법치는 포장이고 실질석인 권력에 의해 세상이 움직이고 있었다. 그리고 그 근원지가 대통령 직속의 정보 수사기관인 안전기획부였다. 북의 정치보위부처럼 이름 자체부터 으스스한 느낌이 들었다. 이상하게 그 기관에 대해 알고 싶은 강한 호기심이 들었다.

책에서 본 엉뚱한 글 하나가 떠올랐다. 눈에 보이지도 않는 미세한 벌레 하나가 갑옷 같은 개미의 단단한 껍질을 뚫고 들어가 뇌에 자리를 잡는 경우가 있다는 것이다. 그러면 개미의 행동이 갑자기 달라진다고 했다. 느닷없이 풀잎 꼭대기로 올라가 하늘을 쳐다보기도 하고 변화를 보인다는 것이다. 세균같이 작은 그 벌레가 개미를 바꾸어 버린 것이다. 나도 한번 정보기관의 육중한 담벼락 안으로 들어가 보고 싶은 생각이 들었다.

두 정보 요원

1987년 차가운 바람이 부는 봄날이었다. 점심시간에 나는 서소문 뒷골목의 작은 일식집에서 안전기획부 요원인 대학 선배를 만나고 있었다. 그의 변신을 난 이해할 수 없었다.

그러니까 내가 법과대학 1학년 시절이었다. 머리에 띠를 두른 그가 수업 중이던 강의실 문을 박차고 들어왔다. 그는 우리에게 박정희 독재와 정보 정치를 종식시키기 위한 시위에 동참하자고 열변을 토했다. 교수가 슬며시 자리를 피해 나갔다. 당시 우리들 인식에 중앙정보부는 독재를 떠받치고 정치와 음습하게 연결되어 있는 시대의 악이었다. 대통령은 긴급조치로 반정부적 발언을 금지시켰다. 그걸 위반하면 파멸이었다. 나는 그 용기가 존경스러웠다. 그런 속에서도 그는 바른말을 하면서 투쟁을 독려하고 있었다.

그런 그가 10년 후 정보기관의 간부로 변신한 사실을 믿기가 어려웠다. 그에게 변신의 배경을 확인하고 싶었다. 더 이상한 건 그가 스스로 정보기관으로 들어가 그 요원이 됐다는 사실이다.

"정보기관에서 어떤 일을 하고 있습니까?"

내가 우회하지 않고 바로 물었다.

"그건 보안이라 말해 줄 수 없습니다."

"추상적으로라도 말해 줄 수 없는 겁니까?"

"엄 변호사가 상상할 수 없는 영향력 있는 일을 하고 있습니다. 나는 다시 태어난다 해도 지금 하고 있는 일들을 할 거예요."

나는 깜짝 놀랐다. 다시 태어난다고 해도 정보기관에서 일을 한다고 하다니, 그러면 민주화 투사였던 그는 무엇이었던가.

"왜 그런 겁니까?"

내가 다시 물었다.

"내가 작성하는 정보 보고서의 끝에는 항상 '조치 의견'이라는 나의 판단 사항이 담겨 있습니다. 그 내용이 관련 부서에 통보되면 내가 생각한 대로 정책이 수정되거나 조치가 즉각 이루어집니다. 세상을 바꾸는 실제적인 힘을 느끼는 겁니다."

그는 사람이 변한 것 같았다. 중앙정보부를 범죄 집단으로 비난하던 예전의 그가 아니었다. 무엇이 그를 그렇게 변하게 했을까. 그렇다고 그가 권력욕이나 야망으로 그렇게 하는 것 같지는 않았다. 그는 순수하고 열정이 있는 사람이었다. 그 순수성은 아직 색이 바랜 것 같지는 않아 보였다. 눈빛이 그걸 말해 주는 것 같았다.

그 한 달 후쯤 됐을까. 나는 이번에는 안전기획부의 해외 파트에서 중견 간부로 있는 사람을 만났다. 육군사관학교를 나온 그는 소령 시절부터 오랫동안 해외 정보 요원으로 일한 것으로 알고 있다. 우연히 같은 교회에 다니면서 친해졌다. 그는 신앙심이 깊은 사람이었다. 그에게 같은 질문을 했다.

"안전기획부가 뭘 하는 곳입니까?"

"글쎄 뭐라고 해야 하나? 보안이라 남에게 말하기가 곤란하네요."

그는 난감해하는 표정이었다.

"제가 알기로는 남산의 지하실에서의 고문, 정치공작, 밀수, 암살 그런 일을 저지른 범죄 집단으로 알고 있습니다만……."

"그건 말이죠, 과거에 있었던 조직 일부의 잘못에 불과하다고 생각합니다. 전체 조직의 일에 비하면 빙산의 일각이죠. 실질을 말한다면 권력의 본질이나 국가경영의 실체를 보고 있죠. 설명하기가 쉽지 않아요."

"검찰과 비교해서 어떻다고 생각하십니까?"

"검찰은 상대가 되지 않죠. 안전기획부가 기획하고 조정을 한다면, 검찰은 그 하부 집행기관입니다. 현실이 그렇습니다."

"정보기관에 대해 알고 싶은데 직접 들어갈 수 없을까요?"

"안전기획부로 들어오려면 엄청난 고통을 주는 훈련을 통과해야 합니다. 저도 육사 출신이지만 군부대의 유격과는 비교가 안 될 정도로 혹독한 과정을 거쳤습니다. 낙하산도 타야 하고, 서해의 섬에 가서 극기 침투 훈련도 받습니다. 북의 대남공작원들이 받는 밀봉교육과 내용이나 강도가 비슷하다고 보면 됩니다. 공부만 하시던

분이 그 과정을 통과하실 수 있겠어요?"

겁이 나지만 도전해 보고 싶은 마음이 들었다. 재미로 번지점프를 하고 고공에서 떨어지는 스카이다이버들도 있었다. 이미 30대를 넘어 체력이 감당할 수 없을지 몰라도 극기 훈련 과정을 통과하면 몸과 정신이 한 단계 올라갈 수 있을 것 같은 느낌이 들었다. 나는 그에게 정보기관에서 리쿠르트를 담당하는 요원을 소개해 달라고 했다. 내가 만난 그는 후에 국정원장이 되어 북의 김정은을 기겁하게 만든 인물이다.

기형적으로 탄생한 대한민국의 정보기관은 사회에 어두운 그늘을 드리운 역사가 있다. 그러나 나는 이제부터 간간이 나의 직접적인 체험을 근거로 정보기관의 그늘 반대쪽에 대해 써 보려고 한다. 30여 년 전, 사실 문학적 호기심으로 그곳에 들어갔었다. 소설가 황석영 씨가 젊어서 노동 현장을 체험하고 북에도 갔다 온 것처럼. 디지털 시대가 된 지금 아날로그 시대의 과거 중 일부를 글로 써도 되지 않을까 하는 생각이다.

박쥐 사나이와의 대화

 나는 36년 전 어느 봄날의 하루가 적힌 일기장을 보고 있다.

나는 종로5가 뒷골목에 위치한 낡은 빌딩의 한 사무실에서 안전기획부의 인사 담당 요원을 만나고 있었다. 푸른 와이셔츠에 감색 넥타이를 맨 세련된 옷차림의 남자였다. 무테안경을 쓴 하얀 얼굴에서 엘리트의 기운이 풍겼다. 그가 말했다.

"그동안 살아온 자서전을 써 주시면 조직 내의 다른 파트로 넘기겠습니다. 그러면 그 부서에서는 자서전의 진실성을 조사하고, 엄선생님에 대한 광범위한 신원조사가 있을 겁니다."

부드러운 말투였지만 그는 나를 예민하게 관찰했다. 그 후 보름쯤 흘렀다. 아내가 불안한 표정으로 내게 이런 말을 했다.

"여보 경상도 선산의 탑리에 우리집 팔촌 친척들이 살고 있는데 난리가 났어요. 정보기관 사람들이 경찰서에 나타나서 우리 집안사람들의 6.25전쟁 때 행적을 알아보고 있더래. 좌익 활동이나 빨치산을 한 적이 없는지 말이야. 우리 친척 중 한 사람이 경찰관인데 집안일이라 몰래 알려줬대. 모두들 겁을 먹고 있어. 도대체 왜 그러지?"

정보기관의 치밀한 신원조사 같았다. 그들은 처가의 먼 친척까지 신원을 확인하는 것 같았다. 나는 인사 담당 요원으로부터 두 번째 찾아가야 할 비밀장소의 위치를 연락받았다. 정보기관은 여러 곳에 위장사무실을 가지고 있는 것 같았다.

다음날 나는 퇴계로의 음산한 뒷골목을 걷고 있었다. 취객이 내뱉은 토사물이 길바닥에 벌겋게 말라붙어 있었다. 그 골목의 깊숙한 곳에 4층짜리 낡은 회색 건물이 있었다. 빌딩 이름도, 입주해 있는 사무실 간판도 없었다. 음산한 기운만 건물 주변에 서려 있는 것 같았다. 입구에 짙게 선팅을 한 작은 유리문이 있었다. 타인의 출입을 거부하는 듯 보이는 그 문을 열고 안으로 들어섰다.

형광등이 희미하게 켜져 있고, 입구에 경비실 같은 유리 박스가 있었다. 그곳도 짙게 선팅을 해서 안에 무엇이 있는지 보이지 않았다. 아무도 없는 것 같았다. 유리박스 중간에 나무선반이 붙어 있었고, 그 가운데 벨이 하나 덩그렇게 달려 있었다. 용무가 있으면 그걸 누르라는 것 같았다. 나는 벨을 눌렀다. 잠시 후 "들어오시죠." 라는 쇳소리가 섞인 남자의 목소리가 스피커를 통해 들려왔다. 이어서 '철컥' 하고 메마른 금속성의 소리가 나면서 앞을 가로막고 있던 벽의 문이 열렸다.

길고 음산한 복도가 나타났다. 작은 방들이 연속되어 있었고, 그 중 한 방의 문만 반쯤 열려져 있었다. 그 안으로 들어오라는 메시지 같았다. 그 안으로 들어갔다. 텅 빈 방이었다. 시멘트 바닥 한가운데 철제 책상이 놓여 있고, 앞뒤로 접이식 철제 의자가 놓여 있었다. 조사실 같은 분위기였다. 나는 철제 책상 앞에 놓여 있는 철제 의자에 앉았다. 잠시 후 50대쯤의 남자가 서류철을 손에 들고 나타났다. 귀가 뾰족하고 볼이 움푹 들어가 있었다. 박쥐를 연상하게 하는 사나이였다. 그가 서류철을 책상 위에 펼쳐 놓았다. 그 안에 내가 쓴 자서전이 보였다. 빨갛고 파란 밑줄들이 촘촘하게 그어져 있었다. 내가 쓴 자서전을 여러 번 읽고 세밀하게 분석한 것 같았다.

　"변호사 하면 되지, 왜 우리 조직에 들어오려고 하죠?"

　그가 달갑지 않은 어조로 내뱉듯 말했다. 그의 작은 눈이 나를 꿰뚫듯 탐색하고 있었다. 고갈된 우물같이 그는 감정이 거의 없어 보였다. 나는 뭐라고 대답해야 할까 생각했다. 입에 발린 말이나 거짓이 통하지 않을 것 같았다. 정면 돌파를 하기로 마음먹었다. 안 되면 그뿐이다.

　"비밀 정보기관이 어떤 곳인지 알고 싶어서요. 좀 더 솔직하게 말하면 한번 구경하고 싶다고 할까?"

　"구경할 거 없어요."

　그가 내 말을 단번에 튕겨 냈다. 그가 다시 내게 물었다.

　"변호사 하면 한 달에 얼마나 벌어요?"

　"그럭저럭 아직 먹고 살 만한 직업이기는 합니다."

"그러면 그냥 살지 왜 들어오려고 해요?"

"구경하고 싶어서 그런다니까요. 솔직하게 말한 건데 국가와 민족을 위한다고 할 걸 그랬나? 그런 거 원해요?"

"아니 그런 가짜는 필요 없어요. 통하지도 않고요."

"그건 그렇고 안전기획부 요원하면 월급은 얼마나 받아요?"

이번에는 내가 물었다.

"그것도 비밀이라 말할 수는 없지만 변호사보다는 작아요."

"이 조직에 들어오려면 절차가 어떻게 되나요?"

내가 그에게 물었다.

"그냥은 안 되고 여러 테스트 과정을 거치게 될 겁니다. 구경하겠다는 호기심만으로 그 과정을 통과할 수 없을 거예요. 아이큐 검사, 인성검사부터 시작해서 여러 가지 검사를 할 겁니다. 그 후로는 공수 훈련과 해상침투 훈련 등 힘든 과정을 겪을 겁니다. 그 과정을 통과하면 정보조직을 구경하실 수도 있지만, 새까만 상공에서 낙하산을 메고 떨어지라고 하면 겁먹고 스스로 안한다고 할 걸요? 우리 조직은 인재가 필요하니까 일단 환영합니다만 들어와도 실망할 겁니다. 애초에 안 들어오는 게 좋을 거예요."

이왕 내친 길이었다. 나는 가는 데까지 가 보리라 마음먹었다.

죽어야 할 사람들

나는 군부대 같은 곳 앞에 있었다. 철조망이 쳐진 회색의 높은 담이 보였다. 중간쯤에 대형 철문이 있고 그 앞에 바리케이드가 쳐져 있었다. 번들거리는 가죽점퍼에 감색 헬멧과 검은 선글라스를 쓰고 M16으로 무장한 특수부대원 같은 존재들이 서 있었다. 으스스한 분위기가 감돌았다. 그 옆에서 한 남자가 나를 안내해 안으로 들어갔다. 그 안은 무거운 정적이 흐르는 다른 세계였다. 여기저기 장방형의 두꺼운 콘크리트 건물들이 웅크리고 있었고, 사람은 보이지 않았다. 안내하는 남자를 따라 그중 한 건물로 들어갔다. 병원 같은 느낌이었다. 소독약 냄새가 공기 중에 배어 있었다. 하얀 가운을 입은 남자가 나타나 이런 말을 했다.

"정보기관에 들어오셔도 될 분인지 인성검사와 아이큐 검사 등 여러 정신적 요소를 검사할 겁니다. 정보 요원이라고 하면 세상에서는 영화나 소설에서 보듯 음모적이고 냉혈한을 연상합니다. 그러나 실제는 그렇지 않습니다. 비정상적인 인간들은 정보 요원으로서는 부적격입니다. 상식적이고 정직하고 바른 인간만이 다른 사람들의 마음을 볼 수 있고, 그들의 마음을 얻을 수 있습니다. 사람들의 마음을 먼저 얻어야 귀중한 정보를 구할 수 있으니까요. 우리는 과학적인 인성검사를 통해 정보 요원이 될 사람을 찾아냅니다."

그곳에서 이틀 정도 여러 가지 세밀한 검사를 받았다. 나는 다시 어떤 건물의 방으로 안내되어 갔다. 전면에 대형 스크린이 보였다. 나는 자리에 앉아 그 스크린에 시선을 집중했다. 주위가 어두워지면서 스크린에 의자에 묶여 있는 한 남자의 모습이 나타났다. 극도의 전기고문이 그에게 가해지고 있었다. 그의 얼굴이 흉측하게 일그러지고 있었다. 보이지 않는 곳에서 그 화면에 대한 설명이 흘러나오고 있었다.

"정보 요원이 적에게 잡히면 맞이해야 하는 운명입니다."

잠시 후 그 화면이 사라지고 다른 화면이 나타났다. 어둠침침한 비행기 안에서 사람들이 뛰어내리고 있었다. 스피커에서 간단한 설명이 흘러나오고 있었다.

"비행기 안에는 조직을 배신하고 이중첩자 노릇을 한 요원이 있습니다. 그는 조직이 자신의 배신을 모르고 있다고 생각했습니다. 조직은 그에게 다시 적지에 침투하라고 지령을 내렸죠. 그가 비행기를 타고 적지에 들어가 뛰어내리는 순간입니다. 화면을 보시죠."

낙하산 줄이 누군가에 의해 이미 잘려져 있는 장면이 순간 스치고 지나갔다. 화면은 배신자의 조용한 처단을 알리고 있었다. 설명은 계속되고 있었다.

"오래전의 일입니다. 저희 조직에서 북한 정세를 파악하기 위해 하사관들을 많이 북으로 보냈습니다. 그 후 그들의 공로에 대해 보상을 해야 했습니다. 그들에게 희망이 뭐냐고 물어보았습니다. 많은 사람들이 장교가 되고 싶다고 했습니다. 저희 조직은 그들을 임시 장교로 만들어 주었습니다. 그리고 그들에게 임무를 주고 비행기에 태워 모처로 가서 하강 명령을 내렸습니다. 그들이 메고 있는 낙하산은 이미 줄이 끊어져 있는 상태였습니다. 그렇게 그들의 입을 영원히 막고, 대신 전쟁영웅으로 만들어 국립묘지에 묻히게 했습니다. 정보기관이란 그렇게 교활하기도, 비정한 곳이기도 합니다."

거꾸로 조직에 이용당할 수도 있구나 하는 생각이 들었다. 화면이 꺼지고 스크린이 천장으로 말려 올라갔다. 그 자리에 유령같이 한 남자가 서 있었다. 그가 녹음기 하나를 옆에 있는 탁자 위에 놓았다. 역시 그도 자신의 신분을 밝히지 않았다. 그곳 사람들은 모두 그렇게 그림자 인간인 것 같았다. 그가 녹음기의 재생 버튼을 눌렀다. 그 안에서 온갖 소리들이 들끓었다. 강한 톤의 사투리들이 많았다. 외마디 같은 소리도 있고, 악을 쓰면서 뭔가를 저주하는 것 같은 음성도 들렸다. 남자가 설명하기 시작했다.

"이 녹음은 부촌으로 알려진 압구정동 아파트 단지에서 일하는 파출부들이 성남에 있는 자기 집으로 돌아가는 버스 안에서 하는 말들을 녹음한 겁니다. 또 이 녹음 안에는 택시기사들이나 바닥 사람들의 불평이 광범위하게 수집되어 있습니다. 파출부들은 부잣집 여자들을 증오합니다. 그들은 뼈가 빠지게 일해도 먹고 살기 힘든데 강남의 사모님들은 전신 마사지다, 쇼핑이다 해서 호화로운 사치의 극을 이룹니다. 게다가 없는 사람 앞에서 교만하고 건방을 떱니다. 거기서 적개심과 증오가 생기는 겁니다. 그런 졸부들은 어떻게 생겼을까요? 우리 조직에서 파악한 바에 의하면 뇌물이나 부동산 투기로 부자가 된 경우가 많습니다. 장관을 그만둔 지 10년이 지났는데도 집에 차를 두 대나 굴리고 기사를 쓰는 사람들이 있습니다. 사람들을 매일 호텔에서 만나곤 합니다. 그런 삶을 살려면 많은 돈이 듭니다. 그 돈들이 어디서 난 것일까요? 아무리 숨겨도 그돈의 씀씀이로 그들의 과거 부정과 비리를 역추적 할 수 있습니다. 우리 정보조직에서는 그들을 '하마족'이라고 부릅니다. 도둑질한 돈으로 사우나의 물통에서 사는 족속을 말하는 거죠. 그런 하마족이 사람들의 마음을 멍들게 하고 불공평한 세상을 만들고 있습니다. 녹음기 속에서 앙칼진 욕도 들리고 한 서린 소리도 들으셨죠? 세상이 언제 뒤집어지느냐는 말들입니다. 파출부들은 세상이 뒤집어지면 자기가 일을 나가던 아파트가 자기 집이 됐으면 좋겠다고 말합니다. 또 한밤중에 택시기사들이 하는 소리를 들어보십시오. 정보요원이 승객이 되어 불만을 조금만 유도해도 이 세상이 언제 확 뒤집어지느냐는 반응들이 터져 나옵니다. 이게 우리의 현실입니다. 뇌관만 터뜨리면 언제든지 폭발할 수 있는 인화성 짙은 사회입니다."

정보기관에서 사회의 현실을 예리하게 보고 있는 것 같았다. 나는 그의 다음 말을 조용히 기다리고 있었다.

"북한은 이런 기층 민중의 심리를 꿰뚫고 있습니다. 남한 사회의 80퍼센트가 자기들 편이라고 계산을 하고 있는 겁니다. 이들 기층 민중이 들고 일어나면 남조선 혁명은 순식간에 달성된다고 보고 있습니다. 북은 남한에서 국가보안법이라는 방파제가 무너지고 소수 정당으로라도 북한 노동당이 국회에 진출하면 선거로도 남조선 혁명을 이룰 수 있다고 자신하고 있습니다. 지금같이 빈부 격차가 크고 도덕성이 약한 사회에서 그게 불가능한 소리만은 아니라고 봅니다. 패망한 월남이 그랬습니다. 부정부패로 부자가 된 부유층은 서민들과 너무 멀리 동떨어져 있었습니다. 국민들의 마음이 정부에서 멀어져 있었습니다. 일부 부유층은 너무 미국화가 되어 있기도 했죠. 미국이 발을 빼자마자 월남은 바로 무너졌습니다. 대한민국도 그런 월남과 다르지 않습니다. 그렇다면 사회에서 위험을 미리 감지하고 체제를 지키는 건 누가 하는 걸까요? 법이 그 역할을 할 수 있을까요? 언론이 할까요? 그 소유주가 대개 재벌인 언론이 혁명을 막을 수 있을까요? 제도화된 군대나 경찰은요? 사회의 각 분야를 정확하게 파악하고 두뇌부에 전달하는 신경 같은 정보기관이 필요하지 않을까요?"

그가 거기까지 말하고 잠시 나의 반응을 살피는 것 같았다. 그의 말이 계속되고 있었다.

"정보기관에서 오래 일해 온 저나 지금 처음 만나 뵌 엄 선생은 좌익이 이 사회를 점령하면 어떤 입장일까요? 부자도 아니고 나쁜 일도 한 적이 없으니까 괜찮다고 할 수 있을까요? 우선 저부터 말

쏨드리죠. 북한 노동당에서는 남한 사람들을 51계급으로 분류해서 숙청할 계획이 서 있습니다. 그 기준으로 볼 때 저 같은 정보 요원은 '치지도외 계급'입니다. 그게 무슨 소리냐 하면 저 같은 사람은 따질 것도 없이 때려죽인다는 겁니다. 그렇다면 엄 선생은 변호사이고, 이 조직의 사람이 아니니까 괜찮을까요? 저희 조직은 몇 시간만 있어도, 또 협조자만 되어도 그 이름이 비밀리에 기록이 됩니다. 그 기록이 적에게 넘어갔다고 생각해 보세요. 하루만 있었다고 용서하고 살려 둘 것 같습니까? 그렇지 않습니다. 엄 선생은 이미 죽음에 이르는 배를 함께 탄 것입니다. 그 다음 순위로 넘어가 봅시다. 군 장교나 경찰관, 검사나 판사, 공무원도 죽어야 할 운명입니다. 6.25전쟁 시 인민재판에 회부된 판사가 있었습니다. 자기는 민사재판만 했고 그것도 공정하게 했다고 주장했습니다. 그 말에 웃긴다는 야유가 터져 나왔었죠. 그리고 그 판사는 처형됐습니다. 6.25전쟁 시 2천 명가량의 공무원들이 북으로 끌려가 대동강변에서 학살당했습니다. 부자, 종교인, 우익의 가족들이 6.25전쟁 시 많이 죽었습니다. 지금 이 사회에는 좌파 성향의 어설픈 지식인들이 많습니다. 그들의 운명도 결국 마찬가지일 겁니다. 공산주의자들은 기회주의적 회색분자는 더 싫어합니다. 북은 남한의 좌익 세력도 인정하지 않습니다. 과격시위를 주동하라고 지령을 내려 보내고, 그들의 시위 장면을 북한의 매체들을 통해 보도하죠. 북한 주민들에게 선전하기 위해 남한의 좌익을 이용하는 겁니다. 결국 제가 말하려는 건 공허한 사상이 아니라 살아야 한다는 겁니다. 숙청은 좌익들에게는 이념의 실현 단계일지 모르지만 죽는 사람들의 입장에서는 생명의 문제입니다. 반공은 이념이 아니라 살아야 한다는 절박성에서 나온 겁니다."

그의 말에는 묘한 설득력이 있었다. 담장 안에 들어와 보기 시작한 그들의 모습은 의외로 조직적이고 어떤 방향성과 이념적 지향을 가지고 있는 것 같았다.

권총 사격

그 며칠 후 나는 정예 요원들이 훈련 중인 코스에 중간에 합류하게 되었다. 세상 밖에서 갑자기 첩보 영화 안으로 들어와 있는 느낌이라고 할까. 그곳은 일반인의 출입이 봉쇄된 넓은 왕릉 지역이었다. 작은 언덕 같은 왕릉이 있고, 그 아래 사당이 있었다. 그 주변은 손질이 잘 된 넓은 잔디밭이 펼쳐져 있었고, 크고 작은 연못도 보였다. 양지쪽의 연못에서는 비단잉어들이 유영하고 있었다. 그 뒤쪽 눈에 잘 띄지 않는 구석에 훈련 중인 요원들이 기숙사로 쓰는 견고해 보이는 2층 건물이 있었다. 나는 그 건물의 방을 배정받았다. 두 사람이 같이 쓰는 방이었다. 양쪽 벽으로 일인용 침대가 붙어 있었고, 창문 쪽으로는 나무책상이 나란히 놓여 있었다.

같은 방에 묵는 요원은 대사의 아들이라고 했다. 좋은 학벌을 가진 좋은 집안의 자식들이 그곳 요원으로 들어온 것 같았다. 명문대 출신들이 많았다. 정보기관의 인사 담당 부서에서는 대학입학 초기 때부터 우수한 인재들을 찍어 4년 동안 장학금을 주면서 요원을 기른다고 했다. 명문여대 출신도 여러 명 있었다. 남자 요원들과 차별 없이 똑같은 훈련을 받는다고 했다. 배우 같은 미인들이었다. 정규 사관학교를 나온 현역 대위들도 있었다.

그곳에서 특히 눈에 띄었던 사람은 교육대장이었다. 정보 요원 중에서 우수하고 리더십이 있는 사람이라고 했다. 교육대장은 요원들과 똑같이 밥을 먹고, 막사에서 잠을 자고 같이 뛰었다. 입으로 말하지 않고 솔선수범하는 그의 행동 자체가 교육인 것 같았다. 교육대장은 작달막한 키에 반듯한 이마를 가진 30대 말쯤의 남자였다. 각진 턱과 근육질의 팔다리에서 그의 강인성이 느껴졌다.

나의 훈련은 권총 사격부터 시작됐다. 나는 외떨어진 장방형의 작은 건물로 들어갔다. 사격장이었다. 교관이 나를 보더니 손에 들고 있던 검은색 가죽으로 된 007가방을 상 위에 놓고 열었다. 검은색 38구경 리볼버가 번들거리는 빛을 뿜고 있었다.

"군에서 장교 생활을 하셨죠?"

"그렇습니다."

"그러면 45구경 콜트는 쏴 보셨겠네요?"

"쏴 봤습니다."

휴전선에서 순찰을 돌 때 나는 탄창을 꽉 채운 45구경을 차고 다녔다.

"38구경 리볼버는 다루어 보셨습니까?"

"못 해 봤습니다."

"별 거 아니에요. 한번 연습해 보세요."

그는 안전장치를 풀고 들고 있던 리볼버의 탄창을 옆으로 젖혔다. 그리고 상 위에 있던 실탄상자에서 총알을 꺼내 탄창의 구멍 속에 집어넣었다. 총알들은 제 구멍으로 매끄럽게 들어가 자리를 잡았다. 그가 내게 리볼버 권총을 넘겨주면서 말했다.

"우선 여기 실탄상자에 있는 백 발을 재미 삼아 쏴 보세요. 자꾸 쏴 봐야 사격에 흥미를 가집니다. 오늘은 고정사격을 하고 익숙해지시면 그 다음에는 움직이는 표적을 쏩니다. 마지막에는 사람이 이동하면서 움직이는 표적을 맞히는 걸 알려드릴 겁니다."

군의 훈련 때와는 차원이 다른 것 같았다. 군에서는 형식적으로 몇 발 쏘게 하고 끝이었다.

사격장에서였다. 우연히 한 여성 요원이 사격을 하는 모습이 강한 인상을 주었다. 그 여성 요원은 리볼버 권총을 손에 들고 표적을 노려본 채 한참 동안 미동도 하지 않았다. 온 정신을 집중시키는 것 같았다. 그 여성 요원이 쏘는 한 발 한 발의 실탄이 표적의 중앙에 정확히 들어가고 있었다. 마치 시험에 임해서 한 문제 한 문제를 정성스럽게 풀어 나가는 학생 같다고 할까. 그녀는 이화여자대학교에서 과수석을 한 인재라는 소리를 들었다.

나는 쉬는 시간에 다른 한 여성 요원에게 물었다.

"북한의 여성 첩보원 김현희가 KAL858기를 폭파하고 잡혔어요. 독극물이 든 샘플을 입에 넣고 자살을 하려다가 체포되어 지금도 안전기획부에서 관리하고 있다고 들었어요. 북한의 여성 첩보원들과 맞상대 하면 어떨 것 같아요?"

"지금이라도 북한 첩보원 김현희와 저를 붙여 주시면 저는 이길 자신이 있어요. 뭘 가지고 싸워도 말이죠."

여성 요원들의 투지와 집착도 대단한 것 같았다.

매 맞는 정보 요원들

정보 요원 훈련 중에 작은 사고가 있었다. 몇몇 요원이 외출을 나갔다가 카페에서 건달들과 시비가 붙은 것이다. 요원들은 그런 경우 기가 죽어서도 안 되고, 져서도 안 되었다. 조직의 자존심이었다. 신분 노출은 철저히 금지됐다. 그런 문제를 처리하는 조직 내의 파트에서 경찰의 관여를 차단하고 격투를 벌인 요원들을 데려왔다. 외부적으로는 조직원을 철저히 보호하지만 내부적으로는 달랐다.

그날 밤이었다. 훈련 중인 요원들이 체육관에 집합했다. 앞에 서 있던 교육대장이 입을 열었다.

"규칙 위반자들은 대열 앞에 나와서 서세요."

몇몇 요원이 앞으로 나가서 부동자세로 섰다. 카페에서 시비가 붙어 싸움을 한 사람들이었다. 장교 출신들도 있었고, 결혼하고 가정을 가진 30대 초의 요원들도 있었다.

"여러분들 짐을 싸서 나가시겠습니까? 아니면 여기서 저한테 맞으시겠습니까? 선택하십시오. 훈련이 힘드시면 언제든지 집으로 돌아가실 수 있습니다. 마지막까지 남는 분만이 저희 조직의 요원이 되시는 겁니다."

"맞겠습니다."

규칙 위반자들이 모두 매를 선택했다. 이상했다. 맞으면서까지 직장을 고집하는 시대적 분위기는 아니었다. 더구나 그들은 매맞을 나이와 사회적 위치도 아니었다. 그중에는 육군에서 중대장을 마친 사람도 있고, 공군에서 파일럿으로 전투기를 몰다가 온 장교도 있었다. 다니던 군으로 돌아가도 고위급 장교직을 수행할 수 있는 사람들이었다. 사회에서 다른 직장에 다니던 사람들도 많았다. 그들이 스스로 폭력을 받아들이겠다는 것이다.

"규칙을 위반한 분들은 대열 앞으로 나와 엎드려뻗치세요."

교육대장의 명령이 떨어졌다. 규칙 위반자들이 앞으로 나와 바닥에 엎드렸다. 교육대장은 준비해 놓았던 묵직한 박달나무 목검을 손에 들고 있었다. 교육대장은 맨 앞에 엎드려 있는 육군 대위의 둔부를 향해 온몸의 힘을 실어 박달나무 목검을 날렸다. 목검이 '획' 하고 공기를 날카롭게 가르며 엎드려 있던 대위의 허벅지로 떨어졌다. 순간 대위가 '헉' 하고 옆으로 나가 떨어졌다. 숨이 막히는 것 같았다. 교육대장이 요원들 전체를 향해 말했다.

"이건 시작에 불과합니다. 저희 조직에서는 남산의 지하실에 끌려온 사람들마다 이렇게 50대씩을 선사합니다. 여러분이 그런 사람일 수 있습니다. 남에게 고통을 가하는 사람은 그 맛이 어떤 것인지 먼저 알아두어야 하지 않을까요?"

이어서 규칙을 위반한 다른 사람들에게도 목검 세례가 퍼부어졌다. 허벅지 살이 터지고 피가 튀었다. 그들은 이를 악물고 참고 있었다. 비명을 지르는 사람이 없었다. 독한 인물들을 모아 놓았다는 생각이 들었다. 다 맞은 사람들이 다시 대열 속에 들어가 섰다. 교육대장이 그 다음 조치를 알렸다.

"다음으로는 규칙 위반에 대한 전체의 연대 책임을 묻겠습니다. 진흙탕 물속에 들어가 자신을 다시 한 번 생각해 보도록 하십시오. 알겠습니까?"

단체가 구보로 흙탕물이 가득 찬 작은 연못으로 갔다. 여성 요원도 예외 없이 흙탕물 속에 들어갔다. 나도 맨 뒤쪽에서 그들과 함께 물속으로 들어갔다. 밤하늘에 별이 총총했다. 문득 나치의 친위대원들을 훈련시키는 다큐멘터리 프로그램의 한 장면이 떠올랐다. 얼음이 두껍게 얼어붙은 강 위에 벌거벗은 친위대원들이 서 있었다. 두껍게 얼어붙은 강의 두 부분에 구멍이 나 있었다. 발가벗은 친위대원들이 한쪽 얼음 구멍으로 들어가 물속에서 헤엄을 쳐서 다른 구멍을 찾아 나오는 혹독한 훈련이었다. 출구를 찾지 못한 친위대원은 물속에서 익사하도록 되어 있었다.

요원들이 얻어맞는 매에도 어떤 의미가 있는 듯했다. 단체 기합이 끝나고 전체 요원들이 도열해 섰다. 교육대장이 그곳에 놓인 단위에 올라 흙탕물이 떨어지는 전체 요원들을 향해 입을 열었다.

"이걸로 오늘밤의 징계와 훈련은 끝입니다."

그가 잠시 손목시계를 보면서 덧붙였다.

"지금부터 딱 1분의 시간을 주겠습니다. 그 사이에 나한테 욕을 하고 싶으면 공개적으로 실컷 하십시오. 허용합니다. 시작!"

그의 말이 떨어지자마자 요원들 속에서 온갖 욕설들이 터져 나왔다.

"야, 이 씨발놈아!"

"으, 저 새끼 맞장뜨면 한 방에 뒤질 새끼가……."

"아, 억울해! 정말 억울해!"

그들의 가슴속에 있던 응어리가 터져 나왔다. 묵묵히 듣고 있던 교육대장이 시계를 보다가 "자, 이제 욕하는 거 끝!"이라고 말했다. 갑자기 주위가 조용해졌다. 그들의 분노가 적막한 어둠속으로 빨려 들어가 버린 느낌이었다.

교육대장이 이번에는 부드러운 표정으로 이런 말을 했다.

"나 역시 대학을 졸업하고 10여 년 전 이런 훈련을 받고 요원이 됐습니다. 세상에서는 정보기관을 혐오하지만 저는 직업으로서 이 생활에 긍지를 느낍니다. 왜 그럴까요? 적어도 이 조직의 신분증을 가지면 이 사회에서 자유롭게 살 수 있기 때문입니다. 그 누구도 우리를 무시하고 깔아뭉개지 못합니다. 며칠 전 저에게 있었던 일을 예로 들겠습니다. 출근길에 내가 운전하는 코란도하고 어떤 고관의 차하고 광화문 거리에서 시비가 붙었습니다. 그런데 그 차에 타고 있던 고관이 자신의 신분을 과시하면서 무게를 잡더라고요. 제가 시큰둥하니까 신분증까지 내게 보였습니다. 얼핏 보니까 꽤나 높은 자리에 있는 분 같았습니다. 제가 그 신분증을 뺏어서 그가 보는 앞에서 꼬깃꼬깃하게 구겨서 바닥에 버렸습니다. 그러면서 안전기획부 요원이란 신분증을 잠깐 보여줬습니다. 갑자기 그 양반의 얼굴이 허옇게 변하면서 당황하는 것 같았습니다. 우리의 신분증이라는 게 그런 힘이 있습니다. 대한민국에서 우리를 무서워하지 않는 기관이 없습니다. 이 신분증을 가지고 있으면 어디든 들어갈 수 있습니다. 누구한테도 꿀리지 않고 살 수 있습니다. 나는 그런 자존심과 자유를 위해 이 직업을 선택했습니다."

그가 잠시 침묵했다가 덧붙였다.

"모든 특권 뒤에는 그 대가로 치러야 할 의무가 있습니다. 여러분들은 왜 이렇게 철저한 훈련을 받는지 아십니까? 전쟁이 일어나면 우리는 제일 먼저 수송기를 타고 바로 평양 상공으로 가서 투하됩니다. 첩보공작대로 적진 깊숙이 들어가 게릴라 활동을 해야 하는 겁니다. 저 역시 평양에 내 담당 구역이 있습니다. 그런 운명을 알기 때문에 저는 아들도 하나밖에 낳지 않았습니다. 중산층 아파트에서 검소하게 살고 있습니다. 우리는 사회에서 오해하듯 특권을 누리고 인권을 유린하는 그런 기관원이 아닙니다. 목숨을 국가에 맡겨 놓고 음지에서 싸우는 마지막 전쟁의 전사들이라는 걸 인식하시기 바랍니다."

그의 말이 요원들의 가슴에 스며드는 것 같았다.

정보기관의 변론에 앞서

⚖️ 44년 전 내가 수도군단사령부에서 근무하던 시절 12.12 군사반란이 일어났다. 반란군인 공수부대가 군단사령부 작전 지역을 통과하고 있었다. 그걸 묵인하면 반란에 동조한 것이 되고, 막으면 교전 상태에 돌입하는 순간이었다. 사령관은 자리에 없었다. 초급 장교로 반란군이냐 정부군이냐 둘 중의 하나가 되어야만 하는 운명이었다. 우리 부대는 반란군이 됐다. 예하 사단의 연대가 여의 도의 방송국을 점령하러 간다는 소식을 들었다. 그 후 상부에서 반란군 소속 장교들에게 국난극복기장이 내려왔다. 내 자의는 조금 도 섞이지 않았다.

그 무렵 재야운동가로 빈민 운동을 하던 고교 동기가 있었다. 군 사정권에 예리한 각을 세우며 투쟁하던 친구였다. 그가 전방부대에 서 소대장 군복무를 하고 있었다. 어느 날 밤 그는 갑자기 출동 명 령을 받고 밤에 서울로 들어와 중앙청을 점령했다. 그 안에서 국무

회의가 열리고 있었다. 그는 국무회의가 열리는 방의 바깥 복도에서 무장을 하고 다음 지시를 기다리라는 명령을 받았다. 회의에 참석한 장관들이 그를 보고 침통한 표정을 짓고 있었다. 그는 아무것도 알 수가 없었다. 그는 중앙청 구내에 설치되어 있는 공중전화로 가서 가까운 친구에게 전화를 했다. 지금 무슨 일이 일어나고 있느냐고 물었다. 전화를 받은 친구는 군사반란이 일어나고 있다고 했다. 그는 비로소 자기가 군사반란의 첨병 부대장이라는 걸 깨달았다고 했다.

또 그 시절 고교 일 년 선배인 판사가 있었다. 그는 서울법대와 사법고시에 수석을 한 수재였다. 그는 정국이 급하게 돌아가는 걸 느끼면서도 판사실에서 곗돈 이자 계산이나 하고 있는 자신이 한심하게 느껴졌다고 했다. 내가 살던 시대, 나의 20대 시절에 우리가 실제로 경험했던 일들이다.

우리는 우리가 서 있는 자리가 어떤 것인지 몰랐다. 그리고 운명의 물결에 따라 흘러 다녔다. 우리 세대만이 그런 건 아닌 것 같다. 지금 내가 묵고 있는 실버타운에는 아흔 살이 되는 고교 선배 노인이 살고 있다. 그는 6.25전쟁 당시 육군 중위로 양구에서 전투에 참여했다고 했다. 그는 3년 동안 근무했던 병기장교의 편협한 기억만 있었을 뿐, 나이 90이 되어서 다큐멘터리 영화를 보고서야 당시의 전반적인 전쟁 상황에 대해 알게 됐다고 내게 말했다.

우리들은 일생 동안 별을 보지 못한 채 금고 안에서 우주여행을 하고 있는지도 모른다. 젊은 시절 나는 이 세상의 본질적인 구조를 들여다보고 싶었다. 나는 개미 눈이었다. 법조문을 통해 보이는 세상은 세상이 아니었다. 눈앞의 작은 것들만 겨우 볼 수 있었을 뿐이었다. 그런데 세상에 대한 정확한 정보는 소수만이 독점하고 있었다. 나는 다른 사람이 끼워 준 색안경을 통해서가 아니라 세상을 있는 그대로 보고 싶었다. 그 창이 정보기관이라고 생각했다. 그 다음이 대통령의 두뇌 역할을 하는 비서실 기능을 하는 조직이었다. 재벌들과 광고가 영향력을 미치는 자본주의 언론을 통해서는 세상을 다 볼 수 없다는 생각을 가졌었다. 그래서 정보기관과 대통령의 비선 조직에 들어가 보았다.

나는 거기서 사회에서는 금기시되었던 사상 서적들을 읽었다. 주체사상 관련 서적을 읽고 김일성 선집을 읽었다. 사회주의 리얼리즘을 표방한 북한의 소설들을 읽었다. 북한의 실체를 구경하고 그곳 사람들을 만나보기도 했다. 그리고 그동안의 반공 교육이 사람을 외눈박이로 만드는 정신적 전족이라는 걸 알았다. 현미경 같은 눈으로 본 법조문이 세상의 전부로 알던 내가 정치권력과 그들이 전개하는 쇼 같은 공연들을 목격하기도 했다. 장막 뒤에서 분장을 하고 국민을 현혹시키는 지도자들의 위선과 이중성을 마주하기도 했다.

덕분에 나는 일찍 눈에서 비늘이 떨어지는 체험을 한 셈이다. 역사의 도도한 흐름 속에서 민초인 내가 어디에 있는지, 어디로 흘러가는지 막연하지만 조금은 짐작할 수 있을 것 같았다. 그곳에서의 경험이 반면교사의 역할을 하면서 내 삶에 영향을 주었다. 할 말을 하면서 당당하고 떳떳하게 살려면 불륜을 저지르지 말고 정직한 노동으로 밥을 벌어야 한다는 걸 깨달았다. 그리고 먼지가 날리고 흙탕물이 튀는 정치적 선동에 휘둘리지 말고 잘 판단해야 한다는 것도 알았다.

한 계급이, 한 인물이, 한 기관이, 시대의 악으로 간주된 적이 있다. 그중 한 곳인 정보기관에 대한 변론을 한번 해보기로 마음먹었다. 악은 누구나 쉽게 본다. 그러나 선은 발견하기가 쉽지 않다. 평생 변호사를 천직으로 여겨 왔다. 변호사란 악 속에서 선을 찾는 직업이었다.

이제부터 더러 정보기관의 변론을 해 봐야겠다. 그리고 커튼이 열린 정보기관이란 창을 통해 본 세상과 그 의미를 기회 있을 때마다 써 보려고 한다. 이 사회의 밑바닥에 있는 구조와 이념적 지향이라고 할까. 정보기관의 비밀을 폭로하거나 권력 주변에 대한 이야기를 흥미 위주로 쓰려는 게 아니다. 읽는 분들이 깊은 통찰로 행간의 의미를 봐 줬으면 좋겠다.

정보부의 탄생 배경

당시 나는 해외 정보를 담당하는 고급 간부와 만났다. 변호사 시절부터 알던 정보관으로 나중에 국정원장이 된 인물이다. 어느 날 정보기관 안에서 그와 만나 차를 나누면서 편하게 대화를 나눌 때였다.

"저는 영국의 추리 소설 작가 프레더릭 포사이스가 쓴 첩보 소설을 거의 다 읽었습니다. 국내 작가 김성종 씨가 쓴 『제5열』도 읽었고요. 소설 속의 정보기관과 현실이 어떻게 다른지 모르겠습니다."

"육사 출신인 저도 영어교관 생활을 하면서 첩보 소설을 좋아해서 꽤 많이 읽었어요. 외국의 첩보 소설을 번역해서 책을 내기도 했고요. 그러다가 장교 신분으로 해외 정보 요원이 되어 지금까지 일하고 있죠."

"중앙정보부는 국내뿐 아니라 해외에서도 많은 불법적인 행동을 한 것으로 알고 있습니다. 민주국가에서 왜 그렇게 불법을 저지르고 국제적인 망신을 하는 기관이 필요하다고 생각하십니까?"

나는 동백림 사건과 김대중 납치 사건을 머릿속에 떠올리면서 물었다.

"너무 좁게 단선적으로 보시지 말고 조금 넓게 생각해 보실 필요도 있다고 생각합니다. 박정희 대통령은 북한과의 경쟁에 이기면서 대한민국을 일정 수준으로 급히 올려야겠다고 결심했죠. 원래 민주주의란 말이 많고 국가경영에 오랜 시간이 필요한 겁니다. 박 대통령은 말이 많고 정쟁이 심한 걸 보고 혁명을 일으킨 분 아닙니까? 근본적으로 정당 정치를 좋아하시지 않았죠. 박 대통령은 '우리도 한번 잘 살아 보세'라는 구호로 국민의 마음을 하나로 만들었습니다. 그리고 목적을 달성하기 위해서는 국민들을 강제적으로라도 몰아갈 수 있는 조직이 필요하다고 생각하셨죠. 양떼를 초원으로 이끌기 위해서는 양치기 개도 필요한 겁니다. 그런 배경에서 중앙정보부가 탄생한 겁니다. 우리 주변은 소련이나 중공 그리고 북한 등모두 힘이 강한 공산권 국가입니다. 그런 속에서 우리는 수십 년 동안 섬 같은 존재로 있습니다. 중동의 아랍국가들 사이에서 생존하고 있는 이스라엘과 비슷하죠. 이스라엘은 국가의 존재를 위해 그들의 정보기관인 모사드가 음지에서 치열한 전쟁을 수행하고 있습니다. 적국의 지도자를 암살하기도 하고, 온 세계에 스파이를 보내 첩보전을 수행하고 있습니다. 이스라엘 민족이 살아남기 위해 그들은 초법적으로 활동하고 있습니다. 우리도 국가가 살아남기 위해 이스라엘의 모사드 같은 기관이 필요했던 겁니다. 우리나라 특성상 미국이나 영국 같은 발달된 민주국가의 정보기관같이 할 수는 없었어요. 그래서 정보와 수사를 합쳤어요. 강력한 힘을 한군데로 모은 거죠. 뿐만 아니라 정보기관을 대통령 직속으로 해서 정부조직들에 대한 조정 통제권도 부여했어요. 정보기관의 행위가 대통령의 명령이나 마찬가지의 힘이 되게 한 거죠."

"그래서 목적을 벗어난 월권행위가 있지 않았습니까?"

"맞습니다. 일부 요원들의 과격성이나 일탈 때문에 문제가 발생하기도 했습니다. 어떤 조직이든지 그 수준은 거기에서 일하는 사람들의 질에 달려 있습니다. 우리 정보기관은 창설 당시 군 특무대나 헌병대 출신이 많았습니다. 당연히 그런 사람들이 일해 온 방식으로 처음에 운영된 면이 있습니다. 박정희 대통령은 점점 정보 요원의 질을 향상시켰습니다. 대학 시절 시위를 주도했던 학생회장 출신들을 여러 명 스카우트 하셨습니다. 지금 간부 중에는 그런 분들이 많습니다. 동시에 대학을 졸업한 인재들을 공개 채용해서 엘리트 요원으로 만들어 갔습니다. 그러나 어떤 조직이든지 한 계통의 사람만 쓰다 보면 파벌이 형성되고 자리들을 독점하게 됩니다. 시간이 지나다 보니까 어느새 그렇게 공채로 들어온 대학 출신 엘리트 요원들이 주류를 이루게 됐습니다. 그래서 지휘부에서는 그들을 견제할 수 있도록 지금 다양한 엘리트들의 영입을 계획하고 있습니다. 지난해 처음으로 서울대를 졸업하고 사법, 행정고시 양과에 합격한 사람들을 스카우트 했습니다. 앞으로 그런 사람들이 조직의 지도자가 될 것으로 봅니다. 미국의 CIA도 변호사 출신이 만들었습니다. 제 생각으로 엄 변호사도 앞으로 수준 높은 정보기관을 만드는 계획에 참여할지도 모릅니다. 우리는 조직의 혁신을 위해 외부의 신선한 시각을 요구하니까요. 국익이니 비밀이니 하고 너무 폐쇄적이 된다면 조직은 정체될 겁니다."

의외로 그는 담백하고 정직하게 말해 주고 있었다. 박정희 대통령은 조국의 근대화라는 목적을 위해 말 많고 정쟁이 심한 정당 정치보다는 정보 정치를 선택했던 것 같았다. 당연히 민주화를 열망하는 사람들과 창과 창이 부딪치듯 불화할 수밖에 없던 운명인 것 같기도 했다. 사명감을 가지고 내게 정보기관을 대변하던 그는 훗날 국정원장이 됐다. 그리고 국회에서 정치에 개입하지 않겠다고 선언하고, 순수 정보기관을 만들려고 시도했다. 그러나 그는 박근혜 대통령과 함께 재판을 받게 된다. 그리고 나는 그의 무죄변론을 하게 되었다. 얼마 전 석방된 그가 내가 묵고 있는 실버타운에 놀러 왔다 가기도 했다.

먹는 물에 독이 들어간다면

 나는 계단식 강의실의 맨 뒷자리에서 앞날을 내다보는 듯한 한 교관의 강의를 듣고 있었다. 대테러 시간이었다.

"앞으로 세균전의 시대가 올지도 모릅니다. 학자 몇 명이 연구소에서 변종 바이러스 하나를 만드는 건 경비가 별로 들지 않습니다. 그 바이러스를 퍼뜨린다면 세계가 곧 마비될 겁니다. 예전에 일본이 페스트균을 만들어 중국의 한 지역에 뿌리는 실험을 했습니다. 이런 테러 행위는 전쟁보다 더 무서울 것입니다. 세균전은 누가 했는지 공격 시기가 언제인지 불분명하면서 대량 살상 효과가 있고 세상을 마비시킬 수 있을 겁니다."

36년 전, 그 당시 나는 상상으로만 생각했었다. 그러나 나중에 발생한 코로나 사태를 보면서 다른 느낌이 들었다. 교관은 당시 또 이런 말도 했다.

"여의도의 63빌딩이 폭파되어 갑자기 허무하게 무너져 내린다면 그 파급 효과가 어떻겠습니까? 그런 게 테러입니다. 정치적 상징 효과가 크죠. 그런 테러는 우리 국민들을 위축시키고 방위력을 약화시킵니다. 그런 정보를 사전에 수집하고 극도의 혼란이 발생했을 때 그 배경을 알아내 원인을 차단하고, 사회를 지키는 게 우리 정보 요원들의 임무일 것입니다."

그의 말대로 그 후 미국에서 무역센터 빌딩이 무너져 내리는 9.11 테러가 발생하기도 했다. 그의 말은 과장이 아니었다. 그는 당시 이런 말도 했다.

"어느 날 서울 시민이 먹는 수원지에 독극물이 투여됐다고 생각해 봅시다. 사람들이 죽어 나가고 그런 사실이 언론에 보도되면 이 사회는 바로 아수라장이 될 겁니다. 테러 전술에서 많이 사용되는 독극물이 있습니다. 소련은 캄보디아, 라오스, 아프가니스탄에서 미코톡신이라는 독소를 사용했습니다. 곰팡이류에서 채취한 독소인데 사람이나 동물에게 급성 중독을 일으키죠. 그 종류에는 푸사륨이나 아플라톡신이라는 물질도 있습니다. 북한 공작원이 가지고 와서 우리의 수원지에 몰래 던지려고 했던 물질입니다. 사회의 동요가 있을까 봐 언론 보도를 금지했습니다. 우리 사회는 이런 위험에 항상 노출되어 있습니다."

교관의 얘기는 과거에 그런 일이 있었고, 앞으로 그럴 가능성이 있다는 거였다. 나는 그의 다음 말을 조용히 기다리고 있었다.

"전형적인 테러는 정치적 암살입니다. 북한의 사주를 받은 재일교포 문세광이라는 인물이 육영수 여사를 죽였습니다. 그때 국민들의 심리적 충격이 얼마나 컸습니까? 버마의 아웅산에서 대통령과 수행한 장관들에 대한 대형 테러 사건이 있었습니다. 장관들과 수행원들이 현장에서 죽었습니다. 당시 국내 지휘부는 공황 상태였습니다. 사건이 발생한 뒤 우리 조직은 치밀하게 움직였습니다. 관계기관을 지휘하는 사령탑이 되어 즉각 회의를 주재했습니다. 우리는 북한의 소행으로 추정했습니다. 그렇지만 테러가 일어난 장소는 버마였습니다. 우리가 어떤 것도 마음대로 할 수 없고, 버마 정부의 조치에 의존해야 하는 상황이었습니다. 그때 현지에 파견된 정보요원의 보고가 날아왔습니다. 버마는 오랫동안 영국의 영향을 받았기 때문에 우리가 뭘 주장해도 확실한 증거가 없으면 움직이지 않는다는 것이었습니다. 그래서 우리는 본부에서 보관하고 있던, 북한이 테러 행위를 할 때 사용하는 폭약이나 권총 등의 자료를 급히 현지에 보내 사건 현장에서 수집한 증거들과 비교하게 해서 북한 측 소행인 것을 입증했습니다. 그렇게 해서 해외로 빠져 나가려는 북한 공작원을 체포하게 하고, 수사를 급속도로 진전시키게 된 것입니다. 테러에 대해 어떻게 대처하느냐가 중요합니다. 우리 조직은 사전에 조직적이고 치밀한 계획을 준비하고 있습니다. 그중 특히 중요한 것은 관계기관을 유기적으로 조직하고 지휘하는 시스템이 절대적인 것입니다."

나중에 정보기관은 북한의 지도자를 응징하려는 계획을 세우고 실행에 옮겼다가 마지막 순간 실패한 적도 있었다. 마지막으로 그는 이런 비유를 들어 정보의 기본 개념을 설명했다.

"빌딩에 불이 났다고 생각해 봅시다. 불을 끄는 소방서는 그 빌딩이 어떤 구조인지, 어떤 사무실이 들어와 있는지, 그 안에 인화물질이 있는지를 사전에 파악하고 있으면 대형 화재를 막을 수도 있고, 또 불이 나도 진화하는 데 큰 도움이 됩니다. 우리가 국가와 사회를 위해 정보를 수집하는 목적일 것입니다. 우리 사회의 안전을 위해 각 분야에 대한 정보가 필요합니다. 정치, 학원, 노동 분야에 침투한 암적 존재에 대한 정보가 필요합니다. 첨단 기술의 비밀을 지키기 위해 그 분야의 정보를 수집해 둘 필요가 있습니다. 그런 것들이 우리의 임무인 보안 정보의 기본 개념일 것입니다. 국회나 언론은 우리의 정보 수집을 비난합니다. 우리 정보 요원들은 왜 정보를 수집해야 하는지, 그 근본 목적이 무엇인지 분명히 인식해야 할 것입니다."

나는 정보의 개념을 조금은 이해할 것 같았다.

정보 요원들의 따뜻한 내면

정보 요원이라고 하면 자기의 본모습을 안개 속에 감추고 있을 것 같은 존재라는 선입견을 가지고 있다. 정보 요원을 희화화하는 만화에는 꼭 검은 안경을 쓰고 무표정한 얼굴을 한 캐릭터가 등장한다. 나는 그런 정보 요원들의 본체를 보고 싶었다. 그들을 먼 기억 저쪽에서 끌어내기 위해 나는 36년 전 풍경 속으로 들어가 본다.

긴장감이 감도는 특전사령부 연병장이 희미하게 나타난다. 정보 요원들이 투구 같은 무거운 헬멧에 낙하산 보따리를 등에 지고 "공수! 멸공! 공수! 멸공!" 구호를 외치면서 뛰고 있다. 근처의 사격장에서 "타타타!" 하고 연발 사격하는 소리가 요란하게 들려오고 있다. 나도 그들과 함께 내무반에 묵으면서 공수 훈련에 참가하고 있었다. 어느 날 훈련이 끝난 뒤 뜨거운 탕에 들어가 피로를 씻은 후 복도 끝에 있는 자판기에서 커피를 뽑아 근처의 벤치에 앉아 있을 때였다.

교육대장이 다가와 옆에 앉으면서 입을 열었다.

"나도 오랜만에 재미 삼아 낙하산을 타 봤는데 바람을 잘못 잡았는지 거꾸로 날아가더라고. 그러니까 뒤통수 방향으로 가는 거야. 앞을 보면서 가야 가뿐히 땅에 내리는데 뒤로 가니까 불안하더라고. 잘못하면 뒤통수를 바위에 처박고 다칠 수도 있잖아?"

도대체 그는 겁이 없어 보였다. 공수 훈련을 받는 특전사령부 군인들도 처음에는 허공에 뜬 낡은 비행기 안에서 까마득히 아래로 보이는 땅을 보면 겁에 질려 얼어붙어 버릴 것 같다고 했다. 뒤에서 누군가 발로 차 줘야지 혼자 뛰기는 무섭다고 했다. 교육대장은 재미 삼아 한다고 했다. 교육대장은 나를 친구같이 살갑게 대했다. 그러면서 극기 훈련이 주는 의미를 설명해 주기도 했다.

"같이 부대 밖에 나가 차 한 잔 하고 돌아올까?"

그가 내게 제안했다. 우리는 자유였다. 언제든지 부대 밖으로 나갔다가 돌아올 수 있었다. 나는 연병장 구석에 세워 둔 그의 코란도에 같이 타서 강남의 한 호텔 커피숍으로 향했다. 자리를 잡고 난 뒤 그는 스스럼없이 자기의 속내를 털어놓았다.

"나는 시골에서 자랐고 대학도 일류를 나오지 못했어. 그냥 허름한 아파트에서 아내와 아들과 살고 있지. 안전기획부에서 받는 월급이 사회에서 취직한 친구들에 비하면 괜찮은 셈이라 이만하면 만족하고 감사하면서 살아야 한다고 생각해. 같은 안전기획부라도 분야에 따라 사람들의 삶이 달라. 좋은 대학을 나오고 국내 정보국에서 일하는 정보관들은 기자처럼 출입처를 가지고 있어. 그 기관에서 대접받고 더러 이권에도 관여하고 화려한 생활을 하지. 해외를 담당하는 정보관들은 외교관 자격으로 근무를 하기도 해. 나는 그런 화려한 보직이 아니야. 남이 하지 않는 이런 교육대장을 하고 있지. 앞으로도 인기 없는 대공 업무 쪽에서 일하게 될 거야. 힘들고 빛이 나지 않아도 나는 괜찮다고 생각해."

그가 잠시 말을 끊고 의문을 가진 표정으로 내게 물었다.

"나는 솔직히 변호사가 왜 이런 훈련 과정에 스스로 참여하는지 도저히 이해할 수가 없어. 이렇게 살지 않아도 되는데 말이야. 하여튼 사람마다 살아가는 게 다르니까. 자존심에 훈련을 무리하게 따라가려고 하지 마, 다칠 수 있으니까. 그리고 교육을 받는 요원들과 친한 관계를 맺었으면 해. 저 사람들의 애로 사항이나 정신세계를 파악해서 형님같이 조언을 해 주시기도 하고 말이지. 그리고 그 사항들을 더러 내게 알려주면 나도 교육대장을 하는 데 도움이 될 것 같아. 지금 훈련을 받고 있는 저 요원들과 이렇게 관계를 맺으면 그 인연이 끈끈하게 오래 지속될 운명이거든. 나는 엄 변호사를 부교육대장쯤으로 생각하고 있어. 도와주면 좋겠어."

겸손하게 마음의 밑바닥을 보여주는 그가 좋은 사람처럼 느껴졌다. 마음속에 시기와 질투가 있으면 티를 내지 않고도 얼마든지 괴롭힐 수 있는 입장이었다. 나는 그를 지켜봤다. 현실에 만족하고 소박한 삶이 무엇인지 아는 사람이 분명했다. 나는 훈련을 받는 요원들과 같이 땀을 흘리고 밥을 먹으면서 한 사람 한 사람과 친해졌다.

한번은 항상 구석에서 혼자 조용히 앉아 쉬고 있는, 공군사관학교를 나온 대위에게 물었다.

"남들이 부러워하는 '빨간 마후라'를 매고 전투기를 조종하는 파일럿이 왜 여기에 있어요?"

"형님이 몰라서 그런 말씀을 하시는 거예요. 저는 비행기를 타는 게 죽는 것보다 싫었어요. 새까만 밤중에 전투기를 타고 하늘로 올라가 혼자 있어 보세요. 몇 바퀴를 회전하고 나면 어디가 하늘이고, 어디가 바다인지, 땅인지 구별이 안 돼요. 구름 속에 들어가 있으면 나 혼자 있다는 게 너무 무서웠어요. 그래서 사람 사는 세상에 있으려고 여기로 온 거죠."

그들 역시 사람 사는 세상에서 비비대면서 같이 살고 싶어했다. 따뜻한 피가 흐르는 착한 이웃이었다.

북파 공작원의 이야기

나는 군 장교로 있으면서 최전방의 눈 덮인 휴전선을 밤새 순찰을 돌기도 했다. 군 정보부대에서는 특수훈련을 받기도 했었다.

나는 그들의 힘든 상황을 공감하고 싶었다. 깊은 산속 지하의 칠흑 같은 동굴 속을 통과하던 과정이 기억의 언저리에 남아 있다. 본능적인 감각으로만 움직이는 훈련이었다. 눈을 감으나 뜨나 마찬가지인 농밀한 암흑이었다. 동굴 속에서 희미한 물소리가 들렸다. 물 위에 통나무가 떠 있었다. 그 통나무를 감지하고 타고 건너야 했다. 전기가 흐르는 철조망이 동굴을 가로질러 놓여 있었다. 철조망 중간쯤에 한 사람이 간신히 통과할 수 있는 조그만 구멍을 만들어 놓았다. 그걸 찾아서 뚫고 나가야 했다. 그곳을 지나면 낡은 관 조각이 널려 있는 곳이 있고, 주변에 오래된 뼈들이 흩어져 있기도 했다. 무덤 옆을 통과하는 것 같았다. 그 동굴을 상처 없이 얼마나 빠른 속도로 빠져나오느냐에 따라 점수가 매겨졌다.

　나중에 특수부대에서 오랜 세월을 보낸 한 장교와 만났다. 그는 철책선을 넘어 북에 여러 번 갔다 왔다고 했다. 그의 얘기를 들을 기회도 있었다. 그는 특수부대에서 30년 가깝게 근무했다고 했다. 그가 이런 말을 했다.

　"그것도 운명입니다. 제가 월남전에 참전했다가 귀국했을 때였어요. 명령서가 내려왔는데 특수부대로 가라는 내용이었죠. 그 부대를 찾아갔는데 한남동 근처에 있는 자그마한 개인 건물이더라고요. 입구를 검은 철모를 쓴 군인이 보초를 서고 있었죠. 안으로 들어갔더니 군인들이 모두 사복을 입은 채 근무하고 있었어요. 대통령특명으로 만들어진 북파 공작부대라는 겁니다. 그곳의 대장이 나보고 서약서부터 쓰라고 했어요. 그 내용을 보니까 조국을 위해서 목숨을 바치라는 겁니다. 나는 속으로 이제 죽었구나 싶었어요. 그렇지만 그 시절은 그걸 거절할 수 있는 상황이 아니었죠. 위에서 찍어서 내려왔는데 어떻게 그걸 거부합니까? 그렇게 북파부대에 들어가게 됐습니다. 내가 하는 일은 북으로 가는 공작원을 철책선을 넘어 북한 지역에 데리고 가고, 또 그곳까지 마중을 나가서 데리고 오는 일이었어요. 더러 남북 양쪽 초소에 발각되기도 했어요. 그럴 땐 양쪽에서 기관총을 쏘고 포를 쏴댔죠. 총탄으로 화막이 생기는데 그 사이를 뚫고 나오다가 여러 사람이 다치기도 하고 죽기도 했죠. 저는 아직도 살아 있습니다."

　"공작원들이 왜 북으로 간 겁니까?"

"박정희 대통령은 미국에 의존하지 않고 광범위한 군사정보를 직접 구해 오라고 하셨어요. 북한으로 가서 문서를 탈취해 오기도 하고, 적을 잡아오고, 시설을 폭파하기도 했어요. 미국이 수백 개의 군사위성을 띄워도 북의 핵발전소의 설계도를 구할 수는 없는 것 아닙니까? 그럴 때 어떻게 해야겠습니까? 사람이 가서 훔쳐 와야 하는 거 아닌가요? 또 대통령이 북한의 어떤 구체적인 사정들을 몰래 확인을 하려고 하시죠. 그럴 때 사람이 가는 겁니다. 요즈음은 무인비행기를 보내서 촬영하면 훨씬 정밀하게 나오는데 예전에는 그랬어요."

"어떤 사람들을 북파부대원으로 차출했습니까?"

"처음에는 사형수나 무기수 중에서 자원하는 사람들을 받았어요. 형의 감면을 조건으로 한 거죠. 그 사람들로 구성된 부대의 능력이 대단했어요. 대북응징 조치는 물론이고 북한의 무장공비가 다대포 앞바다에 침투했을 때도 대단했죠. 당시 상부에서 공비들을 죽이지 말고 생포하라는 명령이 내렸어요. 교전을 하면 공비들이 다 죽을 거 아닙니까? 그래서 우리는 그 북파부대원 몇 명을 다대포로 투입시켰죠. 무기를 주지 않고 공비를 그냥 때려잡으라고 그랬어요. 그랬더니 그 북파부대원들이 무장공비에게 접근해 기절시켜서 생포한 거예요. 그걸 언론에 사실대로 보도할 수 있겠습니까? 그 부대의 존재 자체가 비밀이었는데요. 관할부대에서 잡은 것으로 하고 모든 훈장이나 표창이 엉뚱한 데로 가 버렸죠."

나는 《실미도》라는 영화를 통해 그런 특수부대원들의 존재와 훈련과정을 본 적이 있었다. 그 영화에 나오는 특수부대의 대장을 상징하는 현존 인물을 만났던 것이다. 사람들은 남북관계 이야기가 나오면 북을 응징해야 한다고 목소리를 높인다. 모두들 누군가 나서서 어떻게든 해보라고 한다. 그러면서도 자신들은 손끝 하나 움직이려 하지 않는다. 이렇게 음지에서 목숨을 내놓고 이 사회를 지키는 존재들이 있었다. 남북을 오가다 죽은 그들의 영혼이 이 세상을 내려다본다면 어떤 생각을 할까.

남산 지하실의 철학

안전기획부의 교육 과정을 통과했다. 나는 처음 몇 달 동안은 정보기관의 수사관 경험을 했다. 수사국은 남산 자락에 있는 붉은 타일의 장방형 건물이었다. 저주가 맺혀 있는 악명 높은 남산의 지하실이 그 건물 지하에 있었다. 나에게 명령을 내리는 수사국의 책임자가 그 건물의 3층 사무실로 나를 불렀다.

재야 세력에게 저승사자로 불리는 인물이었다. 그는 서울법대생 시절 학생회장을 하면서 시위를 주도했다고 한다. 그뿐 아니라 안전기획부의 간부 중에는 학생회장 출신들이 여럿 있다고 했다. 정권을 비판하고 민주화 운동을 하던 그들이 정권을 보위하는 자리에 앉아 있는 것이다. 그들의 세상에 대한 구조적인 인식이나 이념적 지향이 180도 바뀐 것일까? 아니면 잠재해 있던 정치적 권력욕이었을까. 궁금했다. 그에 대한 재야의 시각은 달랐다.

『파리의 택시 운전사』라는 수필집을 낸 재야운동가 홍세화 씨는 고문 경찰로 이름난 이근안과 안기부의 수사책임자인 그를 비교한 글을 썼다. 이근안은 공공의 적이 되어 법의 제단 위에 올랐다고 했다. 그러나 안전기획부의 수사책임자인 그는 서울법대를 나오고 사법고시에 합격하고 검사가 되는 바람에 귀족 계급으로 상승되어 면죄부를 받았다고 했다. 그런 그를 내가 직접 대면하게 된 것이다.

"일단 이 조직으로 들어온 걸 환영하오. 먼저 하나 물읍시다. 민주주의는 피를 먹고 자란다는 말을 아시오?"

그의 첫 물음이었다. 특이했다. 미국의 제3대 대통령 토머스 제퍼슨의 말이었다.

"알고 있습니다."

"민주주의가 피를 먹고 자란다면 독재는 어떻다고 생각하오?"

쉽게 대답할 말이 아니었다. 나는 침묵하며 그의 답을 기다렸다.

"독재는 그것보다 더 많은 피를 먹어야 한다는 사실을 알아야 할 거요."

묘한 의미가 담긴 말이었다.

"당신은 정보기관이 뭐라고 생각하오?"

내가 대답할 성질이 아니었다. 그의 말을 기다렸다.

"정보기관이란 법 위에서 힘을 구사하는 존재지. 나도 당신도 법쟁이니까 보다 구체적으로 설명해 주지. 우리가 법을 하다 보면 교묘하게 법망을 피해 가는 놈들이 있지. 그런 놈들에게 법치주의는 정말 좋은 파라다이스지. 법망을 빠져나가는 그런 놈들을 뭉개 버리는 곳이 바로 안전기획부요. 여기 진짜 요원들은 우리 같은 법쟁이들을 보고 뭐라고 빈정대는지 아시오? 법쟁이들은 육법전서를 공부하지만 자기들은 칠법이라는 것을 집행하고 있다는 거요. 우리가 법과대학에 다닐 때 법철학 시간에 법 위에는 '마하트'라는 사실적인 힘이 있다고 배웠지. 이제 여기서 바로 그런 '마하트'를 실감하게 될 거요."

그가 잠시 말을 멈추고 틈을 두었다가 빙긋이 웃으면서 내게 물었다.

"당신은 검사인 내가 여기서 무슨 일을 하고 있다고 생각하오?"

"뭘 하고 계십니까? 그리고 어떻게 여기에 있습니까?"

이번에는 내가 되물었다.

"나는 이 조직을 통해서 정치, 종교, 학원, 노동계의 쓰레기들을 청소하는 역할을 하지. 그놈들은 워낙 바퀴벌레 같아서 쉽게 박멸할 수가 없었어. 그걸 하는 게 이 기관의 업무라고 할까. 나는 학생회장 시절 시위를 주도하면서 무력감을 느꼈소. 나는 분명 정의 편인데 세상이 전혀 동조해 주지 않는 거야. 부패한 정치인들은 학생들을 이용만 했지. 그래서 나는 검사가 됐어. 그런데 재판이라는 복잡한 매뉴얼을 통해서는 진짜 악은 건드리기 힘들다는 걸 깨달았지. 그러다 다른 힘의 세계를 본 거요. 바로 이 정보조직이요. 여기서 권력의 본질도 들여다보게 됐지."

"그 권력의 본질은 무엇이었죠?"

"남이나 북이나 또 권력자나 야당 세력이나 재야 세력이나 모두 겉으로는 그럴듯한 명분을 내세워 국민을 현혹하지. 그러나 내가 본 역사는 권력을 둘러싸고 엘리트와 카운터엘리트의 싸움에 불과하다는 거요. 대중은 현혹되고 억울한 피만 흘릴 뿐이지. 권력과 그 과실은 몇 명에게만 돌아가게 되어 있소. 그러니 책에서 배운 공허한 민주주의 관념이나 법이론에 집착하지 말고 권력의 실상을 여기서 한번 구경해 보시오."

나는 그에게서 도스토옙스키의 『죄와 벌』에 나오는 주인공의 모습을 떠올렸다. 정의를 독점하려는 욕망과 함께 또 다른 그림자가 그에게서 어른대고 있었다.

어항 속 금붕어 같은 법조인

정보기관은 하나의 거대한 언론사 같았다. 정보관들은 아침에 회의가 끝나면 정보를 수집하러 나갔다가 오후가 되면 돌아와 보고서를 썼다. 데스크를 보는 사람이 그걸 취합하고 분석했다. 그렇게 모인 정보들을 종합적으로 다시 정리해 고급 보고서를 만드는 부서도 있었다. 그 보고서는 대통령과 장관 등 한정된 사람들만 보는 듯했다. 나는 그 보고서를 볼 자격을 얻은 셈이다.

정치, 경제, 언론, 종교 등 각 분야별로 언론사가 그 분야의 팩트를 전달하는 데 비해 정보기관은 각 분야 인물들의 사상과 이면을 파악하는 데 중점을 둔 느낌이었다. 변호사인 나는 당연히 법조계의 정보가 어떤 것인지, 어떻게 만들어지는지 궁금했다. 정보조직 내부에서 매주 법조 정보가 두툼하게 생산되고 있었다. 법조인들의 별별 은밀한 내용들이 많았다. 정략결혼을 하고 혼수가 적다고 아내를 때린 법관의 뒷얘기도 있었다. 고위 법관으로 승진하기 위해

골동품 도자기를 싸 들고 정치 실세를 찾아간 어느 법원장의 행동도 기록되어 있었다.

검찰총장의 경우 그가 평검사 시절 있었던 독직 행위나 친하게 지냈던 카페 마담의 얘기까지 모두 나와 있었다. 법원이나 검찰 내의 성추행 등 이면의 지저분한 것들도 적나라하게 적혀 있었다. 판사나 검사들이 유리 어항 속에서 유영하는 화려한 색깔의 금붕어 같은 느낌이 들었다. 나는 법조계를 담당하는 팀으로 갔다. 검찰청과 법원을 출입하는 정보관들이 나를 보자 불편한 표정을 지었다. 몰래 법조계를 들여다보던 그들이었으니 내게 들킨 것 같은 심정이 들었을지도 모른다.

법조 담당 팀장이 나를 경계하며 살폈다. 그는 보라는 듯이 내 앞에서 대법원장, 법원행정처장, 법무장관에게 차례로 전화를 걸었다. 그는 그 고위직들을 '형님'이라고 칭하면서 반쯤은 반말로 농담을 주고받았다. 메이저 신문사 부장들의 행태와 비슷했다. 팀장인 그가 전화를 끊고 앞에 앉아 있는 검찰 출입 정보관에게 내뱉듯 말했다.

"박 검사장 그 새끼 안 되겠어. 검사장이라는 놈이 밤만 되면 술집하고 나이트클럽에 출근하고 있어. 엊그저께 그놈이 다니는 단골 룸살롱에서 제보가 들어왔는데 이 새끼 술 처먹을 때 필로폰을 발라서 먹는다는 거야. 새끼가 대통령 뒷배 믿고 설쳐대고 있는데 언젠가는 작살날 거야. 여자 탤런트들을 집으로 끌어들이지 않나, 건달들한테 상납을 받지 않나, 하는 짓이 갈수록 태산이더라고. 최근에는 그 검사장 놈 비서까지 설쳐대. 한 재벌그룹 담당 정보관이 그러는데 비서 놈이 그 그룹 회원권을 공짜로 여러 개 요구했나 봐. 그거 다 공갈에 해당하잖아?"

빈말들 같지는 않았다. 나는 왠지 부끄러웠다. 팀장이 나를 보면서 입을 열었다.

"법조계에서 변호사를 하다가 이 조직 안에 들어와서 당신이 있던 법조계를 들여다보는 기분이 어때요?"

나는 할 말이 없었다. 그가 말을 계속했다.

"우리 정보조직이 검찰이나 법원을 주시하고 있어야 해요. 검찰은 기소를 독점하고 있어요. 재벌이 잘못해도 검찰이 기소를 하지 않으면 면죄부를 주는 셈이죠. 법원의 판사들은 사람을 죽이고 살리는 권한을 행사하죠. 그 판사들이 다 법과 양심에 따라 재판할까요? 여기서 구린내가 나서 뒤를 캐 보았더니, 재판 중인 담당 사건의 변호사한테서 성접대를 받은 판사도 있어요. 나는 우리 정보기관에서 법조계에 대해 어느 정도 견제가 필요하다고 생각합니다. 견제가 없으면 검찰공화국이 될 수 있고, 법원의 독단을 초래할 수도 있습니다. 자격 미달인 판검사들의 비리 정보를 대통령과 그 기관장에게 통보해서 적절한 시점에 정리하도록 하는 거죠."

검찰 출입을 하는 정보관이 책상 앞에 조용히 앉아 있었다. 대머리에 작달막한 남자였다. 내가 그에게 물었다.

"이런 정보들을 어떻게 수집하는 겁니까?"

"의외로 쉽습니다. 검찰이나 법원은 조직이 판검사와 서기로 이원화되어 있어요. 사실 판검사의 가장 무서운 적은 옆에 있는 서기들입니다. 자기들이 고시에 합격해서 판검사가 되려다 그게 좌절된 사람들이 많으니까요. 판검사직에 한 맺힌 몇 명만 포섭해 두면 정보가 넘쳐 납니다. 심지어는 없는 거짓말도 만들어 주는 사람들도 있어요. 그런 사람들은 인사이동 때 서울에 있게 해 준다거나, 더러 밥을 사고 민원을 해결해 주는 방법으로 정보에 대한 보상을 해 줍니다."

그때 통신 담당 직원이 다가와 법조팀장의 책상 위에 몇 장의 서류를 놓고 갔다. 줄이 쳐진 괘선지에 송수신자의 이름과 대화 내용이 적혀 있었다. 도청 기록이었다. 수신자는 내가 아는 판사였다. 팀장이 나를 보고 말했다.

"우리 시각으로 이 판사는 악질이에요. 노조 투쟁을 주도한 핵심 좌경분자를 다른 판사들이 반대하는데도 독단적으로 무죄로 석방시켰어요. 낭만적인 자기감정만 있지 체제유지와 국가안보를 모르는 것 같아요. 이런 해이한 판사는 옷을 벗겨야 해요. 그래서 도청을 통해 비리 사실을 추적하는 중이죠. 틀림없이 변호사와 접대 관계나 뇌물 관계가 있을 거예요. 그게 잡히는 날 조용히 그 정보를 법원행정처에 통보하면 옷을 벗지 않을 수 없죠."

언론사의 간부들, 종교계, 경제계의 주요 인물들이 감시를 당하고 있었다. 사회 모든 분야의 인사들이 어항 속의 금붕어 같다는 느낌을 받았다.

내가 몰랐던 그들의 시각

정보기관은 나에게 가려져 있던 창을 열어 보여주었다. 냉전 시대의 반공을 위해 금지됐던 책들도 마음대로 볼 수 있었다. 정보기관의 자료실에는 김일성 주체사상 자료와 김일성 선집들이 있었다. 마르크스레닌주의, 모택동주의에 관한 책들도 있었고, 중공이나 북한 사회의 현실을 리얼하게 표현한 소설들도 있었다. 남한의 운동권에서 사상 교육을 강화시키기 위해 만든 각종 지하 유인물들도 있었다. 반대편 시각에서 바라본 자본주의와 미국의 패권주의에 관한 자료들도 있었다. 나는 그것들을 읽으면서 인식의 지평이 넓어졌다.

북한에서 인민위원장을 했던 사람도 만나 북의 귀족층 삶에 대해 얘기를 들었고, 사회안전부 간부를 했던 사람을 통해 북의 부패상에 대한 이야기를 듣기도 했다. 그동안 나의 눈을 가렸던 비늘이 떨어진 느낌이었다. 구체적으로 예를 들면 이런 것이었다. 나는 6.25

전쟁에서 중공군이 북을 도와 한반도를 침략했다고 단순하게 알고 있었다. 국정교과서에 그렇게 나와 있기 때문이었다. 그런데 자료를 통해 알게 된 상황은 달랐다. 당시 미군사령관 맥아더와 모택동의 시각은 우리가 알고 있는 것처럼 단순하지 않았다. 맥아더는 한반도에서 전쟁이 발발한 김에 중국에서 잃어버린 미국의 패권을 다시 찾아야겠다고 생각했다. 그렇게 하기 위해 북한과 만주 쪽에 핵폭탄을 열 개쯤 떨어뜨리려는 작전을 계획했다.

미국은 일본을 핵 두 방에 무조건 항복시켰다. 그게 핵의 위력이었다. 모택동은 그걸 감지했다. 그리고 중국의 상해나 홍콩 등 해안의 도시에 핵이 떨어질 걸 두려워했다. 모택동은 어차피 벌어질 전쟁이라면 한반도에서 미국과 싸우는 것이 좋다는 결론을 내렸다. 그는 부하 장군 팽덕회(彭德懷)에게 백만 대군을 주어 압록강을 건너가게 했다. 북한을 돕기 위한 것이 아니라 미국의 패권주의와 중국의 충돌이었고 국제전이었다.

중국은 청나라 시절부터 영국과 프랑스 독일, 일본 등 제국주의 국가에게 살을 뜯어 먹히는 약한 존재였다. 모택동은 중국에서 제국주의 세력을 완전히 몰아낸 영웅이었다. 팽덕회가 이끄는 중공군은 미군과 싸우면서 평택까지 밀고 내려왔다. 이때 미국은 모택동에게 휴전을 제의했다. 평택을 경계선으로 하자는 것이었다. 모택동은 그 휴전 제의를 거절했다. 만약 모택동이 미국의 그 제의를 받아들였으면 지금의 서울과 수원을 비롯한 경기도 대부분은 북한 땅이 됐을 것이다.

비밀이 해제된 미국의 백악관 문서에 당시의 상황이 나온다. 중공군이 밀려 내려오자 백악관은 망신을 당하지 않고 한반도에서 빠져나갈 방법을 강구했다고 적고 있다. 중국이 한반도에서 미국과의 전쟁에서 승리했다고 기념하는 걸 뒤늦게야 조금은 이해할 것 같았다. 당시 전쟁에 참여했던 중공군의 분석 자료를 통해 알게 된 그들의 시각이었다.

나의 북한에 대한 인식은 어땠을까. 중고등학교에 다닐 때 북한은 '천리마 운동'이라는 강제 노동으로 북한 주민을 괴롭히는 체제라고만 배웠다. 북에 대해 깊이 생각할 기회도 없었다. 국가가 원하는 대로 나의 뇌는 채색됐었다. 북한은 괴뢰국가이고 북한 군대는 괴뢰군이었다. 나는 주체사상과 김일성 선집을 읽어 가면서 나의 인식의 수면 위에 돌멩이가 날아든 것 같은 느낌이 들었다. 김일성은 '러시아도 중국도 도와주지 않는 상태에서 오직 조선 인민의 힘만으로 6.25전쟁 이후 경제를 살려 남한과의 체제 경쟁에서 우위를 차지했다'고 자랑하고 있었다. 미군이 서울에 주둔하고, 미국이 건네주는 돈이 아니면 예산조차 짤 수 없는 남한이야말로 국가가 아니라 '미국의 괴뢰'라고 했다.

김일성은 후손들에게 장차 다가올 구체적인 국가사업 계획도 예언하고 있었다. 앞으로 남한 기업들은 북한의 철로를 통과해 상품을 수출하고 러시아의 에너지를 받아들일 것이라고 했다. 그렇게 될 때 통행료만 받아도 북한의 경제에 큰 도움이 될 것이라고 했다. 다만 그 사업에서 남측의 재벌그룹과는 상대하지 말고, 중소기업을 협상대상으로 하라고 했다. 재벌그룹들은 사기꾼 성향을 가지고 있기 때문이라는 것이다. 상당히 구체적이었다. 주체사상의 내용도 정통 공산주의와는 다른 것 같았다. 차라리 신흥 종교의 경전이나 모세의 율법과 비슷하다고나 할까.

북한은 세계 속에서 미군에 포위를 당한 채 버티고 있는 고립된 성 같은 느낌이었다. 북한 사람들은 굶어 죽어도 그 원인이 미국의 경제 제재에 있다고 생각하는 것 같았다. 핵개발만이 강대국 사이에서 살아남을 수 있는 길이라고 신앙처럼 생각하는 것 같았다. 그곳은 이미 사회주의가 아니라 농성체제(籠城體制) 속의 군사독재였고, 주체사상이 경전인 종교 국가였다.

어느 날 수사국의 책임자가 나를 방으로 불렀다.

"주체사상을 읽어 보니 감상이 어떻습디까?"

"마르크스레닌주의와는 전혀 다른 새로운 이념입니다. 민족주의와 유교 사상이 들어 있는 북한의 독특한 사상 체제라고 할까요? 어떤 면으로는 성경을 읽는 느낌과 비슷했습니다. 하나님의 자리에 '인민 대중'이 있고, 선지자의 자리에 수령이 있는 것 같았습니다. 성경 속 이스라엘 민족이 주변 강대국의 핍박을 받듯이, 조선 민족이 미 제국주의의 억압을 받는다는 구조인 것 같습니다. 기독교에서의 영생을 주체사상에서 영원한 정치적 생명으로 풀어놓고 있는 것 같습니다."

주체사상은 새로 등장한 하나의 민족 종교 같았다. 우리 때 운동권들은 독재에 대해 반대하고 자유민주주의를 주장했다. 그러다 80

년대 이후 운동권은 마르크스레닌주의 사상으로 돌아서고 혁명을 추구했다. 운동권이 주체사상을 신봉하는 종교적 움직임같이 변해 버린 느낌이다.

노랑 신문

　청와대의 한 비서관으로부터 이런 얘기를 들은 적이
있다.

"선거 캠프에 있다가 청와대 비서관으로 들어왔을 때 참 막연한
심정이었어요. 정책을 기안할 자료도 없고 어떤 방향으로 갈지도
막연했죠. 정부 부처에 자료를 요구해도 대부분 단편적인 내용이고
도움이 되지 않아요. 그때 안전기획부에서 올라오는 보고서를 보면
이건 완전히 모범 답안을 보는 느낌이었어요. 방향과 정책 뿐만 아
니라 과거에 그 정책이 추진되는 과정에서 일어났던 문제점이나 효
과까지 기록이 되어 있었으니까요."

정보기관 보고서의 긍정적인 면이었다. 그 대통령 비서관은 이런
말도 덧붙였다.

"대통령만 보는 최고급 보고서들이 따로 있어요. 정책에 관련된
것들은 물론이고 장차관이나 국회의원 군 장성들의 이면에 대한 보

5장/ 안기부 속으로
걸어 들어간 엉뚱생뚱 변호사

고죠. 대통령의 입장에서 통치를 하려면 신문에는 나지 않는 그런 이면의 내용들이 필요한 거죠."

당시 세상의 기자들은 정보기관에서 만들어지는 보고서를 '노랑 신문'이라고 불렀다. 비서관이 한 말은 노랑 신문이 만들어지는 목적인 것 같았다. 나는 그 노랑 신문이 만들어지는 과정이 궁금했다. 언론사 기자들이 다 정의롭고 철학이 있는 것은 아니다. 쓰레기 같은 기자들이 있어 '기레기'라는 말도 나왔다. 마찬가지로 정보관도 여러 종류의 인간들이 모여 있는 것 같았다. 정보관 중 상급에 속하는 사람들은 나름대로 국가관과 충성심이 투철한 것 같았다. 보고서의 한 문장을 만들기 위해 밤을 지새우기도 했다. 대단한 열정이었다.

정부 조직에서 국민을 직접 대하는 사람은 순경이나 동사무소 서기이듯 정보 조직에서도 그런 중하급 정보관들이 있었다. 중급 정도의 정보관을 만나 얘기를 들어보았다. 정보 조직에 들어 온지 10년쯤 됐다는 그는 몸집이 뚱뚱하고 사람 좋아 보이는 얼굴이었다. 엘리트 출신이 아니고 전직 뮤지션이라고 했다. 음악을 하던 사람이 왜 그곳에 있는지 얼핏 이해가 가지 않았다. 그곳은 여러 분야의 다양한 사람들이 모인 곳이었다. 음악인 출신답게 그는 쉽게 마음의 문을 열었다.

"이 기관이 법적으로는 간첩에 관한 정보를 수집하는 게 임무지만 간첩들이 미쳤습니까? 자기 정보를 흘리고 다니게. 그런 정보는 모래밭에서 바늘 찾기예요. 찾는다고 찾아지는 것도 아니고 말이죠.

이 조직이 대공 업무를 한다고 하지만 실제로 경험해 보니까 정치 정보예요. 왜냐하면 그걸 수집해 와야 잘 팔리니까 말이죠. 우리 정보의 독자는 대통령을 비롯해서 권력의 높은 사람들이죠. 그 사람들의 입맛에 맞는 보고서를 쓸 수밖에 없어요. 그 사람들은 김대중이나 김영삼 같은 야당 지도자에 대한 정보를 좋아하죠. 야당 국회의원들의 금전 관계나 여자 문제 같은 것도 좋아해요. 재야인사들의 동향 첩보도 요구하죠. 그런 내용들을 써 내야 기자들이 특종을 하듯 A급 판정을 받고 승진에 유리하게 되죠. 꼭 야당에 대한 정보만이 아니에요. 대통령이나 총리, 재벌 회장이나 장관의 사생활 첩보도 위에서 아주 좋아해요."

"그런 보고서를 어떻게 만들죠?"

"당연히 기본 공부가 되어 있어야 하죠. 정보관들은 자기가 목표로 하는 대상 인물을 정하고 오랫동안 일간신문, 주간지 월간지들을 꼼꼼히 읽고 스크랩해서 정리해 둡니다. 거기다 우리 조직에 있는 존안 자료를 추가해서 파일로 만들고 그것들을 머릿속에 저장해 두는 겁니다. 그렇게 하면 한 인간에 대한 흐름이 느껴지죠. 그런 기본 지식들이 머릿속에 차면 그 다음 단계로 대상이 되는 인물의 측근이나 보좌관 같은 사람을 포섭하는 거죠. 본인보다 아래 사람들이 더 객관적으로 대상 인물을 평가하고 있죠. 정보 요원과 그런 보좌진은 일종의 공생 관계이기도 합니다. 필요하면 도청 장치를 설치해 놓기도 합니다. 저는 우리 조직에 있는 비밀 녹음기는 사용하지 않아요. 그걸 쓰다가 발각되면 큰일이 나고 빌리는 절차도

까다로우니까요. 세운상가의 전자기술자에게 부탁해서 만든 특수 도청장치를 개인적으로 사서 사용하고 있어요. 그렇게 추적하다 보면 한마디만 들어도 어떤 추론이 가능해요."

한 인간에 대해 맨투맨으로 지독히 파고드는 세상이었다. 정치인뿐이 아니었다. 장관 내정자나 대법관, 장성 등이 모두 그 대상인 것 같았다. 그런 기록들이 정보기관 내부에 존안 자료라고 해서 보관되어 있었다. 또 다른 철저한 인사검증 시스템인 것 같기도 했다.

김대중 내란 음모 사건

정보기관의 조직원 자격을 얻은 것은 적나라한 역사의 본질을 직접 관찰할 수 있는 기회가 되기도 했다. 노태우 정권이 들어서고 '김대중 내란 음모 조작 사건'을 조사하기 위한 청문회가 열리고 있었다. 수사와 군사재판에 관여한 사람들이 청문회에 증인으로 소환될 예정이었다. 어느 날 책임자가 나를 불렀다.

"청문회 답변을 위해 육군본부 법무감실에 그 사건에 참여했던 보안사령부 출신 장군이나 국회의원 그리고 법무병과의 장군들이 모일 거요. 야당의 질문에 대해 그 사건의 담당자로 답변 자료를 만들기 위한 팀이지. 당신은 그곳으로 가서 팀의 준비 상황을 지켜보고, 그 상황을 보고서로 작성해 제출하시오."

그 말을 듣고 나는 난처했다. 그 5년 전만 해도 나는 법무장교로 법무감실 소속이었다. 김대중 내란 음모 사건의 수사는 선배 법무장교들이 담당했었다. 그리고 이제 그들은 장군이 되거나 아직 현

5장 / 안기부 속으로
걸어 들어간 엉뚱생뚱 변호사

역으로 근무하고 있었다. 그들에게 후배가 감시자라는 껄끄럽고 불편한 감정을 줄 수 있었다.

"그 분들 중에 제가 군 생활할 때 선배들이 있는데 부담스럽습니다."

내가 입장을 말했다.

"무슨 소리요? 당신이 법무장교 출신이기 때문에 더 그곳으로 보내는 거요. 당시 수사 상황을 더 정확히 객관적으로 파악할 수 있기 때문에 보내는 거요. 관련된 장교들과 인연도 있고 말이요. 그리고 당신은 더 이상 그들의 하급자가 아니요. 안전기획부에서 다른 기관으로 가면 그 사람은 바로 안전기획부장을 대리하는 것이고, 대통령의 눈과 귀가 되는 사명을 수행하는 거요."

"저는 김대중 내란 음모 사건을 전혀 모르는데요."

내가 다시 말했다.

"그건 걱정할 게 없소. 안전기획부에서 김대중을 직접 조사했던 수사관이 가서 그들과 함께 청문회 예상 질문에 대한 답변 자료를 만들 거요. 나이도 지긋하고 경험도 풍부한 인물이요. 그 수사관이 실무는 다 알아서 할 거요. 당신은 그 수사관과는 별개로 그 팀의 토의 상황이나 개인들의 시국관 동향들을 파악해서 보고하라는 거요. 이 조직에서는 명령을 받으면 수행하는 거요. 그렇게 아시오."

나는 한편으로는 호기심이 일었다. 김대중 내란 음모 사건을 만든 권력 내부의 적나라한 실체를 알 수 있는 기회이기 때문이기도 했다. 책임자는 내가 미덥지 못했는지 이런 주의를 주었다.

"안전기획부 요원이 다른 기관을 장악하는 방법은 돈이요. 내가 충분한 특별활동비를 줄 테니까 과감히 돈을 써 보시오. 다른 기관들은 그 돈에서 우선 기가 질릴 거요. 그 다음은 당신의 개인적 역량이요. 목소리를 높인다거나 위압적인 권위주의 자세는 금물이요. 겸손한 인격으로 할 수도 있고, 전문적 지식으로 그들을 승복시킬 수도 있겠지. 하여튼 지식은 많고 행동은 겸손한 신사다운 모습을 보여야 하는 거요. 권위는 바로 거기서 나오는 거요. 김대중 내란 음모 사건 조사 당시 그 사건을 담당했던 보안사 담당 장교나 법무장교들은 대부분 장군으로 승진했고, 제대해서 현역 중견 검사가 되어 있기도 하오. 국회의원이 된 사람도 있고 말이요. 그 팀을 우리가 뒤에서 통제해도 형식적 대표는 김대중 내란 음모 사건에서 군 검찰관을 했던 정 장군이 맡아서 할 거요. 그 사람은 김대중 내란 음모 사건 당시 공헌을 한 사람이요. 그래서 장군이 됐고, 지금 정권의 생각으로 이번 일을 잘 하면 장관 자리는 곤란하지만 병무청장이나 국회의원 공천 정도로 보상을 생각하고 있소."

그런 사건들의 이면에는 담당자들에게 철저한 논공행상이 있었던 것 같았다. 수사국 책임자는 나에게 명령을 내리고 나서 60대쯤의 늙은 수사관을 소개했다. 기골이 장대한 남자였다. 그는 정보기관의 전설로 통하고 있었다. 5.16이 일어나기 직전 김종필부터 시작해서 그에게 조사받고 혼이 나지 않은 정치인은 거의 없다고 했다. 김대중 대통령도 그가 단독으로 조사해서 결론을 지었다고 했다.

그런 그를 본 적이 있었다. 장교용 점퍼를 입고 항상 혼자 침묵하고 있는 바위 같은 남자였다. 그가 보고서를 작성하는 모습도 본 적이 있었다. 형광등이 희미하게 비치는 책상 앞에 앉아 돌부처처럼 가만히 앉아 있었다. 펜을 들어서 한 줄 쓰고는 또 한참을 가만히 있었다. 보고서에 쓸 적당한 단어가 생각나지 않으면 밤새도록 고민한다고 했다. 그는 사람들과도 거의 어울리지 않았다. 그가 조사를 할 때면 집에 들어가는 일이 거의 없다고 했다. 조사하다가 피곤하면 조사실에서 잠시 눈을 붙이고, 일어나 다시 신문을 계속한다는 것이다. 그는 자유당 정권 시절 특무대부터 시작해서 중앙정보부의 지하 조사실에서 평생을 산 사람이었다. 그와 친해진다면 숨겨진 역사와 만날 것 같은 느낌이 들었다.

늙은 수사관의 고백

잠시 같은 팀이 된 늙은 수사관은 아버지뻘 나이였다. 나는 그와 친해지려고 노력했다. 식사를 같이 하자고 해도 그는 사양했다. 커피숍도 가지 않았다. 군용 점퍼를 입고 구내식당에서 스테인리스 식판에 밥과 국을 받아와서 먹고, 식사가 끝나면 자판기에서 커피를 뽑아 건물 구석에 서서 마시는 사람이었다. 안기부의 젊은 수사관들은 그의 조수가 되는 순간 지옥 체험을 한다고 했다. 그는 일이 생기면 집에 갈 줄을 모른다는 것이다.

수사가 끝날 때까지는 밤낮이 없는 집요한 사람이라고 했다. 일을 조수와 나누지도 않고 혼자 다 한다고도 했다. 보조하는 수사관들이 그의 옆에 있다가 병이 났다는 얘기도 있었다. 수사관들은 그가 헛돈을 쓰는 걸 보지 못했다고 했다. 월급을 한 푼도 빠짐없이 집에 가져다준다는 것이다. 그의 아들들은 명문대학을 졸업한 우수한 엘리트라고 했다. 며칠 간 같이 지내다 보니 그의 마음이 조금

열리는 것 같았다. 어느 날 그가 남산 자락을 물들이는 저녁놀을 보면서 처음으로 자신에 대해 말을 꺼냈다.

"엄 선생 말이요. 나는 6.25 때 농사짓다가 군대에 끌려갔어요. 군에 갔더니 폭탄을 안고 인민군 진지에 올라가 거기서 죽으라고 하더라고요. 그렇게 해야 나라를 살리는 거라고 배웠죠. 전쟁에서 그 많은 사람들이 떼죽음을 당했는데도 이상하게 나는 살아남았어요. 전쟁이 끝났을 때 나는 돌아갈 데가 없었어요. 그때 특무대장이 나를 하사관을 시켜 줬어요. 배우지 못했으니까 장교는 될 수 없었죠. 거기서 내가 배운 건 나라를 위해서 빨갱이와 반역자들을 때려잡아야 한다는 거였어요. 내가 특무대에 있을 때 김종필이 혁명을 모의한다고 해서 조사를 한 적이 있어요. 5.16 혁명이 일어났을 때 나는 준위로 특무대에 있었어요. 거기서 이번에는 반혁명 분자들을 조사했죠. 그러다 중앙정보부가 창설되니까 이번에는 나보고 중앙정보부로 가라는 거예요. 그때부터 지금까지 오랜 세월 이곳에서 근무했죠. 나이 60을 훌쩍 넘어도 쫓아내지 않고 아직도 일을 하게 해 주는 겁니다. 나 같은 인간에게 그렇게 베풀어 준 대한민국에 그저 감사할 뿐이에요."

그런 유형의 사람이 아직도 남아 있다는 걸 처음 알았다.

"역사에서 굵직한 정치 사건은 다 조사하셨다면서요?"

내가 물었다. 대한민국 정치인 중 그에게 얻어맞지 않은 사람이 없다는 그곳의 소문을 들었다.

"그런 걸 굵직한 사건이라고 해야 하나? 나는 여기 있으면서 윗

분이 명령하신 사건은 그냥 최선을 다해서 노력해 왔어요. 그렇지만 비밀을 지키다가 무덤으로 가져가라는 지시를 받았기 때문에 아무것도 내용을 말해 줄 수는 없어요."

"어떤 사건이 생생하게 기억나십니까? 비밀이면 말씀하시지 말고 윤곽만 조금 말씀해 주시죠."

그는 잠시 생각하는 표정이다가 입을 열었다.

"오래전 일이고 박 대통령도 돌아가셨으니까 이제 좀 말해도 될 것 같아 한마디만 할게요. 정인숙 사건이 터졌을 때였어요. 한강변에서 새벽에 젊은 여자가 총에 맞아 죽었는데 그 여자가 박정희 대통령의 여자냐 아니냐에 대해 신문에서 난리가 났었죠. 나보고 그걸 조사하라고 명령이 떨어졌어요. 나보고 먼저 미국에 갔다 오라고 하는데 앞이 막막하더군요. 영어를 ABC도 모르는데 왜 나보고 그걸 수사하라고 시키는지 도저히 이해할 수 없었어요. 그러다가 짐짝도 미국을 갔다 오는데 사람인 내가 미국에 갔다 오지 못할까 하고 결심했었죠."

그 사건에 대해서 나는 조선일보 기자가 쓴 르포를 읽은 적이 있었다. 주미한국대사관 파티석상에서 대사를 손가락 하나로 부르던 젊은 여자가 있었다. 대사가 그녀에게 다가가 어디에서 오셨느냐고 정중하게 묻자 그녀는 '청와대'라고 대답했다. 그 여자가 정인숙이었다. 그 정인숙이 1970년 한강변에서 시신으로 발견된 사건이었다. 그 사건은 영국의 보수당 내각을 몰락하게 만든 한국판 '크리스틴 킬러(Christine Keeler)' 사건으로 불리며 한 해를 떠들썩하게 했었다. 그녀를 죽인 혐의를 받던 오빠가 조사실에서 대통령 경호실 장을 불러오라고 하면서 "개새끼들, 일주일만 들어가서 고생하라더니!" 하고 소리쳤다는 사건이었다.

"김대중 선생을 조사할 때는 어땠어요?"

1980년 권력을 잡은 신군부가 김대중을 구속했다. 그리고 광주가 터졌다. 그때 김대중을 수사한 사람이 그였다.

"김대중 선생도 제가 여러 날 조사를 했죠. 참 엄 선생은 변호사고 많이 배웠으니까 하나 물어봅시다."

그가 궁금한 표정을 지으며 나를 바라보았다.

"그러시죠, 뭡니까?"

"세상에선 김대중 선생이 고문을 당했다고 하는데, 나는 그 분을 고문한 적이 없어요. 그 분을 주도적으로 조사한 건 저 한 사람이죠. 다른 수사관들은 식당에서 밥을 가져다주거나 경비를 섰을 뿐이니까. 저는 혹시라도 나중에 고문을 했다는 소리를 듣지 않기 위해 김대중 선생과 함께 있을 때 나도 보름 동안 조금도 잠을 자지 않았어요. 같이 자지 않았는데 그걸 고문이라고 할 수 있어요?"

그의 말을 들으면서 나는 속으로 질리고 말았다. 그는 독한 사람 같았다. 그가 말을 계속했다.

"지하실에서 김대중 선생을 조사하고 있는데 광주사태가 터졌어요. 김대중 선생이 광주사태를 어떻게 생각할까 궁금하더라고요. 전남대에서 시위를 주도한 학생들이 모두 한두 번씩은 서울에 와서 김대중 선생을 만났던 적이 있는 걸 저는 알고 있었죠. 그 만남이 광주사태와 연결이 된 것인지 아니면 다른 원인에 의해 우발적으로 시위가 폭동으로 번진 것인지 저는 그게 알고 싶었단 말입니다. 그래서 제가 광주의 상황을 보도한 신문을 김대중 선생께 말없이 가져다 드렸어요. 그걸 본 김대중 선생은 별 반응을 보이지 않고, 가져다 준 식판 위의 밥을 한 알도 남김없이 다 드시더라고요. 그 다음날인가 저는 다시 신문을 김대중 선생에게 가져다 드렸죠. 비상계엄이 전국적으로 확대되었다는 뉴스가 들어 있었어요. 군부가 모든 권한을 장악하고, 정상적인 대통령선거가 불가능해지는 순간이었죠. 김대중 선생은 그 순간 온몸에 힘이 빠지는 것 같더니 절망하더라고요. 그 반응이 내가 파악한 진실이죠."

정치 공작을 부인하는 그들

잠시 들어가 보았던 정보기관은 외눈박이였던 내게 세상을 보는 또 다른 눈을 뜨게 해 주었다. 거기서 보았던 것들은 드러나지 않은 역사 같기도 했다. 그걸 보면서 사회에 대한 구조적인 인식이나 이념적 지향이 달라지기도 했다. 35년 전 나만 본 사실을 이제는 털어놔도 괜찮지 않을까.

노태우 정권이 들어서자 '5공 청산'의 움직임이 일었다. 부하에게 정권을 줄 수는 있어도 친구와 권력을 공유하기는 힘든 것 같았다. 출신이나 지지 기반이 같기 때문에 차별화해야 한다는 의식이 강한 것 같았다. 전두환 전 대통령이 백담사로 귀양을 가고, '5공 청문회'가 다툼 없이 여야 합의로 결정됐다. 청문회의 핵심은 김대중 내란음모 사건의 배경에 있는 정치 공작을 밝히자는 것이었다. 전두환 정권 시절 그 사건에 관여했던 사람들이 궁지에 몰리고 있는 형국이었다. 그들이 답변 자료를 준비하기 위해 모였다.

보안사령부 장교로 김대중 구속을 주도했던 이학봉은 전두환 정권 시절 민정수석을 거쳐 국회의원이 되어 있었다. 다른 보안사 장교들은 장군이 되어 있었다. 담당 군 검찰관이었던 장교는 장군이 되어 있었고, 당시 수사에 관여했던 법무장교들은 제대를 하고 중견 검사가 되어 있었다. 나는 그들이 모여 회의를 하는 과정을 지켜보는 유일한 외부인이었다. 그들만의 회의에서, 그들만의 주장이 흘러나오고 있었다. 보안사령부 소속 장교가 자신들이 본 당시의 시국 상황을 이렇게 말했다.

"1980년 봄이 되면서 투옥되거나 제적당했던 운동권 학생들이 돌아와 전국의 대학을 장악했습니다. 그들이 김대중의 정치 조직인 국민연합과 연계가 됐습니다. 80년 5월 14일 정오, 서울 시내 대학생 7만 명이 일시에 교문을 뛰쳐나왔고, 5월 15일 서울역 광장 앞에는 10만 명의 학생들이 모였습니다. 시위대에 의해 경찰차가 불타고 시위는 야간까지 계속 가열됐습니다. 부산, 대구, 광주, 인천 등 지방 대도시에서도 시위가 격화되고 있었습니다. 전국적으로 노사분규도 터져 나왔습니다. 강원도의 사북탄광에서는 폭동이 있었습니다. 이런 상황에서 김대중과 김영삼, 김종필은 대권 주자로서 극한 경쟁을 벌이고 있었습니다. 김대중은 제도권에서 이미 우위를 선점하고 있던 김영삼과의 대결에서 승산이 없다고 판단하고, 학생과 재야 세력을 동원하여 장외 투쟁에 나섰습니다. 재야 강경 세력과 김대중 씨가 이끌고 있던 국민연합은 극단적인 반정부 투쟁을 선동했습니다. 국민연합이 역점을 둔 것은 '대학생의 조직화'였습니다. 복학생들을 국민연합의 핵심 요직에 임명하고 전국 대학 내에 그들의 거점을 형성했습니다. 국민연합은 최규하 정부를 '유신 세력의 잔당'이라고 몰아붙였습니다. 국민연합의 목표는 학원소요를 배후 조종해서 최규하 정부를 전복시키고 정권을 획득하는 '민중혁명'이라고 우리는 봤습니다."

보안사령부 장교가 미리 준비한 자료를 모인 사람들에게 나누어 주면서 말을 계속했다.

"김대중은 인하대 강연에서 '혁명은 혁명을 낳고 우리 모두가 혁명가다'라고 했습니다. 서울대 강연에서 김재규를 충신이라고 했습니다. 동국대 강연에서 끈질기게 저항하면 10.26과 같은 또 다른 사태가 올 수 있다고 했습니다. 김대중이 이끄는 국민연합은 '혁명'이라는 용어들을 쓰고 있었습니다. 우리는 그들이 내란 상황을 만들어 가고 있다고 보았습니다. 10만 명의 시위대가 밤에 불을 지르고 민간인 차량들을 빼앗아 몰고 다녔습니다. 서울 시내 중심가는 시위대에 장악되고, 지방 대도시에서도 수만 명의 학생들이 시가지를 누비며 폭력 시위를 벌였습니다. 김대중의 국민연합은 노동자와 학생들의 반정부 봉기를 노골적으로 선동했습니다. 당시 국민연합이 발표한 선언문을 보면 민족적 결단, 민족통일을 말하면서 그들의 목표가 유신체제를 청산하는 데 그치지 않고, 민족통일을 위한 '민족사의 결전'을 벌이겠다고 선언하고 있습니다. 민족사의 결전은 민중혁명을 말하는 것으로 보안사령부는 보았습니다. 그런 상황에서 군은 어떻게 해야 할까요? 헌법은 군이 국가의 안전과 질서를 책임지도록 의무를 부과하고 있습니다. 민주 체제를 지켜야 할 의무가 있습니다. 당시 우리는 내란을 주도하는 자들을 수사할 권리와 의무가 있다는 생각이었습니다."

다음에는 안전기획부 수사관이 자신의 의견을 제시했다.

"저는 당시 북한 동향에 관해 말씀드리도록 하겠습니다. 박정희 대통령이 돌아가시자 다음날 북한은 전군에 '폭풍 5호'를 발령했습니다. 동구권을 방문 중이던 북한의 오극렬 총참모장 일행은 방문 일정을 중단하고 급히 귀국해 군 수뇌부 회의를 소집했습니다. 북한군에는 통일에 대비해 정치, 사상적 무장을 강화하라는 지시가 떨어졌고, 전쟁물자의 전시수송 대비 훈련이 대대적으로 실시되고 곡산, 세포 지역에서는 차량 1천 대를 동원한 군단급 훈련이 실시됐습니다. 비무장지대 공동경비구역에서 북한군과 미군 간의 총격전이 있었습니다. 서울 북방 9사단 지역 한강하구로 침투하던 무장공비가 아군에 발각되었고, 무장간첩선이 포항만으로 침투했습니다. 일본의 내각조사실이 우리에게 북한이 남침을 결정했다는 첩보를 전했습니다. 일본 고위관리가 중국 방문 중에 북경당국으로부터 들었다는 내용이었습니다. 일본당국은 그 첩보를 우리 정부 뿐만 아니라 미국에도 공식적으로 통보해 주었습니다. 저희 안전기획부는 김일성이 소련을 비밀리에 방문한 사실을 확인했습니다. 김일성은 브레즈네프 서기장과의 비밀 회동에서 '남반부 인민의 영웅적 투쟁에 의해 금년 내 반드시 통일이 이루어질 것'이라고 호언장담을 했습니다. 김일성은 남조선에서 시민들이 봉기할 경우 지원할 것이라고 했습니다. 1980년 3월 20일자 『워싱턴포스트』 칼럼은 소련은 세계 전략의 하나로 북한이 한국을 공격하게 함으로써 중국과 미국의 관계 와해를 노리고 있다고 분석하고 있었습니다."

안전기획부 수사관이 잠시 말을 끊었다 계속했다.

"당시 우리는 신현확 총리와 최규하 대통령에게 이런 정보들을 보고했습니다. 신현확 총리는 김종필 공화당 총재와 김영삼 신민당 총재에게도 북한의 남침위협 첩보를 알려주었습니다. 심각한 위기에 직면해 초당적 협조를 당부하기 위해서였습니다. 그러나 김영삼 총재는 남침위협을 '조작'이라고 일축해 버렸습니다. 첩보를 보내 준 일본의 내각조사실은 거대한 조직을 가진 일본의 정보기관입니다. 당시 북한에 관한 정보는 공산 진영을 제외하고는 일본의 내각조사실 정보가 가장 신속하고 정확한 것으로 정평이 나 있었습니다. 일본이 미국과 우리 정부에 보낸 날짜까지 명시된 정보를 한국의 야당 총재가 조작이라고 해 버린 겁니다. 군부가 정치적 이용을 위해 그런 정보를 만들었다는 것입니다. 저희 안전기획부에서는 학원소요와 배후세력의 연결고리를 끊지 않고는 파국을 막을 수 없다고 분석했습니다. 그리고 김대중에 대해 강력한 조치를 해야 한다고 판단했습니다. 저는 김대중을 직접 수사한 사람입니다. 여러 날 동안 함께 지냈습니다. 저는 광주사태의 기폭제가 된 조선대의 시위 주동자와 김대중의 관계에 초점을 두었습니다. 김대중과 대학 시위를 주도하는 복학생들이 만나고 자금을 지원받고 폭력 시위를 의논했다면 내란 음모로 볼 수 있다는 생각이었습니다. 김대중과 직접 대하는 제가 파악한 사실의 보고가 상부에 전해졌고, 상부에서는 저의 의견을 받아들였습니다. 제가 수사의 밑그림을 그렸던 장본인입니다."

그들 나름대로의 강한 확신인 것 같았다. 내가 직접 본 장면이었다. 그때 그들의 주장을 판단하지 않고 있는 그대로 적어 둔다. 내가 유일한 목격자이기 때문이다.